ROSE SNOW

Acht Sinne
BAND 7 DER GEFÜHLE

für Elias

Bibliografische Information der Deutschen Nationalbibliothek
Die Deutsche Nationalbibliothek verzeichnet diese Publikation in der Deutschen
Nationalbibliografie; detaillierte bibliografische Daten sind im Internet über
http://dnb.dnb.de abrufbar.

© Rose Snow 2018
Herstellung und Verlag:
BoD - Books on Demand, Norderstedt
Umschlaggestaltung und Satz: Rose Snow
Umschlagsmotiv: Alexander Kopainski

ISBN: 9783746062273

Besucht uns im Internet:
www.rosesnow.de

Kapitel 1

Ich fühlte das Beben bis in meine Fingerspitzen.

Der Knall der entfernten Explosion ließ die Wände erzittern und ein hohes Klirren ging durch die Eishöhle, das sogleich wieder verstummte. Die anderen Wächter hoben lauschend den Kopf und für ein paar Sekunden war nur das Knacken des Lagerfeuers zu hören.

Mels Gesicht war von Sorgenfalten durchzogen, als er sich über den kurzen braunen Bart strich. Dann griff er stumm in einen Beutel, der von einem Gürtel an seiner Hüfte baumelte, und warf eine Prise blauen Sand in die Flammen. Innerhalb eines Atemzugs verwandelte sich das Feuer in züngelnde Wasserflammen und ein mächtiges Rauschen erfüllte die Grotte. Es war so laut, dass Tondel und Frick zusammenzuckten, woraufhin Lydia ihnen einen genervten Blick zuwarf. Die Wutträgerin war nicht sympathischer geworden, seit wir vor ein paar Wochen derselben Sondereinheit zugeteilt worden waren. Das einzig Positive war, dass wir unseren ehemaligen Trainer Mel als Anführer bekommen hatten. Seit er Lydia und mich damals auf unsere Wächterprüfung vorbereitet hatte, vertraute ich ihm.

„Wir haben neue Befehle bekommen", eröffnete Mel die Besprechung mit gedämpfter Stimme. Durch das ohrenbetäubende Rauschen der magischen Wasserflammen war er kaum zu verstehen und ich fühlte, wie sich die Wachsamkeitslinien auf meiner rechten Wange erwärmten, während ich mich auf seine Worte konzentrierte.

„Der Geheimdienst hat gemeldet, dass es im

Ekelland wiederholt zu verdächtigen Aktivitäten der Totaa gekommen ist. Außerdem wurde ein Anstieg der Kampfhandlungen verzeichnet."

Mein Puls schnellte in die Höhe, als ich das hörte. Ich hatte Ben seit dem Ausbruch des Krieges nicht mehr gesehen und das Einzige, was ich von ihm wusste, war, dass er dem Ruf seines Landes gefolgt war, genauso wie der Rest von uns.

„Was für verdächtige Aktivitäten hat der Geheimdienst ausgemacht?", zischte Lydia und lehnte ihren drahtigen Körper nach vorne. Sie war gespannt wie eine Feder und mir wurde bewusst, dass ich sie noch nie anders gesehen hatte – nicht einmal im Schlaf wirkte die athletische Wächterin gelöst.

„Es wird vermutet, dass sie an einer gefährlichen magischen Waffe arbeiten", erwiderte Mel ruhig. „Vielleicht eine Bombe. Wir wissen es nicht."

„Na toll", fauchte Lydia und spuckte in die Wasserflammen.

„Wie genau lauten unsere Befehle?", fragte ich und unterdrückte ein Frösteln. Seit die Flammen ihr Element gewechselt hatten, um uns vor einem Lauschangriff zu schützen, gaben sie leider auch keine Hitze mehr ab.

„Wir müssen in den *Wald des Verderbens*", antwortete Mel und rieb seine Handflächen aneinander, um etwas Wärme zu erzeugen. „Einerseits, um die örtlichen Truppen zu unterstützen, andererseits, damit wir die Augen offen halten, um zu sehen, ob wir etwas über diese magische Waffe herausfinden können."

„Gibt es dort Gewässer?", meldete sich Tondel zu Wort. Er war ein stämmiger Vertrauensträger, der auf den ersten Blick grobschlächtig wirkte, sich aber völlig lautlos bewegen konnte.

„Wir haben strikten Befehl, nicht durch das Wasser zu reisen", erwiderte Mel und seine Chamäleonaugen wechselten die Farbe von Dunkelbraun zu Hellblau. „Die Totaa scheinen ein System entwickelt zu haben, mit dem sie unsere magischen Wasserreisen lokalisieren können. In den vergangenen drei Tagen wurden zwei Wächtereinheiten bis auf den letzten Träger ausgelöscht. Beide waren kurz zuvor durch das Wasser gereist und wurden an ihrem Ankunftsort schon von den Totaa erwartet." Er stieß die Luft aus und sein Atem bildete eine weiße Wolke in der eiskalten Höhle. „Unsere Zahl verringert sich dramatisch." Er machte eine kurze Pause. „Wir müssen noch vorsichtiger sein, als wir es bislang schon waren."

Eine junge Wächterin mit dem Sinn der Angst nickte heftig. „Ich habe gehört, dass sich die Einflüsse des Krieges sogar schon im Sternensaal bei den Neuerweckungen zeigen", wisperte sie. „Angeblich hatten drei der acht letzten Neuerweckten die Berufung zum Wächter und der Rest wurde zu Beschützern, Heilern und Magiebegabten. Dafür gab es keine Künstler, keine Templer, keine Reisenden und keine Naturverbundenen."

Mel nickte. „Die Sinnliche Welt reagiert auf die vielen Kriegsopfer. Sie versucht das Gleichgewicht der Berufungen wiederherzustellen. Das tat sie schon immer." Er sah uns nacheinander an. „Leider sind seit gestern Abend schon wieder drei magische Portale von den Totaa erobert worden. Wir müssen deshalb einen Umweg in Kauf nehmen, um in den *Wald des Verderbens* zu gelangen."

„Und welchen Umweg wollt Ihr konkret nehmen?", fragte ein dicklicher Ekelträger mit kurzen grauen Haaren, der erst vor ein paar Tagen zu unserer Truppe gestoßen war. Er war bisher auffällig still gewesen und ich hörte ihn jetzt zum ersten Mal sprechen.

„Ich fürchte, die Antwort wird dir nicht gefallen", sagte Mel ruhig. „Denn um zu dem nächsten freien Portal zu gelangen, müssen wir durch die Schwarze Schluckebene."

***

„Diese vermaledeiten Totaa", fauchte Lydia, als wir nebeneinander in der schwarzen Erde des Ekellandes knieten. „Müssen die sich ausgerechnet in diesem feuchten Drecksloch verschanzen, um ihre Bombe zu bauen?"

Ich erwiderte nichts und konzentrierte mich auf die Baumgrenze vor uns. Mel hatte die Wutträgerin und mich vorausgeschickt, um mögliche Fallen der Totaa aufzuspüren, und tatsächlich hatten unsere Wächterstäbe eine verdächtige magische Aktivität zwischen den schwarzen Stämmen geortet.

„Da", flüsterte ich und nickte mit dem Kinn in Richtung der Waldgrenze. „Siehst du das?"

Lydia kniff die Augen zusammen und nickte dann kurz. Ungefähr sechzig Schritte vor uns flog ein Bewegungsmelder der Totaa hin und her. Die schwebende weiße Kugel war nicht größer als ein Pingpong-Ball, hatte aber eine enorme Sprengkraft, sobald man in ihren überwachten Radius eindrang.

Dahinter lag die Schwarze Schluckebene, die wir überqueren mussten, um zu dem freien magischen Portal zu gelangen. Ich wusste nicht, was genau uns in der Schwarzen Schluckebene begegnen würde – das wusste keiner –, wir vermuteten nur, dass es definitiv nichts Gutes war.

Aber wir hatten keine andere Möglichkeit.

„Was sollen wir jetzt machen?", zischte mir Lydia von der Seite zu. Der Schein ihrer rot lodernden Gesichtszeichnung leuchtete bis zu mir herüber und ich duckte mich noch tiefer in die Erde. Dabei streifte ich die schwarzen Blätter des Schneckensaftbaumes, unter dem wir Schutz gesucht hatten.

„Wir müssen es irgendwie schaffen, die Sprengfalle auszuschalten", flüsterte ich zurück und versuchte, das ekelhafte Gefühl zu ignorieren, als das stinkende Sekret des Baumes mir in den Nacken tropfte.

„Und was schlägst du vor?", stieß Lydia zwischen zusammengebissenen Zähnen hervor. „Soll sich eine von uns vielleicht hineinwerfen und in Stücke reißen lassen?"

Ihre Gereiztheit war so ansteckend, dass ich dem Vorschlag sogar etwas abgewinnen konnte. Im nächsten Moment ertönte ein hässliches Krächzen. Es klang wie der Schrei eines Spinnenfalters und war Mels Zeichen, dass er und der Rest unserer Einheit die Markierung von Lydia und mir unbeschadet erreicht hatten. Ich spürte, wie sich mein Herzschlag beschleunigte. Wir mussten uns schnell etwas einfallen lassen, denn wenn unsere Truppe nicht in Bewegung blieb, drohte uns ein erhöhtes Entdeckungsrisiko durch die Totaa.

„Diese Bewegungsmelder müssen sich in gewissen Abständen immer wieder neu kalibrieren", flüsterte ich Lydia zu. „Wir sprechen hier von einem wirklich winzigen Zeitfenster, aber wenn wir es schaffen, genau im richtigen Moment nahe genug an das Ding heranzukommen, können wir es vielleicht mit einem gezielten Schuss aus unseren Wächterstäben lahmlegen."

Die Wutträgerin sah mich an, als ob ich verrückt geworden wäre. „Tolle Idee. Und du läufst vor?", erkundigte sie sich beißend.

Ich erwiderte ihren Blick ruhig. „Unsere Chancen ständen höher, wenn wir es beide versuchen. Bist du dazu bereit? Oder hast du zu viel Angst?"

Einen Moment herrschte Stille und ich war mir nicht sicher, ob sie mir jetzt an die Gurgel springen würde. Einem Träger der Wut den Sinn der Angst zu unterstellen, war so ziemlich das Schlimmste, was man nur tun konnte – allerdings brauchten wir Lydias Wut, denn es machte sie schneller und stärker. Ihre Linien brannten wie Feuer, während sie mich mit ihren Blicken erdolchte. Dann atmete sie heftig aus und packte ihren Wächterstab fester.

„Ziehen wir es durch, bevor ich dich noch aus Versehen umbringe."

Ich nickte stumm und verlagerte mein Gewicht, während ich meine aufkommenden Zweifel energisch zur Seite schob und mich ganz auf meinen Sinn einließ.

Die erhöhte Wachsamkeit, die mich seit Kriegsbeginn begleitete, erfüllte mich vom Kopf bis in die Zehenspitzen und ich ließ zu, dass sie die Kontrolle übernahm. Meine Sicht schärfte sich, was im Ekelland nicht unbedingt angenehm war. Denn nun nahm ich nicht nur die mikroskopisch kleinen Schleimschnecken auf den Blättern neben mir wahr, sondern auch das ganze andere krabbelnde Getier zwischen meinen Füßen. Ich zwang mich, es zu ignorieren und meinen Fokus auf die weiße Kugel zu richten. Mein Sinn gestattete es mir, jede noch so kleine Energiefluktuation festzustellen, und ich versuchte, nicht zu blinzeln, während ich auf den Bewegungsmelder der Totaa starrte. Und dann passierte es. Es war nicht mehr als ein kurzes Flackern des weißen Lichts, aber das war genau das Zeichen, auf das ich gehofft hatte. Vier Minuten später kannte ich das genaue Intervall.

„Noch achtundzwanzig Sekunden bis zur nächsten Kalibrierung", flüsterte ich. „Ich schätze, dass wir dreieinhalb Sekunden brauchen, bis wir den überwachten Radius erreichen. Mach dich bereit."

Lydia spannte ihren athletischen Körper an und vergrub die Zehen in der schwarzen Erde, um so schnell wie möglich lossprinten zu können. Ich ließ meinen Blick über jeden Grashalm und jede Wurzel schweifen, um sicherzustellen, dass wir keine Falle übersehen hatten. Sobald wir losliefen, hatten wir keine Zeit mehr, auf solche Dinge zu achten. Denn dann mussten wir einfach nur noch darauf achten, am Leben zu bleiben.

„Noch zwölf Sekunden."

Lydia stieß ein leises Knurren aus, das mich unangenehm an Jesper erinnerte, und fixierte die schwebende weiße Kugel.

„Noch fünf", wisperte ich und hoffte inständig, dass mich meine innere Uhr nicht trog.

„Vier … drei … zwei … los!"

Kaum hatte ich den Countdown heruntergezählt, schoss Lydia wie ein Projektil aus ihrer Position nach vorne. Gemeinsam rannten wir auf den Bewegungsmelder zu und drangen genau in dem Moment in den überwachten Bereich ein, als die weiße Kugel zu flackern begann. Das Timing war perfekt, nur mussten wir die kleine Kugel aus der Entfernung auch treffen. Ich richtete meinen Wächterstab auf die Sprengfalle und schoss gleichzeitig mit Lydia, während im selben Moment ein lautes Schmatzen aus der Schwarzen Schluckebene ertönte und der Boden zu wackeln begann. Die Erde bebte dermaßen, dass wir nur schwer das Gleichgewicht halten konnten, und ich erlebte die folgenden Momente wie im Zeitraffer.

Ich sah, wie der Energiestoß meines Wächterstabs die weiße Kugel knapp verfehlte, während Lydia einen Streifschuss landete. Der Bewegungsmelder wurde zur Seite geschleudert und färbte sich gefährlich hellrot.

Er würde gleich detonieren.

Wir hatten versagt.

Aus reinem Instinkt schloss ich eine Wächterkugel um die Sprengladung der Totaa und wusste gleichzeitig, dass es nicht reichen würde. Am Rande meiner Wahrnehmung bekam ich mit, dass auch Lydia es mit einer Wächterkugel versucht hatte. Aber keine Wächterkugel der Welt konnte eine Explosion dieser Größenordnung eindämmen. Das war mein letzter Gedanke, bevor alles um uns herum grellrot wurde.

Kapitel 2

Ich flog durch die Luft. Mein ganzer Körper bestand nur aus Hitze und Schmerz, während ich von der Druckwelle der Explosion nach hinten katapultiert wurde. Der Aufprall war so hart, dass er mir den Sauerstoff aus den Lungen drückte, und ich schnappte verzweifelt nach Luft. Neben mir hörte ich Lydia stöhnen und versuchte den Kopf in ihre Richtung zu drehen, doch mein Körper gehorchte mir nicht. Ich spürte nur, dass ich am Waldboden auf dem Rücken lag und knorrige Wurzeln gegen meine Schulterblätter drückten.

„Bleibt zurück", hörte ich eine tiefe Stimme und dann näherten sich hastige Schritte.

Lydias Atem neben mir ging schnell und keuchend. Ein hässliches Pfeifen war zu hören, das nach einer Lungenverletzung klang, und ich hoffte, dass es nicht so schlimm war, wie ich befürchtete. Mel erschien in meinem Blickfeld und kniete sich neben Lydia nieder.

„Ruhig atmen, Mädchen", befahl er ihr und der Umstand, dass sie nicht energisch gegen den Kosenamen protestierte, zeigte mir, dass sie wirklich schwer verletzt sein musste.

„Es tut mir leid", stieß ich keuchend hervor.

„Die Erde hat gebebt, ihr konntet nichts dafür, dass eure Schüsse danebengingen", wies er mich zurecht.

Ich nickte und setzte mich schwerfällig auf. Lydia lag mit bleichem Gesicht neben mir und starrte auf das Holz, das aus ihrer Brust ragte. Ein spitzer Ast hatte sie von hinten durchbohrt und regelrecht aufgespießt.

„Wir können sie in diesem Zustand nicht bewegen", sagte Mel leise und ich sah, wie die Farbe seiner Augen in ein besorgtes Mitternachtsblau wechselte. Dann griff er nach seinem Kommunikationskristall und setzte einen Notruf ab.

Ich sagte nichts, denn wir wussten beide, dass es viel zu wenige Heiler gab, um all die Verwundeten zu versorgen, die dieser Krieg hervorbrachte. Stumm kramte ich das kleine Fläschchen Heilelixier aus meinem schwarzen Kampfanzug und hielt es vor mein Gesicht. Es waren nur noch wenige Tropfen übrig, die ich in Lydias halb geöffneten Mund träufelte. Die Wutträgerin stöhnte leise und atmete etwas ruhiger.

„Wir müssen weiter", erklärte Mel knapp, während er aufstand und mir die Hand hinstreckte. Seine tiefe Stimme vibrierte und ich wusste, dass er versuchte, seine Emotionen beiseitezuschieben. Ich ergriff seine Finger und ließ mir von ihm auf die Beine helfen.

„Geht und tötet diese … verdammten … Totaa", schnaufte Lydia und ich nickte stumm, während Mel den anderen aus unserer Truppe mit den Fingern ein Zeichen gab. Die Sinnträger huschten lautlos heran. Sie sahen von dem langen Marsch genauso erschöpft aus, wie ich mich fühlte.

„Tondel und Frick, ihr bildet die neue Vorhut", befahl Mel mit gedämpfter Stimme. „Sichert den Weg bis zum magischen Portal. Und seid vorsichtig. Nur weil die Sprengfalle ausgelöst wurde, heißt das nicht, dass die Totaa sich keine weiteren Überraschungen für uns überlegt haben – außerdem ist die Schwarze Schluckebene selbst auch verdammt gefährlich. Deshalb hat Arkadius sie nach seinem Amtsantritt auch zum Sperrgebiet erklären lassen."

Die beiden Sinnträger nickten und liefen geduckt zu dem Ort zurück, wo die schwebende weiße Kugel detoniert war. Sie hatte einen Krater in den Waldboden gerissen und ich fühlte erneut mein Versagen wie eine schmerzende Wunde.

„Ihr beide habt alles richtig gemacht", sagte Mel in diesem Moment, als ob er meine Gedanken hören könnte. „Wenn nicht jede von euch eine Wächterkugel um die Sprengfalle gelegt hätte, wärt ihr beide jetzt tot und wir anderen wahrscheinlich auch." Er legte mir die Hand auf die Schulter und ich sah, wie seine Gesichtszeichnung, die mich an die Wurzeln eines starken Baumes erinnerte, sanft erglühte. „Richte den Blick nur nach vorne, Wächterin", sagte er etwas leiser. „In Zeiten wie diesen ist hinter dir nur der Tod zu finden."

Wir ließen Lydia mit der Ortungsbrosche im Wald zurück. Sie war nicht die Erste, bei der wir zu dieser Vorgehensweise gezwungen waren, und ich hasste es, obwohl ich wusste, dass wir keine andere Wahl hatten. Die Gestalter hatten die Kriegserklärung der Totaa deutlich unterschätzt. Statt sich zu einer gemeinsamen Streitmacht zu formieren, hatte jedes Gebiet eigene Kampftruppen gebildet, von denen innerhalb weniger Wochen ein Drittel zerschlagen worden war. So viel Tod und Leid wie in diesen Zeiten hatte es seit dem Ausbruch des Zweiten Sinnlichen Krieges nicht gegeben. Und obwohl niemand dieses Wort in den Mund zu nehmen wagte, wusste doch ein jeder, dass wir uns mitten im Dritten Sinnlichen Krieg befanden.

Die Sonne stand schon tief, als Tondel und Frick über den Rand des Explosionskraters hinweg auf die zerfurchte Ebene starrten, die sich vor uns ausbreitete.

Der Boden bestand aus schwarzer, bröckeliger Erde und sah aus, als wäre er mehrfach umgegraben worden. Ich hielt mich mit den anderen im Schatten der Baumgrenze und beobachtete, wie die beiden Sinnträger, die die neue Vorhut bildeten, sich langsam über die ebene Fläche bewegten. In der Ferne ragte ein halb zerfallenes magisches Portal in die Höhe, von dem ich hoffte, dass es noch funktionierte. Die meisten Portale waren entweder zerstört oder von den Totaa erobert worden, um unsere Beweglichkeit einzuschränken. Und der Plan ging auf. So viel wie in den letzten Wochen war ich noch nie in meinem Leben gelaufen, nicht mal, als ich mit Ben während der Lichtsteinsuche quer durch die Sinnliche Welt gereist war.

„Sieht gut aus", flüsterte der dickliche Ekelträger mit den kurzgeschorenen grauen Haaren neben mir, als Tondel und Frick etwa die Hälfte des Weges ohne Zwischenfälle hinter sich gebracht hatten. „Anscheinend haben die Totaa dieses Portal vergessen. Wenigstens waren sie einmal nachlässig, dieses widerliche Pack." Er spuckte auf den Boden und seine ornamentähnliche Gesichtsmusterung begann, schwach zu leuchten. Seine Zeichnung erinnerte mich an die von Ben und ich schluckte. Das Gefühl, nicht zu wissen, wie es ihm ging und ob er überhaupt noch am Leben war, zehrte an mir. Nach der Kriegserklärung des neuen Anführers der Totaa, der wegen seines dunklen Umhangs Schwarzer Meister genannt wurde, war alles so furchtbar schnell gegangen. Und als dann der Ruf unserer Länder erklang, konnten wir Simeons Plan, nach den Büchern zu suchen, nicht weiterverfolgen. Ben und Tara waren gemeinsam ins Ekelland gegangen, Simeon war dem Ruf ins Erstaunensland gefolgt und ich war ebenfalls in meine Heimat zurückgekehrt. Seitdem versuchte ich, mich auf meine Aufgabe zu konzentrieren und nicht darüber nachzudenken, wie es Ben wohl ging oder wo er sich gerade befand. Doch es blieb nur bei dem Versuch – denn unweigerlich führten meine Gedanken immer wieder zu ihm. War er überhaupt noch am Leben?

„Wieso heißt diese Ebene eigentlich Schwarze Schluckebene?", fragte die junge Wächterin mit dem Sinn der Angst in dem Moment leise. Der grauhaarige Ekelträger öffnete den Mund, um zu antworten, als die Erde zu beben anfing. Dann ertönte ein lautes Schmatzen und ein riesiger hellrosa Kopf brach aus dem Boden. Mir stockte der Atem. Das Ding erinnerte mich an einen gigantischen Regenwurm, nur dass sein Kopf über drei Saugrüssel verfügte, mit denen es die Sinnträger zu wittern schien.

„Scheiße", entfuhr es Mel.

„Ich ... ich dachte, die wären längst ausgestorben", stammelte der dickliche Ekelträger und starrte mit kugelrunden Augen auf die Kreatur, die mit einem Rüssel eben Tondels Oberkörper einsaugte, während es mit dem zweiten Frick packte und mit ihm in der Erde verschwand. Das alles ging so schnell, dass wir keine Chance hatten, die beiden zu retten. Innerhalb von nur zwei Sekunden war von ihnen nichts mehr zu sehen.

„Lauft!", stieß Mel in dem Moment aus. „Saugfresser leben allein, und jetzt ist er beschäftigt. Das ist unsere beste Chance, das Portal zu erreichen!"

Wir rannten. Wir rannten, so schnell wir konnten.

Die schwarze Erde spritzte unter unseren Füßen zur Seite und ich versuchte, nicht an Tondel und Frick zu denken, die ihr Leben gegeben hatten, damit wir über diese Ebene kamen. Innerlich reihte ich sie in die Liste all jener ein, mit denen ich gekämpft hatte und die in der Schlacht gefallen waren. So wie Marcus. Mit jedem Tag wurde diese Liste länger und ich verlor den Glauben, dass das alles noch einen Sinn hatte. Es fühlte sich an, als würden wir uns in einem langen, schrecklichen Traum befinden, aus dem es kein Erwachen gab.

Die warme Nässe von Regentropfen auf unserer Haut ließ den dicklichen Ekelträger neben mir erschrocken quieken.

„Was ist das?", schrie er.

„Ich schätze, das ist Regen", antwortete ich ihm keuchend, während das magische Portal nur langsam näher kam.

„Und was ist, wenn es ein Säureangriff der Totaa ist?", brüllte er zurück. Ich hätte ihm gern geantwortet, dass wir dann auch nichts mehr daran ändern konnten, aber die Angst in seiner Stimme brachte mich dazu, den Mund zu halten.

„Wir sind fast da!", erklang Mels volltönender, beruhigender Bass ein paar Sekunden später. „Und denkt daran: Wir müssen in den *Wald des Verderbens*. Haltet euch das Ziel immer vor Augen!" Die Mitglieder unserer stark geschrumpften Truppe nickten keuchend und dann sah ich zu, wie Mel im schwarzen Nebel des halb zerfallenen magischen Portals verschwand.

***

Wie jedes Mal raubte mir die Reise durch den Nebel des Portals schon nach wenigen Atemzügen die Orientierung. Ich wusste nicht mehr, wo oben und unten war, überall war nur dieser beklemmend feuchte schwarze

Dunst, der von allen Seiten auf mich eindrückte, und dann hörte ich plötzlich Schreie und spürte nasses Gras unter meinen Fußsohlen. Die Schwärze des Portals wich grauen Nebelschwaden und ich taumelte mitten in ein Gefecht. Die Sonne war nun endgültig untergegangen und rund um mich erhoben sich hohe, skelettartige Bäume in den nächtlichen Himmel. Ich versuchte in dem Durcheinander von schreienden und rennenden Sinnträgern Mel zu finden, als ein weißer Energieblitz knisternd neben mir in den Boden einschlug. Gleichzeitig prallte ein großer, weicher Körper von hinten gegen mich und ich hörte den dicklichen Ekelträger, der seit kurzem zu unserer Gruppe gehörte, entsetzt nach Luft schnappen.

Der krächzende Ruf eines Spinnenfalters erklang und ich gab dem Ekelträger ein Zeichen, mir still zu folgen, bevor ich zwischen den Bäumen hindurch geduckt in die Richtung lief, in der ich Mel vermutete. Ein brüllender Totaa in einem weißen Kapuzenumhang sprang mir mit einem lodernden Energieball zwischen den Händen in den Weg und ich streckte ihn mit einem Schuss meines Wächterstabs nieder, bevor er den Ball auf mich schleudern konnte.

„Für die TO-TAA!", hallte in einiger Entfernung ein Ruf durch die dichten Nebelschwaden und ich hörte, wie der Schrei von mehreren Seiten aufgenommen und weitergetragen wurde. Mit klopfendem Herzen blickte ich mich zwischen den skelettartigen Bäumen des Hügels um. Offenbar waren wir von den Totaa eingekesselt. Zwei weitere Kapuzenträger tauchten wie aus dem Nichts aus dem grauen Nebel auf und ich schoss instinktiv auf den einen, während der andere sich auf mich stürzte und mir die Hände um den Hals legte. Gemeinsam gingen wir zu Boden und ich schnappte nach Luft, als seine Finger erbarmungslos auf meine Kehle drückten. Sein Gesicht konnte ich unter dem weißen Kapuzenumhang nicht erkennen, doch ich hörte sein überraschtes Keuchen, als er mich losließ. Dann griff er sich an den Rücken, in dem plötzlich ein Messer steckte, und brach tot zusammen.

„Danke", japste ich dem grauhaarigen Ekelträger zu, der mich gerettet hatte. Er nickte rasch und streckte mir die Hand hin, als seine Augen plötzlich ganz starr wurden. Mit einem leisen Ächzen kippte er zur Seite.

„Nein", hauchte ich und krabbelte zu ihm. Doch es war schon zu spät. Ein weißer Energieblitz hatte ihn in den Rücken getroffen und getötet.

„Sinnträger zu mir!", rief Mel in diesem Moment. „Sammelt euch!"

Ich schluckte gegen das trockene Gefühl in meiner Kehle an, richtete mich auf und lief in Mels Richtung, als der Klang einer anderen Stimme mir kurzfristig den Boden unter den Füßen wegzog.

Es war nicht irgendeine Stimme, es war *seine* Stimme. Und er rief etwas, das ich nicht verstand.

Mit klopfendem Herzen änderte ich meine Richtung. Es war keine bewusste Entscheidung, meine Beine taten es einfach, ich musste wissen, ob es ihm gut ging. Ich rannte durch den dichten Nebel einen Hügel hinauf und versuchte, den Dunst mit meinen Augen zu durchdringen.

Und dann sah ich ihn.

Er kämpfte am Fuße der Erhebung mit bloßen Händen gegen zwei Totaa, die brutal auf ihn losgingen. Ein paar Schritte entfernt von Ben lag eine zusammengekrümmte Gestalt auf dem Boden, die er offenbar verteidigte, und ein seltsamer Stich jagte durch mein Herz. War das Tara?

Hinter mir hörte ich Mel ein zweites Mal rufen, doch ich war nicht in der Lage umzukehren. Meine Füße liefen einfach weiter den Hügel hinab, während Ben nach den Haaren des linken Totaa griff und dessen Kopf so fest gegen einen Baumstamm rammte, dass seine Schädeldecke brach. Der andere nutzte die kurze Pause, um ein Messer zu ziehen, und ich streckte ihn mit einem Schuss aus meinem Wächterstab nieder. Knurrend fuhr Ben zu mir herum. Sein Gesicht wirkte so wild und mordlüstern, wie ich es noch nie zuvor gesehen hatte. Mit seinem Körper schützte er noch immer die zusammengekrümmte Gestalt hinter sich und ich fühlte einen spontanen Anflug von Erleichterung, als ich sah, dass es sich dabei nicht um Tara, sondern um einen männlichen Sinnträger handelte.

Unwillkürlich blieb ich stehen. Bens schwarzer Anzug wies jede Menge Risse und Löcher auf und in seinen Augen loderte ein unversöhnlicher Hass. So wie er mich ansah, war ich mir nicht sicher, ob er mich überhaupt erkannte, und ich hätte am liebsten kehrtgemacht. Aber ein Teil von mir wollte nicht weg von ihm. Ein Teil von mir dachte noch immer an den Beinahe-Kuss im Strafgefangenenlager, dachte darüber nach, ob er tatsächlich fast passiert wäre oder ob ich mir alles nur eingebildet hatte.

In diesem Moment ertönte ein schriller Pfiff von Mel. Ich wandte mich um und sah, dass die Totaa lautlos den Rückzug angetreten hatten. Ihre weißen Gestalten verschwanden wie Schemen zwischen den skelettartigen Bäumen und das alles ging so geordnet und schnell vonstatten, dass es mir kalt den Rücken hinunterlief.

Egal, was hier gerade passierte, es war kein Zufall.

Die Totaa hatten einen Plan.

Kapitel 3

Unruhig drehte ich mich wieder zu Ben um und versuchte, den kurzen Stich, den mir sein abgekämpfter Anblick bereitete, zu ignorieren. Seine braunen Haare hingen ihm zerzaust ins Gesicht und über seine Wange verlief ein hässlicher dunkler Kratzer, der sich auf seinem Hals fortsetzte. Seine zerrissene Gesichtszeichnung leuchtete und sein schwarzer Anzug war am Arm aufgerissen, sodass ich seine blutende Schulter sehen konnte.

Er starrte mich noch immer an, doch diesmal war keine Mordlust mehr in seinen Augen zu erkennen. Stattdessen lag ein undeutbarer Ausdruck auf seinem Gesicht.

„Was machst du hier?", fragte er und seine Stimme klang rau vor Erschöpfung.

„Befehle", antwortete ich knapp. „Meine Einheit hat Hinweise erhalten, dass die Totaa eine gefährliche magische Waffe bauen." Ich deutete mit dem Kinn auf den gekrümmten Sinnträger hinter Ben. „Wir müssen hier weg. Ist er schwer verletzt?"

„Nein, ich rolle hier nur zum Spaß auf dem Boden herum", ächzte der schwarzhaarige Träger und wälzte sich stöhnend auf den Rücken.

„Jaron?", stieß ich hervor und riss ungläubig die Augen auf. Ich hatte ihn im ersten Moment kaum wiedererkannt. Er hatte so stark abgenommen, dass von dem pummeligen Sinnträger nichts mehr übrig geblieben war. Und auch seine Ähnlichkeit zu Eden, dem Urgestalter des Ekels, hatte sich weiter verstärkt. Seine Augen waren inzwischen hellblau und die Haare pechschwarz.

„Lee", erwiderte er und blickte mit einem sarkastischen Lächeln zu mir hoch. „Überrascht, mich zu sehen?"

„Ja", gab ich zu, während Ben sich bückte, um ihm beim Aufstehen zu helfen. Ich eilte an seine Seite und half Ben, Jaron in die Höhe zu hieven, als hinter dem Hügel der krächzende Ruf eines Spinnenfalters ertönte.

„Hier lang", sagte ich und stützte Jaron von links, während Ben die rechte Seite übernahm. Wir gingen langsam den Hügel hinauf und bahnten uns unseren Weg durch den dichten Nebel. Meine Wachsamkeitslinien, deren Licht uns etwas Sicht spendete, glühten – denn ich glaubte nicht daran, dass die Gefahr schon gebannt war.

„Wo warst du, Jaron? Nach dem Einsturz von Edens Haus bist du nicht mehr gesehen worden", flüsterte ich und war noch immer getroffen von seiner Veränderung, seiner Ähnlichkeit zu Eden. Der alte Jaron war kaum noch zu erkennen.

Er lächelte spöttisch. „Ich habe nach dem Schwarzen Buch der Macht gesucht. Aber leider", er atmete schnaufend aus, „habe ich es nicht gefunden. Stattdessen haben die Totaa mich gefunden. Und da ich keine Lust hatte, auf ihrer Seite zu kämpfen, haben sie mich zu ihrem Feind erklärt."

„Verstehe", erwiderte ich. Im nächsten Moment fuhr ein eiskalter Lufthauch durch den Wald und wirbelte den grauen Nebel auf. Alarmiert sah ich mich um. Dieser Luftzug hatte sich nicht angefühlt, als ob er eines natürlichen Ursprungs war.

„Tötet die Menschverbundenen und nehmt die Tierverbundenen gefangen", wehte eine dunkle Stimme über unsere Köpfe hinweg. Ein Schauer lief mir über den Rücken. Es war dieselbe Stimme, die unserer Welt vor

wenigen Wochen den Krieg erklärt hatte – es war die Stimme des neuen Anführers der Totaa.

Es war die Stimme des Schwarzen Meisters.

„Großartig", murrte Jaron und blickte sich angewidert um. „Tod oder Gefangenschaft? Ich bin mir gerade nicht sicher, was besser ist."

„Das kannst du ja noch herausfinden", ertönte eine krächzende Stimme aus dem Nebel und im nächsten Moment sprang ein muskulöser, hässlicher Totaa hervor. Obwohl er allein war und wir zu dritt, lächelte er siegessicher. Ich sah, wie sich Bens Körper kampfbereit anspannte, und tastete nach meinem Wächterstab.

„Ah … ihr bekommt Verstärkung", sagte der weiße Kapuzenträger seelenruhig, als der Rest meiner Einheit mit Mel den Hügel heruntergeschlittert kam. Ihm hatten sich die Überlebenden der Kampftruppe angeschlossen, die bei unserer Ankunft gegen die Totaa gekämpft hatten.

Innerlich atmete ich auf. Nun waren wir immerhin siebenundzwanzig Sinnträger, obwohl mich die Ruhe des Totaa irritierte. Allerdings sagte mir mein Wächterinstinkt, dass der Schwarze Meister nicht hier war, auch wenn wir seine Stimme gehört hatten.

Mel kam neben mir zum Stehen und seine Nähe gab mir Sicherheit. Mit einer fließenden Bewegung schloss er eine Wächterkugel um den Totaa und gab den anderen aus unserer Gruppe ein Zeichen, sich aufzufächern.

„Wo ist dein Lager?", fragte Mel den Kapuzenträger hart und seine Augen nahmen die Farbe eines geschliffenen Rubins an.

Der hässliche Totaa lachte höhnisch. Dabei entblößte er eine Reihe kräftiger gelber Zähne, die im Mondlicht schimmerten. „Du glaubst nicht wirklich, dass ich dir das sage, kleiner Mann."

Mel machte eine schlenkernde Bewegung mit dem Handgelenk und die Hülle der Wächterkugel knisterte laut, während sie hell aufleuchtete. Der Totaa brüllte vor Schmerz und warf sich gegen sein Gefängnis.

„Ich wiederhole es noch einmal: Wo ist dein Lager?", fragte Mel, den Wächterstab drohend erhoben.

„Das wirst du bereuen", versprach der muskulöse Totaa mit zusammengekniffenen Augen. „Ihr fühlt euch überlegen, weil ihr so viele seid und ich nur allein. Aber ...", er machte eine kurze Pause und grinste, „vielleicht bin ich ja gar nicht allein?" Der Kapuzenträger kicherte und im selben Moment traten vier weitere Totaa aus dem Nebel und bildeten einen lockeren Kreis um unsere Gruppe. Gleichzeitig vibrierte der Waldboden. Es war ein dunkles und machtvolles Rumpeln, ganz anders als vorhin in der Schwarzen Schluckebene. Dieses Beben schien von tief unten zu kommen, direkt aus dem Herzen der Erde, und meine Nackenhaare stellten sich auf.

Was auch immer hier gerade vor sich ging, es war etwas Großes.

Auch die anderen schienen es zu spüren, denn für einen Herzschlag war es unnatürlich still zwischen den Bäumen. Dann wurde die Stille noch intensiver, als würde die Welt selbst den Atem anhalten, und im nächsten Moment stieg eine Lichterscheinung in Form eines leuchtend blauen Pilzes in den Himmel. Er war mindestens eine Tagesreise entfernt, aber das blaue Licht war so gleißend, dass ich die Augen schließen musste.

Die Totaa begannen hysterisch zu lachen.

Mir wurde eiskalt. War dies die magische Waffe, von der unser Geheimdienst gesprochen hatte?

Dann erklang ein dumpfer Knall und das Licht breitete sich wie ein azurblaues Flammenmeer am Himmel aus.

Eine gewaltige Welle aus blauem Licht flutete über das Land und die Kapuzenträger johlten laut auf. Als mich das blaue Licht wie eine Druckwelle traf, fühlte es sich an, als hätte ich in die Hülle einer Wächterkugel gegriffen. Die umstehenden Totaa zuckten ebenfalls kurz, als hätte man sie elektrisiert, und im nächsten Moment brach die Hölle los.

„Tötet die Menschverbundenen! Fangt die Tierverbundenen!", schrie der hässliche Totaa mit den gelben Zähnen und holte aus. Dann schlug er von innen so fest gegen die Wächterkugel, dass sie vor meinen Augen zerplatzte. Erschüttert sog ich die Luft ein. Das war unmöglich. Niemand konnte so stark sein.

Im Reflex hob ich meinen Wächterstab und zielte auf den Kapuzenträger, der brüllend nach vorne sprang und mich mit seinen gelben Zähnen brutal in die Schulter biss. Der Schmerz trieb mir die Tränen in die Augen und Ben ließ Jaron los, der nach vorne stolperte und nach dem Arm des Totaa griff. Der Kapuzenträger fuhr in einer absurd schnellen Abwehrbewegung herum und packte Jarons rechte und linke Hand. Dann riss er die Körperhälften mit einem Ruck auseinander und schleuderte eine davon mit einem Brüllen von sich. Ich schrie auf, als ich sah, wie Jarons komplette linke Seite durch die Luft segelte.

„Wohoooo!", johlte der Totaa und wandte sich mir zu.

Im selben Moment wurde er von Ben angesprungen, der ihm von hinten den Unterarm um den Hals legte und zudrückte. Ich schoss auf den Totaa, der sich mit einem gewaltigen Satz vom Boden abstieß und in das skelettartige Geäst des nächsten Baumes sprang und von dort aus höher kletterte. Ben ließ zum Glück noch rechtzeitig los, sonst wäre er über vier Meter tief abgestürzt.

„Verdammt, was passiert hier?", brüllte Ben und ich konnte nicht antworten. Stattdessen starrte ich nur auf die halbe blutüberströmte Leiche von Jaron zu meinen Füßen, während rund um uns das Chaos tobte. Auch die anderen vier Totaa hatten nach dem Kontakt mit dem blauen Licht ungeahnte Fähigkeiten entwickelt. Einer konnte plötzlich bis zu zehn Meter hoch springen, einem zweiten waren messerscharfe Krallen gewachsen, während die anderen beiden über enorm erhöhte Reflexe verfügten. Und obwohl wir ihnen zahlenmäßig weit überlegen waren, sah es nicht gut für uns aus.

„Wir müssen hier verschwinden", drängte Ben und riss mich damit aus meiner Erstarrung. Ich nickte und schoss aus nächster Nähe auf einen der Kapuzenträger. Normalerweise wäre der Schuss tödlich gewesen, doch diesmal krümmte sich der Totaa nur für ein paar Sekunden, bevor er einfach weiterkämpfte. Jeder in unserer Gruppe versuchte sich inzwischen mit allem, was er hatte, gegen unsere Feinde zu verteidigen, doch unsere Chancen standen schlecht. Diese fünf Sinnträger waren einfach zu schnell und zu stark für uns.

„Rückzug!", schrie Mel und bahnte sich einen Weg zwischen den Bäumen hindurch. Ben und ich rannten hinter ihm her und ich sah, wie einer der Totaa mit einem gewaltigen Satz über unsere Köpfe hinwegsprang und geschmeidig wie ein Panther vor unserer Gruppe landete. Dann griff er sich den nächstbesten Sinnträger und schleuderte ihn so hoch in die Luft, dass er über die Baumkronen davon segelte.

„Schneller", drängte Ben und griff nach meiner Hand.

Ich lief, so schnell mich meine Füße trugen, und warf einen hektischen Blick über meine pochende Schulter. Der hässliche Totaa, der mich gebissen und Jaron getötet hatte, war direkt hinter uns, riss mir meinen Wächterstab aus der Hand und schleuderte ihn knurrend tief in den Wald hinein. Dann fegte er mich mit einem fast schon beiläufigen Hieb zur Seite und wandte sich Ben zu. Ich knallte mit meiner verletzten Schulter gegen einen Baum und das tat so weh, dass mir kurz schwarz vor Augen wurde. Als ich wieder klar sehen konnte, zertrümmerte der Totaa gerade mit Leichtigkeit einen vierzig Zentimeter dicken Ast, mit dem Ben auf ihn losgegangen war.

„Mel!", rief ich verzweifelt und stieß mich vom Baum ab, um Ben zu helfen. „Wir müssen unsere Kräfte bündeln!"

Mel schaffte es in diesem Moment, den Totaa mit den Krallenhänden mit einem gezielten Fausthieb niederzustrecken, und richtete sich schwer atmend auf. Dann zielte er mit seinem Wächterstab auf den hässlichen Totaa mit den gelben Zähnen und schoss. Er schoss nicht ein Mal, er feuerte eine ganze Salve an Schüssen auf ihn ab, und zwei weitere Wächter schlossen sich ihm an. Der Totaa taumelte zurück und fiel auf die Knie. Dann griff er sich an die Brust, wo die geballte Kraft von drei Wächterstäben ein rauchendes Loch in seinen Körper riss, bevor er tot zur Seite kippte.

„Gemeinsames Feuer auf den Springer!", schrie Mel, als der Totaa mit der immensen Sprungfähigkeit mitten unter uns landete. Alle Wächter, denen dies möglich war, richteten ihr Feuer auf den Kapuzenträger, der sich daraufhin mit einem wütenden Schrei vom Boden abstieß und zurück in die Skelettbäume flüchtete. In der Zwischenzeit rannte ein Totaa mit verbesserten Reflexen brüllend auf mich zu und Ben sprang dazwischen und riss ihn mitten im Schwung um, sodass beide über den schwarzen Waldboden schlitterten. Noch in der Bewegung griff Ben nach einem schweren Stein auf dem Boden und ließ ihn mit voller Wucht auf den Kopf des Totaa krachen, woraufhin dieser das Bewusstsein verlor.

„Rückzug!", rief Mel erneut und der Rest unserer Gruppe sammelte sich um ihn. Die verbliebenen zwei Totaa zischten wütend, als wir durch das Unterholz davonrannten, aber sie verfolgten uns nicht.

Kapitel 4

Die bräunlichen Strahlen der aufgehenden Sonne schienen durch die verkrüppelten Bäume und verloren sich im sumpfigen Boden, während ich Mel gemeinsam mit den anderen durch das Ekelland folgte. Der Schlamm klebte unter meinen Füßen, mein schwarzer Kampfanzug war an vielen Stellen zerrissen und ich spürte bei jedem Schritt den pochenden Schmerz, wo mich der hässliche Totaa in die Schulter gebissen hatte. Ein dünnes Rinnsal Blut lief mir aus einer Platzwunde an der Stirn und ich wischte es schnell mit dem Handrücken weg, damit es mir nicht in die Augen tropfte.

Und während der ganzen Zeit fragte ich mich, was eigentlich passiert war. Wieso waren die Totaa nach der blauen Lichtwelle so unglaublich schnell und stark geworden? Und war das Gleiche mit allen anderen Totaa in der Sinnlichen Welt auch passiert?

Müde ließ ich meinen Blick über die lädierte Truppe schweifen, die sich entmutigt den Weg entlangschleppte. Der kalte Hauch der Trostlosigkeit hing in der Luft und keiner sprach auch nur ein Wort. Alle schienen in Gedanken bei jenen zu sein, die wir am Schlachtfeld verloren hatten. Die Gesichtszeichnungen der Trauerträger waren entfacht und ihr blaues Licht erinnerte mich an das schreckliche azurblaue Flammenmeer, das unsere Feinde mit einem begeisterten Johlen willkommen geheißen hatten.

Vierzehn unserer Leute hatten den Kampf gegen die Totaa nicht überlebt.

Jaron hatte den Kampf gegen die Totaa nicht überlebt.

Ich schluckte und dachte nicht an Jaron, wie er zuletzt gewesen war, sondern an den Jaron, den ich kennengelernt hatte. Der sich mit seiner tollpatschigen, freundlichen Art sofort in mein Herz geschlichen hatte, bevor er zu dem berechnenden Typen geworden war, den das Schwarze Buch der Macht hervorgerufen hatte. Ich wollte in meiner Trauer nicht an den Jaron denken, dem wir in Edens Haus begegnet waren und der sich um niemand anderen kümmerte als um sich selbst.

Unglücklich presste ich die Lippen aufeinander, während mir der *Fluch der Bücher* durch den Kopf ging. Wir hatten diesen Fluch alle unterschätzt, wir hatten auch alle die Bedrohung der Totaa und ihre Möglichkeiten unterschätzt.

„Wie geht es deiner Schulter?", fragte Mel, der sich zu mir hatte zurückfallen lassen. Sein Gesicht zeigte tiefe Schürfwunden und auch er wirkte erschöpft.

„Es geht schon", sagte ich und verscheuchte ein flatterndes Insekt, das mich mit seinen schwarzen, geschwungenen Flügeln an die dunkle Version eines Schmetterlings erinnerte. Es schwenkte kurz zur Seite und versuchte sich dann erneut auf der Platzwunde auf meiner Stirn niederzulassen. Ich wedelte ein zweites Mal heftig mit der Hand und spürte dabei die brennenden Schmerzen der Bisswunde in meiner Schulter, die von Minute zu Minute schlimmer wurden.

„Du bist tapfer, Wächterin", entgegnete Mel mit seiner tiefen Stimme. „Und du hast gut gekämpft."

„Aber es hat nicht gereicht", erwiderte ich leise. „Ich habe meinen Wächterstab verloren. Und es sind so viele gestorben."

Er nickte. „Damit hatte ich auch nicht gerechnet." Er

sagte es mehr zu sich selbst als zu mir und seine Augen wechselten dabei die Farbe von Gelb zu Schwarz.

„Hast du eine Ahnung, wie die Totaa derart stark werden konnten? Sie hatten Kräfte, die ich noch nie zuvor gesehen habe."

„Ich auch nicht, Wächterin, ich auch nicht", murmelte Mel und rieb sich über seinen kurzen braunen Bart. „Aber wenn wir nicht hinter ihr Geheimnis kommen, steht es schlecht um uns." Er sagte es etwas leiser, wahrscheinlich um die anderen nicht noch weiter zu demotivieren. Ich schätzte die Ehrlichkeit, die er mir entgegenbrachte, und hoffte selbst, dass wir den Totaa bald mehr entgegenzusetzen hatten.

„Ich habe kurz mit Quirin gesprochen", fuhr Mel gedämpft fort. „Er hat den Befehl erteilt, dass wir uns im schwarzen Basislager sammeln und Arkadius direkt Bericht erstatten. Vielleicht hat er Antworten."

Als sich der Weg vor uns gabelte, blieb Mel unvermittelt stehen. Er bückte sich zu einer schlammigen Pfütze, die zwischen zwei verdorrten Büschen lag, und steckte seine Finger in das Wasser, um daran zu riechen. Ein kalter Schauer rann mir über den Rücken, als er den Schlamm an seine Nase drückte, denn ich hatte mich noch immer nicht an die Gerüche des Ekellandes gewöhnt.

„Hier", sagte er bestimmt und starrte in die bräunliche Lache vor ihm, während seine Gesichtszeichnung sanft zu glimmen anfing. Die Truppe sah ihn abwartend an, einige schnauften vor Schmerz. Auch meine Schulter brannte wie die Hölle und ich hoffte, dass Mel einen Schleichweg kannte, der uns besonders schnell ins schwarze Lager bringen würde. Ben stand gedankenversunken am Rande des Weges und ich fragte mich, ob er gerade an Tara dachte und ob die Ekelträgerin überhaupt noch am

Leben war.

Mel legte seine flache Hand auf die Pfütze und plötzlich begann sich alles um uns herum zu drehen, immer schneller und schneller, bis die Konturen der trostlosen Bäume und des Gestrüpps vor meinen Augen verschwammen. Mir wurde schwindelig und für einen Moment befürchtete ich, aus dem Gleichgewicht zu kommen. Unsere Umgebung verwischte vor meinen Augen, bis sie vollkommen verschwand und wir uns stattdessen in einer Sumpflandschaft befanden.

Der Wald war nicht mehr da.

Der Gestank des brackigen Wassers drang sofort in meine Nase und der Geruch war noch ekelhafter als bisher. Es roch nach faulem Fleisch, Gedärmen und vergorenem Obst – und das in einer Intensität, dass ich unwillkürlich zu würgen begann. Neben mir übergab sich ein junger Sinnträger des Erstaunens und ich musste schnell zur Seite ausweichen, um den Inhalt seines Magens nicht auf die Füße katapultiert zu bekommen. Einige der anderen Gruppenmitglieder gaben ähnliche Laute von sich, was die Situation nicht besser machte. Selbst Mel hielt sich die Hand vor den Mund.

Nur die Ekelträger blieben ruhig und ich bemerkte aus den Augenwinkeln, wie sich ihre Gesichtszeichnungen entfachten und schwarze Schatten auf den sumpfigen Untergrund warfen.

Knöcheltief standen wir in dem dunklen Brei, der bestialisch stank und uns auf den Magen schlug.

„Es sollte bald besser werden", bemerkte Mel, der selbst flach atmete. „Der Geruch verwischt unsere Spuren. Es ist ein Schutzmechanismus, um den Feinden unsere Verfolgung zu erschweren." Er presste die Lippen aufeinander und es kostete ihn augenscheinlich viel Beherrschung, sich nicht auf der Stelle zu übergeben.

„Konzentriert euch auf euren Sinn", wies er uns ruhig an, während sein Brustkorb sich kaum bewegte. „Dann wird die Wirkung des Schutzsumpfes bald nachlassen."

Ich spürte, wie mich eine neuerliche Welle der Übelkeit erfasste, als der Wind den Geruch der Landschaft an meine Nase trug, und blickte automatisch Richtung Horizont. Der Himmel leuchtete im gedämpften braunen Licht des Ekellandes und verschmolz in der Ferne mit der Sumpflandschaft, die sich endlos in alle Richtungen zu erstrecken schien.

Plötzlich spürte ich etwas Schlängelndes an meinen Zehen und wich schnell zur Seite. Es hatte sich glatt und glitschig angefühlt und erinnerte mich an einen Aal aus der anderen Welt. Meine Gesichtszeichnung entfachte sich sofort und ich konnte die Konturen des Getieres erkennen, das sich langsam von mir entfernte. Außerdem konnte ich jedes ekelhafte Detail des schleimigen Sumpfbreis wahrnehmen, in dem ich stand. Jede zu dunkle Färbung, jede leichte Bewegung, die verriet, dass sich in dem handhohen Matschwasser irgendeine Art von Leben befand.

Leben, das ich wirklich nicht näher kennenlernen wollte. Aber genauso wenig wollte ich die Würgegeräusche der anderen Sinnträger vernehmen, die in unterschiedlicher Intensität an mein Ohr drangen.

Der Duft nach Zedernholz, gemischt mit einem Hauch Zimt, drang an meine Nase und machte den Aufenthalt hier für einen Moment erträglicher. Gleichzeitig beschleunigte sich mein Herzschlag, weil es nur einen schwarzen Träger in der ganzen Sinnlichen Welt gab, der diesen Geruch verströmte.

„Das ist ein Sumpfaal", erklärte Ben gelassen und stellte sich neben mich in das matschige Wasser. Mit dem Kinn deutete er auf das schlangenähnliche Ding, das sich den Füßen eines kleinen, haarigen Wutträgers näherte. „Keine Sorge, die tun dir nichts."

Ich hob eine Augenbraue und mein gelbes Wachsamkeitslicht leuchtete sanft, während ich die Geräusche um mich herum zu ignorieren versuchte. „Das glaube ich nicht. Alles in diesem Land verfolgt irgendeinen ekelhaften Zweck."

Ben strich sich durch seine dunklen Haare. „Ich habe nicht gesagt, dass sie keinen Zweck erfüllen, Wächterin", erwiderte er. „Ich habe nur gesagt, dass sie dir nichts tun werden."

„Wir müssen weitergehen!", rief Mel uns allen im nächsten Moment zu. „Ihr hattet genug Zeit, euch an den Schutzsumpf zu gewöhnen. Wir müssen das schwarze Lager vor Sonnenuntergang erreichen, wenn wir noch hineinwollen!" Mit diesen Worten watete er durch das braune Wasser Richtung Norden. Hatten wir vorher schon erschöpft und niedergeschlagen ausgesehen, so wurde die Stimmung jetzt nicht besser. Vielen der Sinnträger war der Einfluss des Landes an ihrem Gesicht abzulesen, ihre Hautfarbe war fahl und sie wirkten noch derangierter als zuvor.

Aber Mels Stimme ließ keinen Zweifel an der Dringlichkeit seiner Worte aufkommen. Gehorsam setzte sich die Truppe in Bewegung, während sich die Gesichtsmuster einiger Kämpfer entfachten. Ich sah rote Wut, violette Angst und grünes Erstaunen aufblitzen und machte mich daran, Mel zu folgen.

Nur das Schmatzen des trüben Wassers war zu hören, während wir uns unseren Weg durch den Sumpf bahnten.

Es war ein fast höhnischer Laut, der uns immer tiefer in die Moorlandschaft zu locken schien, deren matschiger Brei uns inzwischen schon bis zu den Knien reichte.

Es vergingen Stunden, in denen es sich anfühlte, als würden wir dem schwarzen Lager keinen einzigen Schritt näher kommen, und unsere Motivation sank auf den Tiefpunkt. Das einzig Positive war, dass ich mich langsam an den widerlichen Geruch gewöhnte. Während wir still nebeneinander durch das Wasser wateten, versuchte ich, meine Schmerzen wegzuatmen und die Anwesenheit des glitschigen Getiers, das immer wieder über meine Füße kroch, so gut es ging auszublenden. Mittlerweile hatte ich ständig das Gefühl, etwas an meinen Zehen zu spüren, und ich war mir nicht sicher, ob es stimmte oder ob ich es mir inzwischen einfach nur einbildete. Genauso wie die Blicke, die mir Ben ab und an zuwarf und in denen ich glaubte, so etwas wie Sorge zu erkennen.

„Wie weit ist es noch?", frage ich Mel müde, als uns das Wasser bereits bis zur Hüfte reichte und das Fortkommen erschwerte. Meine Schulterwunde schmerzte bei jedem Schritt nun noch mehr und ich biss die Zähne zusammen, um durchzuhalten. Auf keinen Fall durfte ich mir etwas anmerken lassen - wir alle hatten Verletzungen aus dem Kampf mitgenommen. Und meine war definitiv nicht die schlimmste.

„Ich weiß es nicht", sagte Mel. Seine Augen wechselten die Farbe und wurden violett.

„Wie ... du weißt es nicht?", erwiderte ich alarmiert und merkte, dass mir langsam die Kraft ausging. Wir konnten nicht ewig durch diesen Sumpf waten. Auch die Kräfte der anderen ließen nach.

„Arkadius muss die Schutzmaßnahmen verschärft

haben", erklärte Mel. „Ich gehe davon aus, dass wir nicht die Einzigen waren, die von der Übermacht der Totaa geschwächt wurden." Er schluckte. „Die Kriegslager müssen gut geschützt sein. Es darf den Totaa nicht gelingen, diese strategischen Punkte zu erobern. So weit darf es niemals kommen. Niemals."

Ich nickte, wobei ich mir nicht vorstellen wollte, dass die Totaa ihre beängstigenden Kräfte auch in anderen Gebieten eingesetzt hatten.

„Aber um konkret auf deine Frage einzugehen, Lee", machte Mel weiter und rieb sich über seine Augen. „Ich weiß nur, wohin wir müssen, *wenn wir so weit sind*. Es ist ein spezieller schwarzer Zauber, der verhindert, dass ich Verrat begehe. Denn Verrat ist das Letzte, was die Sinnliche Welt jetzt noch gebrauchen kann."

„Und was wäre, wenn du jetzt sterben würdest?", fragte ich nach, selbst wenn ich wusste, dass es nicht allzu höflich war. Aber höflich war in Kriegszeiten niemand mehr. „Wie würden wir dann ins schwarze Lager gelangen?"

Mel sah mich für einen Moment unbewegt an. „Wenn ich jetzt sterben würde, würde mein Wissen automatisch an den Nächsten in der Rangordnung weitergegeben werden."

„Ich verstehe", murmelte ich.

„STOPP!", schrie Mel im nächsten Moment und blieb wie angewurzelt stehen. „Keiner geht einen Schritt weiter!"

„Aber hier ist doch nichts!", schrie eine Ekelträgerin mit rot-schwarzen Zöpfen, der die Erschöpfung und der Frust ins Gesicht geschrieben standen.

„Noch nicht", sagte Mel und in diesem Moment teilte sich das Wasser vor ihm und gab eine kreisrunde, zwei

Meter breite Fläche mit matschigem Erdboden frei.

Wir standen da und starrten müde auf dieses Fleckchen Erde, das sich vor uns aufgetan hatte. Wie aus dem Nichts schossen drei kleine Wesen aus dem Untergrund in die Höhe. Sie bestanden zur Gänze aus brauner Matschmasse und hatten zusammengekniffene, feiste Gesichter, die kleine Blubberblasen schlugen. Auf dem Kopf trugen sie spitz zulaufende Schlammmützen und um den Hals schlängelte sich jeweils einer dieser braunen Aale, die sich zuvor noch um meinen Fuß gewunden hatten. Die Augen der drei Wesen waren klein und voller Missgunst und sie verströmten einen Geruch nach faulen Eiern. Obwohl die Kreaturen nur halb so groß waren wie wir selbst, wirkten sie dennoch, als sollte man sie nicht unterschätzen.

„Was wollt ihr hier, hier?", herrschte uns der mittlere Zwerg an, der einen langen Matschbart trug, von dem Schlammtropfen nach unten flossen. Seine Stimme klang schrill.

„Ja, was sucht ihr hier, was wollt ihr von uns, uns?", pflichtete ihm der rechte Gnom bei und rümpfte seine braune Nase. „Das ist unser Gebiet, unseres, unseres!" Auch seine Stimme klang befremdlich.

„Verschwindet, verschwindet!", murrte jetzt auch noch das dritte Wesen, das seine schlammigen Zähne fletschte. „Euer Geruch ist unerträglich, unerträglich!"

„Ja, der hat schon von weitem unsere Nasen beleidigt, beleidigt. Kommt einfach hierher, ihr Halunken, mit euren Gerüchen nach Tod, Schmerz und Verlust, glaubt ihr, wir wollen das riechen, riechen?"

Es war grotesk, wie sich diese schlammigen Kreaturen breitbeinig vor uns aufbauten und uns vorwarfen, schlimm zu riechen, während der übelste Gestank von ihnen selbst ausging.

„Wir müssen zum schwarzen Lager", sagte Mel und überraschte mich damit. Warum erzählte er das diesen Geschöpfen? Warum vertraute er ihnen?

Der mittlere Zwerg fuhr sich über seinen langen braunen Bart. „Zum Lager, zum Lager", murmelte er. „Aber die Festung ist nicht für jedermann zugänglich, zugänglich."

„Wir gehören zu Arkadius", erwiderte Mel mit ruhiger, tiefer Stimme.

„Zu Arkadius? Das kann jeder behaupten, behaupten", knurrte der rechte Zwerg und verschränkte die Arme vor der Brust. „Hast du das Codewort, Codewort?"

Mel nickte. „Felaratas."

Der mittlere Zwerg hüpfte von einem Bein auf das andere. „DAS IST FALSCH, FALSCH!", brüllte er freudig und der Himmel verdunkelte sich schlagartig, während sich das Wasser um uns zu bewegen begann. Zuerst war es nicht mehr als ein sanftes Kräuseln, aber es steigerte sich rasch und plötzlich standen wir nicht mehr in einem Sumpf, sondern in einem rauschenden Meer. Ein lautes Tosen fuhr durch die Luft und Schlammwellen peitschten gegen meinen Oberkörper, während mich ein Gefühl der Unruhe durchzuckte. Wenn wir nicht bald von hier wegkamen, würde uns das Schlammmeer wahrscheinlich verschlingen.

Auch in Mels Augen konnte ich eine kurze Unsicherheit erkennen, dann straffte er die Schultern. „Das Codewort ist Felaratas, Felaratas!", brüllte er und mit einem Mal verschwand der gehässige Ausdruck in den Gesichtern der Schlammgnome.

„Oje, oje", stöhnte der linke Zwerg, dann erklang ein donnernder Laut und die Gesichtszüge und die Körper der Wesen verflüssigten sich und verschmolzen mit dem Untergrund, bis sie nicht mehr zu sehen waren.

Blitze erleuchteten die braune Dunkelheit und dort, wo die Gnome soeben noch gestanden hatten, wurde die kleine Fläche weggeschwemmt und von reißenden Wellen zurückerobert. Die Kraft des anschwellenden Wassers war enorm und wir kämpften darum, das Gleichgewicht zu halten, als in der Ferne etwas Gewaltiges mit einem ohrenbetäubenden Grollen durch die Meeresoberfläche brach.

Eine gigantische Plattform wuchs langsam nach oben, die von tosenden Schlammmassen umspült wurde. Die Plattform war so groß wie ein kleines Dorf und das Innere der Anlage wurde durch dicke, dunkle Mauern geschützt, hinter denen eindrucksvolle spitze Wehrtürme in den Himmel ragten, die schwarzes Feuer in die Luft spuckten. Dichter Rauch quoll daraus hervor und das Meer klatschte in gewaltigen Wellen gegen die Plattform.

Wir hatten das Lager erreicht.

Wir hatten Arkadius' Festung erreicht.

Kapitel 5

Vor uns erhob sich ein zerfallener Steg aus dem Ozean und es war eine Wohltat, nicht länger durch das Wasser des ehemaligen Sumpfes waten zu müssen. Das Meer begann, sich zu beruhigen und umspielte kurze Zeit später in sanften Wellen die schwarze Mauer der Befestigungsanlage, die immer näher kam.

Das Ende des Stegs führte uns zu einem gewaltigen Tor, das durch ein Gitter aus unzähligen, miteinander verknüpften Sumpfaalen geschützt wurde. Die braunen Aale zuckten, als sie unser Ankommen bemerkten, und starrten uns aus ihren schmutzigen Augen an.

„WIR SIND DA!", schrie Mel.

„Endlich, endlich", murrte eine bekannte schrille Stimme, die von oben kam.

Ich legte den Kopf in den Nacken und erkannte den Zwerg mit dem langen Bart, dessen Beine von der Mauer baumelten.

„Wir dachten, dass ihr es gar nicht mehr schafft, bei dem Tempo, Tempo", knarzte er. „Wie lautet das Codewort, Codewort?"

„Noch immer Felaratas, Felaratas", erwiderte Mel ungeduldig. Der Gnom verschränkte widerwillig die Arme vor der Brust und im nächsten Moment zuckten die Aale, bevor sie nacheinander leblos auf den Boden glitten und den Weg zu einem breiten Durchgang freigaben.

„Nur herein, nur herein", bemerkte der Zwerg zynisch und wir schritten über die Aale hinweg in den steinernen

Torbogen und betraten das Innere der dunklen Festung. Erst als der letzte Träger den Durchgang passiert hatte, begannen die Sumpfaale wieder zu zucken und nacheinander zu schnappen, um sich erneut zu einem Gitter zu formen.

„Was würde passieren, wenn man die Sumpfaale berührt?", fragte ich Ben, der nun neben mir stand.

„Du stirbst."

„Ehrlich?"

Er nickte. „Ganz ehrlich. Probier es lieber nicht aus."

Ich schnaubte. „Hast du nicht gesagt, dass sie ungefährlich wären?"

Bens Mundwinkel zuckte leicht und er schüttelte den Kopf. „Ich habe gesagt, dass sie dir im Sumpf nichts tun würden, denn da waren sie nur Späher. Als Späher sind sie ungefährlich, aber als Wächter solltest du dich nicht mit ihnen anlegen." Ben warf mir einen amüsierten Blick zu. „Mit Wächtern sollte man sich grundsätzlich nicht anlegen", fügte er hinzu.

„Willst du mir damit etwas sagen?", fragte ich.

Er schüttelte nur den Kopf, wobei sich ein Glitzern in seine Augen schlich. „Natürlich nicht."

„Natürlich nicht", wiederholte ich und versuchte, das Kribbeln zu ignorieren, das sein Blick in mir auslöste. Lieber widmete ich meine Aufmerksamkeit dem riesigen Platz, der sich vor uns ausbreitete.

Unzählige schwarze Versorgungs- und Sanitätszelte waren hier aufgebaut worden und allein der Gedanke an eine Pritsche zum Ausruhen ließ meine Knie vor Erschöpfung weich werden. Hauptsächlich schwarze Sinnträger tummelten sich zwischen den Zelten und kümmerten sich um die Versorgung der Truppen, die bereits eingetroffen waren.

Die Schutzmauern an den Seiten wurden durch acht riesige Wehrtürme verstärkt, die weit in den Himmel ragten. Sie hatten spitze Dächer, auf denen die schwarzen Feuer des Ekels in den Himmel loderten, und ich bemerkte die zahlreichen muskulösen Ekelträger, die mit scharfen Verteidigungsstäben Wache standen und die Bewegungen des Sumpfmeeres beobachteten.

Im Zentrum des Platzes, hinter den schwarzen Zelten, konnte ich ein großes kuppelförmiges Gebäude aus dunklem Basaltgestein erkennen. Seine Mauern standen unter schwarzem Feuer und strahlten eine unmissverständliche Feindseligkeit aus, sodass ich sogar als Verbündete kein Bedürfnis hatte, näher zu kommen.

„Seid ihr die Letzten?", sprach uns ein alter Vertrauensträger in einer hellen Kutte mit einer schwarzen Bauchbinde an. Es schien sich um einen der Heiler zu handeln.

„Wie viele sind vor uns schon eingetroffen?", wollte Mel wissen.

„Nicht viele", antwortete der Alte bedauernd. „Heute kamen vier Truppen zurück, aber ihre Zahl umfasste nicht mal die Hälfte derer, die ausgezogen waren. Dafür gab es viele Verwundete. *Viel zu viele.*" Er betrachtete unsere Gruppe und sah sich die Verletzungen der Reihe nach an. „Die Zelte werden nicht reichen, wir müssen noch zusätzliche aufbauen", rief er einer dunkelhaarigen Heilerin zu, die gerade einen blutigen Verband in ein knisterndes Schwefelfeuer warf. Sie nickte, zog ein paar schwarze Kugeln aus ihrem blauen Beutel und schleuderte sie auf die freien Flächen zwischen den bestehenden Zelten. Im Nu ploppten auf dem Steinboden vier weitere Zelte auf.

„Das sollte fürs Erste reichen", meinte der Alte. Dann

wies er uns den unterschiedlichen Zelten zu und machte sich selbst daran, die Verletzten zu verarzten.

Es tat gut, endlich zu sitzen, und ich versuchte, nicht zusammenzuzucken, als der junge Heiler mit dem Sinn der Angst meine Schulter untersuchte.

„Was hat dich denn da gebissen?", fragte er entsetzt und seine violette Zeichnung flackerte auf.

„Ein überdurchschnittlich hässlicher Totaa", gab ich müde zurück und schloss für einen Moment die Augen. „Kannst du mir einfach etwas Heilelixier geben? Ich muss jetzt nämlich gleich zur Kriegsbesprechung in die Feuerhalle."

„So möchtest du zur Kriegsbesprechung?", entfuhr es dem jungen Heiler entrüstet. „Hast du dir die Wundränder schon einmal angesehen? Sie sind total entzündet, wahrscheinlich die Nachwirkungen von irgendeinem Gift. Solange wir nicht wissen, was das ist, solltest du nirgendwohin gehen."

Ich schüttelte den Kopf und versuchte, das mulmige Gefühl, das seine Worte bei mir erzeugten, zu ignorieren.

„So schlimm wird es schon nicht sein", erwiderte ich schwach, obwohl die Schmerzen in meiner Schulter tatsächlich immer schlimmer geworden waren. „Du musst doch irgendetwas tun können."

Er schob sich verärgert die dicke weiße Brille auf der Nase nach oben. „*Irgendetwas* kann ich natürlich immer tun, aber da ich kein Quacksalber, sondern ein Heiler bin, sollte es doch auch das Richtige sein, nicht wahr?" Er betrachtete noch einmal die Wunde und schnalzte dann sorgenvoll mit der Zunge. „Es ist ein Wunder, dass du es so überhaupt durch den Schlamm geschafft hast."

Ich fühlte mich zu matt, um darauf zu antworten,

und wartete einfach, bis er sich umdrehte und zu einem der weißen Regale ging, die im Zelt herumschwebten. Es waren insgesamt drei weiße Kästen, die sich immer wieder leicht berührten, sodass die darin befindlichen Gefäße leise klirrten.

„Ein Biss durch einen Totaa, blaue Lichter, übernatürliche Kräfte, entzündete Wundränder", flüsterte er vor sich hin und ich bemerkte, dass seine Hand leicht zitterte, als er nach einem kleinen Flacon mit einer weißen Flüssigkeit griff. „Ehrlich gesagt weiß ich nicht, was ich dir geben soll, Wächterin."

„Ist schon in Ordnung", flüsterte ich mit schwerer Zunge. „Gib mir einfach das, was du für richtig hältst." Selbst das Sprechen fand ich inzwischen unglaublich anstrengend und ich musste achtgeben, nicht auf der Stelle umzukippen.

Die violette Zeichnung des Angstträgers, die mich an einen einfachen Kreis erinnerte, glühte beständig, während er zu mir zurückkam.

„In Ordnung", flüsterte er und nickte. Es war ein Nicken, das ihm wohl selbst Zuversicht zusprechen sollte. „Ich verabreiche dir den Saft einer jungen Vertrauensknolle. Es wirkt antiseptisch und stärkt deine Abwehrkräfte. Hoffen wir, dass es das Richtige ist."

Der junge Angstträger träufelte ein paar Tropfen der weißen Flüssigkeit auf ein schwarzes Tuch und presste es auf meine Schulterwunde. Ein rasender Schmerz breitete sich in meinem Körper aus und ich biss die Zähne zusammen, um nicht laut aufzuschreien, als die Zeltplane heftig zur Seite gerissen wurde.

„Hilfe", röchelte ein schwarzer Ekelträger, der sich augenscheinlich kaum noch auf den Beinen halten konnte. „Mir geht es nicht gut. Ich wurde heute gebiss-"

Weiter kam er nicht, denn da brach er auch schon ohnmächtig zusammen, während sein Körper wild zu zucken begann. Entsetzt betrachtete ich den Tierverbundenen, dessen Arme und Beine von Bisswunden übersät waren.

„Oh nein, oh nein", stammelte der Heiler und stürzte zu seinem neuen Patienten. „Heftige Krämpfe, blaue Lichter, entzündete Bisswunden ... ich hoffe nur, das ist das Richtige." Mit diesen Worten zückte er erneut den kleinen weißen Flacon.

Ich war in Gedanken noch immer bei dem Tierverbundenen mit den schrecklichen Zuckungen, als ich die Feuerhalle betrat. Mir selbst ging es nach der Behandlung des jungen Heilers zwar etwas besser, aber die Sorge darüber, was für ein Gift der Totaa mit seinem Biss in meinem Körper hinterlassen haben mochte, blieb. Allerdings hatte ich nicht vor, diese Sorge mit irgendjemandem zu teilen. Stattdessen richtete ich meine Aufmerksamkeit auf die Kriegsbesprechung, die vor mir lag.

Wie ich es erwartet hatte, loderten in der Mitte der Feuerhalle schwarze Flammen, die durch ein Loch in der kuppelförmigen Decke bis in den Himmel schlugen. Rund um das Feuer verzweigten sich hitzebeständige Äste zu einem großen achteckigen Tisch, an dem schon einige Sinnträger saßen. Auch Mel war anwesend und ich bemerkte, dass er seinen zerrissenen Kampfanzug gegen einen neuen getauscht hatte. Nun war ich umso froher, dass ich mich ebenfalls umgezogen hatte. Davor hatte ich auch noch schnell einen Abstecher ins Hygienezelt gemacht und eine kurze Dusche genommen.

„Ach, du bist heute auch hier, wie schön", hörte ich

eine zynische Stimme hinter mir. „Ich wusste gar nicht, dass du noch immer lebst." Ich musste mich nicht umdrehen, um zu erkennen, von wem sie kam *und dass auch sie noch immer lebte.*

Tara hatte anscheinend nach mir die Feuerhalle betreten. Und nicht nur sie, das roch ich. Seinen Duft hätte ich überall erkannt.

„Dafür haben wir keine Zeit, Tara", hörte ich Ben sagen, bevor er zum achteckigen Tisch ging, um sich neben Mel zu setzen.

„Genau, dafür haben wir keine Zeit, Tara", pflichtete ich ihm bei und drehte mich zu der Ekelträgerin um. Für einen Moment tat es gut, dass Ben ihre sonst so präsente Überheblichkeit mit einem Satz weggewischt hatte.

Dafür starrte sie mich dermaßen hasserfüllt an, als könnte sie mich mit ihren bloßen Blicken töten. Sie trug eine enge schwarze Uniform, die ihren üppigen Busen betonte und einen starken Kontrast zu ihren blonden Haaren bildete, die ihr in dicken Wellen über die Schultern fielen.

Es dauerte einen Moment, bis sich Tara wieder im Griff hatte und ein gehässiges Grinsen in ihrem Gesicht erschien. Das gleiche Grinsen, das ich schon zu oft gesehen hatte.

„Zum Glück hatten Ben und ich vorhin unter der Dusche etwas mehr Zeit", flüsterte sie mir mit tiefer Genugtuung zu und rempelte mich im Vorbeigehen hart an, bevor auch sie sich an den Tisch setzte. Ich sah ihr nach und versuchte den Ärger, den ich bei ihren Worten empfand, zurückzudrängen – genau wie die Eifersucht, die hier wirklich nichts verloren hatte.

Sieben Minuten später wurde die doppelflügelige

Tür zur Feuerhalle mit einem Knall aufgestoßen und Arkadius stampfte herein. Er trug einen dunklen Anzug und einen schwarzen Umhang, der bei jeder seiner Bewegungen einen knurrenden Laut von sich gab. Arkadius' Gesichtsausdruck strotzte vor Ekel und Aggressivität und ich sah, wie die meisten Anwesenden seinem Blick auswichen. Hinter ihm schlich Casimir mit gesenktem Kopf durch den Raum.

Arkadius setzte sich auf einen massiven, breiten Eisenstuhl und schnippte mit den Fingern, woraufhin sich der Holztisch mitsamt den Stühlen zur Mitte zusammenzog, bis er genau die richtige Größe für die Anzahl der Teilnehmer aufwies.

„Wir haben heute schwere Verluste hinnehmen müssen!", donnerte Arkadius' Stimme durch die Halle. Die Schatten des schwarzen Feuers tanzten über sein bärtiges Gesicht und ein Moment der Stille trat ein.

„Im Augenblick fehlt uns die Zeit, um die Toten angemessen zu betrauern. Aber wir werden ihnen die Ehre erweisen, die sie verdienen. Wir haben heute gute Sinnträger verloren, wir haben viel zu viele verloren." Er senkte das Kinn und starrte uns unter seinen buschigen Augenbrauen grimmig an. „Die Totaa haben uns heute vernichtet, sie waren uns weit überlegen. Sie haben ihre Kriegsfertigkeiten ausgebaut – und ich will wissen, WIE!" Sein Blick wanderte über die anwesenden Personen.

„Das blaue Licht wurde in vielen Teilen der Sinnlichen Welt gesichtet, Gestalter", ergriff Casimir als Erster das Wort. Der hagere Templer saß neben Tara und legte die Kapuze seines schwarzen Umhangs ab. Sein Gesicht wirkte noch faltiger und älter als sonst, auch ihn hatten die Strapazen der letzten Wochen deutlich gezeichnet. „Und in all diesen Gebieten wurde von ähnlichen

Vorkommnissen berichtet. Totaa mit übersinnlichen Kräften ziehen durch das Land."

Arkadius schnaufte und donnerte mit seiner Faust so fest auf den Tisch, dass er mit einem ohrenbetäubenden Krachen auseinanderbrach. „Sagt mir etwas, das ich noch nicht weiß!", schrie er laut.

Die Anwesenden machten keinen Mucks, während nur Arkadius' schwerer Atem zu hören war. „Ist hier kein Naturverbundener in der Nähe, der den beschissenen Tisch reparieren kann?", fauchte er dann und ich sah, wie ein schmächtiger Ekelträger aufstand und rasch über die Äste strich, bis sie sich zaghaft wieder miteinander verflochten.

„Lasst die anderen Gestalter berichten", forderte Arkadius daraufhin mürrisch. Casimir stand unverzüglich auf und richtete seine Handfläche auf das schwarze Feuer in der Mitte des Saales. Die Flammen knisterten laut und dann erschien der Kopf von Joost im Feuer. Seine weißen Haare fielen ihm wirr ins Gesicht und seine Züge verrieten, dass der heutige Tag auch an seinem Sinn des Vertrauens gerüttelt hatte.

„Heute war ein schwarzer Tag in der Sinnlichen Welt", murmelte er erschöpft. „Als das blaue Licht zu sehen war, entwickelten die Totaa enorme Kräfte, von denen ich noch nie in dieser Konzentration gehört habe. Wir haben heute große Verluste erlitten."

Als Nächstes erschien Panicas Kopf und die Angstträgerin nickte, bis ihre dunklen Locken wippten. „Ich habe so etwas auch noch nicht gesehen. Eine Siedlung am violetten Wasserfall wurde völlig zerstört. Hier waren andere Mächte am Werk und ich bin mir sicher, dass die Bücher der Macht etwas damit zu tun haben. Sie müssen dafür verantwortlich sein! Ich sage euch, dass ist der Anfang vom En-"

„Du übertreibst, meine Liebe", unterbrach sie Philomena lächelnd. „Der heutige Tag war ein kleiner Rückschlag, nicht mehr. Wir wissen nicht, ob die Totaa tatsächlich ein Buch aktiviert haben. Wie du selbst weißt, ist es nicht so einfach, ein Buch zu beherrschen. Ich bin dafür, dass wir versuchen, eine etwas positivere Einstellung an den Tag zu legen. Übrigens ist das orangefarbene Land heute nicht angegriffen worden." Ihr hell gepudertes Gesicht strahlte in die Runde.

„Dann werdet ihr vielleicht morgen eure Toten zählen!", brüllte Arkadius durch den Saal. „Der heutige Tag war kein einfacher Rückschlag!" Seine Gesichtsmuskeln spannten sich an und er erinnerte mich an eine Bestie, die gleich zuschlagen würde. Philomena konnte froh sein, dass nur ihr Flammenbild anwesend war und nicht sie selbst. „Die Totaa haben ihre Übermacht demonstriert! Wir sind mehr, aber sie sind stärker! Und sie haben uns heute gezeigt, wozu sie fähig sind!"

„Das haben sie", pflichtete ihm Coel bei. „Wir haben heute in den Edelgrünsteinminen gekämpft, und es war ein blutiger Kampf. Selbst die Kreischer waren den Totaa nicht wirklich gewachsen. Die Totaa haben uns mehrfach angegriffen - wahrscheinlich weil wir als einziges Sinnesland über ein Buch der Macht verfügen."

„Ich frage mich, wie oft du das noch erwähnen wirst", mischte sich Philomena spitz ein.

„Was gibt es aus dem Land der Trauer?", fragte Arkadius unwirsch dazwischen. Wir starrten auf das Feuer, aber die Flammen blieben leer.

„Agatha?", versuchte Arkadius es erneut.

„Vielleicht schläft sie", sagte Joost.

„Vielleicht ist sie tot", flüsterte Panica.

„Das wäre möglich", erwiderte der Gestalter des Vertrauens ruhig. „Unsere Informanten ließen uns wissen, dass die Menschverbundenen auf der Stelle eliminiert werden. Nur jene, von denen sich die Totaa wertvolle Informationen erhoffen, werden gefangen genommen und gefoltert."

„Und dann?", fragte Panica.

„Und dann werden sie getötet", ergänzte Joost. „Es herrscht Krieg, wenn ich dich daran erinnern darf."

„Wir müssen herausfinden, welches Buch zum Einsatz gekommen ist", meldete sich nun auch Quirin zu Wort. „Natürlich lässt die Farbe des Lichts auf das Blaue Buch schließen", fügte er hinzu.

Es war das erste Mal seit seiner Verhaftung, dass ich Quirin sah, und auch er wirkte um Jahre gealtert. Die Macht der Acht hatte beschlossen, ihn freizulassen, nachdem der Schwarze Meister Walto getötet und die Kämpfe begonnen hatten.

„Was für eine beeindruckende Schlussfolgerung", ätzte Arkadius. „Kannst du uns vielleicht auch etwas sagen, was nicht jeder Idiot schon weiß oder vermutet?"

Quirins Gesichtsausdruck blieb beherrscht, als er den kahlen Kopf in Arkadius' Richtung drehte. „Der Verräter Jesper hat damals das Gelbe, das Schwarze und das Orangefarbene Buch der Macht aus den Räumlichkeiten der Bruderschaft gestohlen. Wenn die Totaa nun einen Weg gefunden haben, das Blaue Buch zu aktivieren, heißt es, dass sie im Besitz von zumindest vier Büchern sind. Möglicherweise noch mehr. Wir müssen alles in unserer Macht Stehende tun, um zu verhindern, dass sie alle Bücher in ihre Hände bekommen, denn die konzentrierte Kraft aller acht Bände wäre vollkommen unkontrollierbar."

„Und *das hier* ist nicht unkontrollierbar? Was schlägst du denn vor, Quirin? Du hast es doch selbst nicht geschafft, die Bücher zu finden", zischte Coel.

„Zumindest hat die Bruderschaft danach gesucht und einige in Sicherheit bringen können", konterte Quirin.

Coel lachte hart auf. „Um sie dann wieder zu verlieren."

Eine bedrückte Stille entstand und die Sorge, die selbst in Arkadius' Gesicht abzulesen war, verbreitete ein Gefühl der Mutlosigkeit unter allen Anwesenden.

„Gibt es Anhaltspunkte über den Aufenthaltsort des Verräters Jesper?", fragte Philomena in dem Moment. „Er könnte uns helfen, die Absichten der Totaa zu verstehen. Bislang ist bei ihren Angriffen keine wirkliche Strategie zu erkennen."

„Der Verräter ist untergetaucht", antwortete Quirin. „Meine besten Leute suchen nach ihm und wir vermuten, dass er sich den Totaa nicht nur angeschlossen hat, sondern auch eine hohe Position bekleidet."

„Aber er ist doch ein Menschverbundener", warf Philomena irritiert ein.

„Das hat nichts zu bedeuten", erklärte Quirin starr. „Die Totaa manipulieren jene Menschverbundenen, die ihnen von Nutzen sind, und entledigen sich ihrer, wenn sie es nicht mehr sind. Fakt ist, wir kennen nur das erklärte Ziel der Totaa – die Säuberung der Sinnlichen Welt. Wir wissen zu wenig über ihre Strategien, denn auch wenn ihre Angriffe teilweise wahllos erscheinen, so sind sie es mit Sicherheit nicht."

„Ich stimme Euch zu", erklärte Ilias, der nach Jespers Flucht zum provisorischen Wutminister ernannt worden war. Seine roten Haare trug er zu einem Pferdeschwanz gebunden und er wirkte noch sehr jung, war jedoch schon erfahren und hatte dem Wutministerium als Beschützer gedient. „Wir wissen tatsächlich zu wenig über die Totaa. Wir müssen endlich ihre Schwachstellen identifizieren."

„Verstärkt die Bestrebungen eurer Spione, Joost", verlangte Coel. „Wir wissen zu wenig über den neuen Anführer, während seine Leute wahrscheinlich in unseren vordersten Reihen sitzen."

„Seid vorsichtig mit solchen Aussagen", entgegnete Joost. „Missgunst ist wie ein Virus, der unseren Zusammenhalt zerstören kann. Wir benötigen jetzt Einigkeit."

„Und Gewissheit", wisperte Panica. „Ich bin dafür, dass wir eine geschlossene Sitzung zu dem Blauen Buch der Macht abhalten. Unsere Geschichtsschreiber sollen alles über die Urgestalterin der Trauer ausgraben, was sie nur finden können. Tulla hat dieses Buch geschrieben, womöglich ist ihr Leben der Schlüssel, um zu verstehen, was heute passiert ist."

„Ich stimme Panica zu", bemerkte Quirin. „Außerdem muss jeder von uns die Sicherheitsvorkehrungen in seinem Land noch weiter verschärfen. Und die strategisch wichtigen Punkte sichern. Ich werde die Anwesenheit der Wächter in der Schwarzweißen Stadt weiter verstärken, denn es würde mich nicht wundern, wenn sie das nächste Ziel der Totaa ist."

Ich glaube an die Kraft, die in uns steckt.
Viel zu unterschätzt sind die Reichtümer,
die in uns selbst liegen und uns zu Großem
verhelfen.
Nur wer Zugang zu seinem tieferen Ich,
zu seiner Macht erhält, erfährt die
Reinheit seiner Möglichkeiten.

Denn die Sinnliche Welt hat uns
mit mehr ausgestattet als dem,
was wir mit bloßem Auge sehen.
Die Magie liegt in uns, in jedem einzelnen von uns.
Nur wird ihr Zugang verstopft,
wir können die Schleusen nicht öffnen,
weil wir uns nicht einlassen – auf so vieles lassen wir
uns nicht ein.

Statt den inneren Kampf zu kämpfen,
statt uns selbst zu heilen und die Kräfte freizusetzen,
kämpfen wir gegen die anderen,
lassen die Entscheidung über Hell oder Dunkel die
Welt regieren,
lassen den Krieg in unsere Herzen.
Lassen den Krieg in unsere Herzen.

Aus den blauen Aufzeichnungen von Tulla, Ur-Gestalterin der Trauer

Kapitel 6

Riesige Rosen mit schwarzblauen Blütenkronen wuchsen aus dem dunkelbraunen Sand und summten eine traurige Melodie, die mein Herz berührte. Es klang wie ein Kanon, der vom Leid des Krieges und dem Schmerz des Abschieds erzählte, während die schwarzblauen Blütenblätter sich leise im Wind bewegten. Das braune Meer spülte seine Wellen sanft an den Strand, als wollte es das einträchtige Summen der Trauerrosen nicht stören.

Wir befanden uns in einer verlassenen Bucht, die von den massiven Schlammbergen eingekesselt war. Rund zweihundert Sinnträger waren zur Trauerfeier erschienen, unter ihnen auch Casela, jene Tierverbundene mit den tiefschwarzen Haaren und türkisblauen Augen, die in der Pyramide der Wachsamkeit arbeitete und vor Kriegsbeginn mit Jaron zusammen gewesen war. Ohne ihren Zwilling Nasela, die bei unserer letzten gemeinsamen Mission im Erstaunensland komplett zu Eis erstarrt war, sah sie furchtbar verloren aus.

Ich nickte Casela zu und erkannte ein Stück hinter ihr auch Caprice und Edomir, die ich bereits begrüßt hatte. Sie alle waren in ihren Ländern tätig und hatten Kriegs- oder Versorgungsaufgaben übernommen. Caprice arbeitete wieder als Heilerin und hatte eine hohe Stelle im Weißen Sanatorium inne, während Edomir sich um den seelischen Beistand der Truppen kümmerte.

Die letzten Sinnträger wurden gerade durch das geheime magische Portal an den Strand teleportiert. Sie alle waren dunkel gekleidet, denn auch das Ereignis, wegen dem wir uns heute hier versammelten, war dunkel.

„Lee, es ist schön, dich zu sehen. Auch wenn es kein schöner Anlass ist", bemerkte Thaya, die gerade auf mich zukam. Sie trug ein langes dunkelblaues Kleid, das sich eng um ihren Körper schmiegte. Es war aus unzähligen Blütenblättern gefertigt, die in den Trauerkanon einstiegen und leise mitsummten.

„Das ist wirklich kein schöner Anlass", pflichtete ich ihr bei, während der Wind durch meine Haare fuhr und sie durcheinanderwirbelte. „Aber es ist schön, dass du trotz allem gekommen bist. Woher wusstest du von dem Verabschiedungsritual?", fragte ich, während ich Casela aus den Augenwinkeln beobachtete. Die Tierverbundene hatte eben noch an den Trauerrosen neben uns geschnuppert und stand plötzlich ganz allein am anderen Ende der Bucht, wo sie herzzerreißend schluchzte. Ich kniff die Augen zusammen. Wie war sie so schnell dort hingelangt?

„*Ich* habe Thaya eingeladen", zischte eine Stimme in mein Ohr und ich drehte mich um. Es war Casimir. Der hagere Templer stand direkt hinter mir, in derselben schwarzen Kutte, die er immer trug. „Ich habe sie alle eingeladen", fuhr er fort. „Alle noch lebenden Auserwählten wurden über die Trauerfeier informiert. Auch wenn der Kreis aufgelöst wurde, so seid ihr doch verpflichtet, jenen, die mit euch nach den Büchern der Macht gesucht haben, die letzte Ehre zu erweisen." Mich überraschte Casimirs Sinn für Zusammenhalt und ich nickte kurz als Zeichen der Dankbarkeit.

„Bildet euch darauf nichts ein", erwiderte er knapp, während seine zerrissenen schwarzen Linien zu funkeln begannen. Dann schlurfte er nach vorne, Richtung Wasserlinie. Dort stand schon Arkadius bereit.

„Wie geht es dir, Thaya?", fragte ich und betrachtete die zierliche Trauerträgerin, die noch vor einigen Monaten im Weißen Sanatorium untergebracht gewesen war.

„Du wunderst dich, dass ich zu Jarons Feier gekommen bin, nicht wahr?", fragte sie und ihre hauchdünnen dunkelblauen Linien, die sich anmutig von ihrem Mund bis zu ihrer Schläfe verästelten, begannen, sanft zu glimmen. „Obwohl er mich mit einem Liebeszauber manipuliert und gequält hat, woraufhin ich Wochen in dieser scheußlichen Einrichtung verbringen musste, war er doch einer von uns." Ihre Stimme klang zerbrechlich und ihre dunkelblauen Augen wurden wässrig, als sie von ihm sprach. Ich nickte verständnisvoll und blickte über ihre Schulter zu dem magischen Portal, aus dem gerade Ben und Simeon traten.

Simeons Augen funkelten, als er mich sah, und er hob die Hand, um mir freudig zuzuwinken. Eine Geste, die bei diesem Anlass nicht wirklich angebracht war, was auch Ben fand, der Simeons Hand schnell wieder nach unten drückte. Ein Gefühl der Erleichterung machte sich in mir breit – Simeon war am Leben.

„Lee, ich freue mich so, dich zu sehen!", rief Simeon, als er mir entgegenlief und mir um den Hals fiel.

„Mann, das ist eine Trauerfeier", sagte Ben trocken.

„Ben hat recht, Simeon", sagte ich und versuchte, mich aus seiner Umarmung zu lösen, selbst wenn sie sich wirklich gut anfühlte.

„Ja ja", murrte Simeon und grinste übers ganze Gesicht. „Dann tue ich halt so, als würde ich heulen, und halte mich dabei an dir fest – wenn dir das lieber ist."

Unwillkürlich musste ich grinsen.

„Ich bin froh, dass du lebst", sagte ich.

„Ich bin auch froh, dass ich lebe", erwiderte Simeon

mit einem schelmischen Ausdruck im Gesicht. „Aber ich finde es auch schön, dass ihr alle noch wohlauf seid", erklärte er und wandte sich auch Ben und Thaya zu. „Auch du, Thaya."

„Danke", sagte sie schwach und strich sich eine Träne von der Wange. „Ich werde mich jetzt noch sammeln und mich mental auf die Feier einstimmen", sagte sie und schritt durch den Sand zum hinteren Ende der Bucht. Der Wind zupfte leicht an ihren summenden dunkelblauen Blütenblättern.

„Erstaunlich ... genau das habe ich gesehen", meinte Simeon gedankenverloren.

„Dass Thaya sich verzieht?", fragte Ben. „Das haben Lee und ich auch gesehen."

„Nein, das meinte ich nicht. Ich habe davon geträumt."

„Dass Thaya sich noch einmal sammelt?", fragte ich stirnrunzelnd.

„Ja, komisch, nicht? Es ist, als hätte ich genau diese Szene vor ein paar Tagen geträumt. Und dann habe ich auch noch von so kleinen Kreaturen mit spitzen Krallen geträumt, die über mich hergefallen sind ... Es war so real, dass ich dachte, es sei wirklich passiert. Echt irre, oder?"

„Irre ist, dass du uns davon erzählst", bemerkte Ben trocken und ich musste schmunzeln. Es tat gut, für einen Moment das Hier und Jetzt zu vergessen und jene Leichtigkeit zu empfinden, die vor ein paar Monaten noch ganz normal gewesen war. Ich wusste nicht, wie Simeon das anstellte, aber in seiner Anwesenheit fühlte ich mich irgendwie immer besser.

Simeons nachdenklicher Gesichtsausdruck, der zeigte, dass er sich noch mit seinen Träumen beschäftigte, war im nächsten Moment wieder wie weggewischt.

„Hey, Leute", sagte er und strahlte uns an. „Es tut so gut, euch zu sehen." Dann machte er eine Pause und strich sich über seinen dunkelgrünen Anzug, der klitzekleine Wasserperlen absonderte.

„Was trägst du denn da?", fragte Ben und zog die Augenbrauen zusammen.

„Das ist ein Traueranzug", erklärte Simeon stolz. „Der übernimmt das Weinen für mich."

Ich sah Simeon ungläubig an. „Das ist absurd, *du* solltest doch um Jaron trauern und nicht dein Anzug."

„Jaron hat uns im Stich gelassen", erwiderte Simeon emotionslos. „Ich bin hier – mehr kann er echt nicht erwarten."

„Aber er konnte doch nichts dafür", widersprach ich und senkte die Stimme. „Du weißt doch, dass *der Fluch der Bücher* für seine Veränderung verantwortlich war."

Simeon seufzte. „Du hast mir wirklich gefehlt, mein gutes Gewissen", sagte er zu mir und klopfte mir auf die Schulter. „Ohne dich bin ich wirklich verloren."

Ich musste kurz lächeln, dann verzog Simeon jedoch den Mund. „Die letzten Wochen ohne euch waren echt ein Albtraum, das kann ich euch sagen."

Ben verschränkte die Arme vor der Brust. „Simeon, du arbeitest im Zentrum für Magie", sagte er müde. „Andere müssen in die Schlacht ziehen … ich denke, du hast im Vergleich dazu einen ziemlich ruhigen Job."

„Da denkst du aber falsch", erwiderte Simeon und seine grünen Augen funkelten geheimnisvoll. „Wir sind Tag und Nacht damit beschäftigt, Vernichtungswaffen gegen die Totaa zu erfinden. Dabei kommt es natürlich immer wieder zu diversen Explosionen und Unfällen … und die sind alles andere als ungefährlich."

„Hast du von den neuen Kräften der Totaa gehört?",

fragte ich automatisch, während Simeon betroffen nickte. „Und habt ihr etwas gefunden, was wir ihnen entgegenhalten könnten?"

Simeon schüttelte verdrossen den Kopf. „Wir haben mit verschiedenen Elixieren gearbeitet und versucht herauszufinden, wie sie diese Leistungssteigerung erreichen konnten. Leider sind wir zu dem Schluss gekommen, dass hier eine andere Macht im Spiel ist. Es gibt Gerüchte, wonach das Blaue Buch für die Superkraft der Totaa verantwortlich ist, aber das wisst ihr wahrscheinlich schon. Was ihr womöglich nicht wisst: Es gab auch schon eine vertrauliche Sitzung der Gestalter zu dem Thema und anscheinend haben sie einen Plan geschmiedet, irgendetwas total Geheimes." Simeon nickte bedeutungsschwanger. „Ich weiß nur nicht, was genau."

Ben schnaubte. „Wenigstens weißt auch du nichts über ihre Pläne. Sonst würden die ganzen Sicherheitssysteme komplett versagen."

„Hey", erklärte Simeon leicht entrüstet. „Ich bin eben gut informiert. Außerdem weiß ich, dass die Totaa versuchen, noch mehr Tierverbundene zu rekrutieren, während die Menschverbundenen getötet werden."

„Das ist leider keine Neuigkeit", erwiderte ich. „Wenn es so weitergeht, wird es bald tatsächlich keine Menschverbundenen mehr geben."

„So weit wird es nicht kommen", sagte Ben in dem Moment mit einer Stimme, die zugleich unglaublich sanft und bestimmt klang. Und obwohl seine Aussage völlig ohne Gehalt war, spendete er mir damit in diesem Moment doch ein wenig Trost.

„Wollt ihr euch hier gleich ein Zimmer nehmen?", fragte Simeon mit einem fetten Grinsen im Gesicht. „Ich habe gehört, hier um die Ecke gibt es eine nette Pension, zwar werden dort Ekelsauger zum Frühstück serviert, aber die Schlammbetten sollen fantastisch sein."

„Simeon, sei still", sagten Ben und ich beinahe gleichzeitig.

„Schon gut, schon gut", erwiderte der Magiebegabte und hob beschwichtigend die Hände. „Mann, wie sehr habe ich das vermisst."

„Wir erweisen jenen, die für uns gestorben sind, heute die letzte Ehre", hallte Arkadius' Stimme eine Viertelstunde später durch die Bucht und das Trauersummen der schwarzen Rosen wurde ganz leise.

„Ihr Tod wird nicht ohne Konsequenz, ihr Tod wird nicht ohne Vergeltung sein." Er atmete tief ein und hob beide Hände gen Himmel. Im selben Moment tauchten unzählige Holzplanken aus dem Meer, auf denen die Toten in schwarzen Leichentüchern aufgebahrt lagen. Sie schaukelten sachte auf der Wasseroberfläche, während der Chor der schwarzen Rosen wieder erklang. Die Melodie war tieftraurig und die meisten der anwesenden Trauerträger begannen, bei dem lieblich gebrochenen Klang zu weinen.

Arkadius nahm seine Arme wieder herunter und seine Gesichtszüge verhärteten sich. Seine Augen waren tiefschwarz. „Wer im schwarzen Land des Ekels gestorben ist, der soll auch hier seine letzte Ruhe finden. Uns fehlt die Zeit, um die schwarze Trauerzeremonie abzuhalten, wie es schon die Urgestalter getan haben, denn der Feind lässt uns kaum Atem schöpfen – aber es wird die Zeit kommen, in der wir angemessen all jenen gedenken können, die für uns ihr Leben gaben. Die Zeit wird jene nach dem Sieg sein, wenn die Leichen unserer Feinde über das Wasser ziehen!"

Der Wind sauste mit diesen Worten über die kräuselnde Wasseroberfläche und die Wellen schlugen höher, um die Leichen der Verstorbenen mit sich zu nehmen, bis in die Tiefen des braunen Meeres. Ich warf einen letzten Blick auf Jaron, den ich unweit von Lydia in einer der vorderen Reihen erkannte. Die Wächterin hatte es also nicht geschafft. Selbst jetzt wirkte sie wütend, während Jaron friedlich und zufrieden aussah. Mit seinem entspannten Gesichtsausdruck erinnerte er mich nun mehr an den Jaron, den ich gekannt und gemocht hatte.

So wollte ich ihn in Erinnerung behalten, dachte ich, als sein Körper im Meer versank.

Kapitel 7

„Du bist auch hier?", fragte Caprice kühl, als ich später am selben Abend das weitläufige schwarze Zelt betrat, das am Trauerrosen-Strand errichtet worden war. Es war innen weit größer, als es von außen gewirkt hatte, aber das war ich mittlerweile schon gewohnt. In der Sinnlichen Welt war selten etwas so, wie es von außen zu sein schien.

„Casimir hat mir gesagt, dass ich heute hier übernachten soll", erwiderte ich ruhig, während ich die Situation auf einen Blick erfasste. Dieses Schlafzelt verfügte über sechs Betten und bisher befanden sich außer mir genau die fünf Sinnträger in dem provisorischen Lager, mit denen ich erweckt worden war: Es war der übrig gebliebene Kreis der Auserwählten.

„Interessant. Weiß jemand, warum wir die Nacht hier gemeinsam verbringen sollen?", fragte ich in die Runde.

Ben, der lässig auf einem der hölzernen Feldbetten lag, zuckte mit den Schultern. „Wir wissen es nicht."

Thaya saß neben Edomir auf dem Boden vor der Feuerstelle und wippte nervös mit dem Fuß. „Warum sollten sie uns wieder zusammenbringen?", fragte sie. „Glaubt ihr, dass es etwas mit Jarons Tod zu tun hat?"

Caprice schüttelte den Kopf und band sich ihre weißen Haare zu einem dicken Knoten zusammen. „Nein, hier ist etwas Größeres im Gange."

„Und was?", fragte Simeon, der sich mit einem Oktaeder in der Hand auf eines der freien Betten legte.

„Es muss mit den Bücher zu tun haben, das ist unsere

einzige Verbindung, Magiebegabter", antwortete Caprice und begann, in dem Zelt auf und ab zu tigern.

„Könntest du das bitte lassen?", fragte Edomir, der nervös mit der Kordel seiner violetten Kutte spielte. „Das macht mich ganz unruhig."

Caprice blieb abrupt stehen. „*Das* macht dich unruhig? Da draußen tobt der Krieg und wir sitzen hier auf Geheiß der Gestalter in einem von Arkadius' stinkenden Zelten fest. DAS sollte dich nervös machen."

„Glaubt ihr denn auch, dass die Totaa tatsächlich ein Buch der Macht aktiviert haben?", fragte Thaya in dem Moment. „Ist das der Grund für das blaue Licht, das überall gesichtet wurde?"

Caprice zuckte mit den Schultern. „Keine Ahnung."

Edomir fuhr sich durch seine rot gelockten Haare. „Am Ende ist es egal, denn es herrscht überall Krieg und überall stapeln sich die Leichen", flüsterte er, während seine verschlungene Gesichtszeichnung violett zu glimmen anfing. „Wir werden alle sterben, die Totaa werden jeden Einzelnen von uns töten. Wir sind ohnehin dem Untergang geweiht."

„Großartig. Und du bist der Seelsorger für die Truppen. Kein Wunder, dass die Motivation am Boden ist", bemerkte Ben unbewegt und verschränkte die Hände hinter dem Kopf.

„Hey, du weißt gar nicht, wie das ist, wenn man sich den ganzen Tag die Ängste anderer Leute anhören muss", herrschte ihn Edomir an, der seine Beine ausstreckte. „Ich bin ein Angstträger, verdammt noch mal! Ich hatte meinen Sinn gut unter Kontrolle, bis dieser verfluchte Krieg ausbrach. Nur weil ich ein Templer bin, bin ich nicht dafür gemacht, mich um das Seelenwohl anderer zu kümmern. Ich sollte Bücher studieren, irgendwo in einem Keller, weit weg von der ganzen Furcht, die nun in den Ländern überhandnimmt."

„Du hast recht", sagte Ben und sog tief die Luft ein. „Du solltest tatsächlich in einem Keller sein anstatt hier."

„Hört auf", ging ich dazwischen, „das bringt uns nicht weiter. Die Gestalter wollen, dass wir alle hier zusammen sind. Es wird einen Grund für diese Entscheidung geben."

„Und ich dachte, Vertrauen wäre *mein* Sinn", bemerkte Caprice leichthin und setzte sich auf das leere Feldbett, das neben dem von Simeon stand. „Wie gut waren denn die Entscheidungen, die die Gestalter bislang getroffen haben? Sie haben Quirin eingesperrt, haben ihn dafür verdammt, dass er sich mit unorthodoxen Methoden um die Suche der Bücher bemüht hat – aber wenigstens war er aktiv, während die anderen die Bedrohung durch die Totaa unterschätzt haben." Sie schnaubte. „Jetzt sind die Totaa im Besitz der Bücher, sie haben das Schwarze, das Gelbe, das Orangefarbene, wahrscheinlich das Rote und jetzt auch noch das Blaue Buch – und was haben wir?" Ihr ganzer Körper, der in einen engen weißen Anzug gehüllt war, spannte sich an. „Wir haben das Grüne Buch – wenn es nicht schon wieder ein neuer Verräter entwendet hat. Und das Weiße Buch wurde noch immer nicht gefunden!" Sie schnaubte noch einmal und fuhr mit den Fingern nervös über ein kreisrundes weißes Medaillon, das sie um den Hals trug. Die Ungewissheit über den Aufenthaltsort des Weißen Buches schien ihr irgendwie besonders nahezugehen, denn ihr Schnauben war auch kein einfaches Schnauben - es war diesmal so stark, dass das kleine Feuer vor ihr erzitterte und kurz erlosch, bevor es sich wieder von selbst entzündete.

Alle starrten Caprice an.

„Was ist?", herrschte sie uns an.

„Wie hast du das gemacht?", fragte Simeon und schwang die Beine über die Bettkante.

„Ich habe gar nichts gemacht", knurrte Caprice. „Das muss der Wind gewesen sein."

„Vielleicht ist sie eine von ihnen", wisperte Edomir.

Caprice sprang mit einer katzenhaften Bewegung auf ihn zu. „Was willst du damit sagen?", fragte sie drohend und die Schatten der Flammen tanzten in ihrem Gesicht.

Edomir räusperte sich, während er den Blick auf den Boden richtete und an der Kordel seiner Kutte herumnestelte.

„Den Totaa gelingt es immer besser, Tierverbundene zu rekrutieren ... wer sagt uns, dass du keine Spionin bist?"

Caprice starrte Edomir wütend an. „Wer sagt, dass sie nicht dich rekrutiert haben und dass sich hinter deiner jämmerlichen Fassade nicht in Wirklichkeit ein hinterhältiger Charakter versteckt, der nur darauf wartet, unsere Geheimnisse zu verraten?"

Edomirs Augen flackerten wild. „Hast du denn Geheimnisse?"

„Das bringt doch nichts", mischte ich mich ein. „Wir müssen hier die Nacht verbringen, gemeinsam, ob wir wollen oder nicht. Beruhigt euch also."

„Ja, Lee hat recht, beruhigt euch", sagte Simeon und warf den Nachrichtenwürfel in die Luft. „Lasst uns einfach ein wenig Nachrichten hören, um uns abzulenken und die Stimmung zu verbessern." Im nächsten Moment richtete er sich auf und aktivierte die grüne Seite des Nachrichtenwürfels.

„Eilmeldung: Unglaubliche Nachrichten", ertönte eine

hohe Stimme. *„In der Schwarzweißen Stadt hat sich heute bei einer Versammlung von Menschverbundenen – vor der die Macht der Acht immer wieder ausdrücklich gewarnt hatte – ein Tierverbundener in die Luft gesprengt. Er trug ein verstärktes Selbstmordarmband und riss achtzehn Menschverbundene in den Tod, unzählige weitere wurden verwundet. Unseren Quellen zufolge war der Selbstmordanschlag ein Ablenkungsmanöver, denn plötzlich marschierten die Totaa in die Schwarzweiße Stadt ein. Nach einem blutigen Kampf, bei dem die unnatürlich starken und schnellen Totaa ihre Überlegenheit gegenüber den Wächtern und Beschützern demonstriert haben, ist die Schwarzweiße Stadt ganz überraschend von ihnen eingenommen worden.*

Die Schwarzweiße Stadt ist gefallen! Es ist eine hässliche, erstaunliche Wendung in diesem Krieg, dessen Ausmaß schon …

Simeon deaktivierte den Würfel. „Unglaublich … sie haben tatsächlich die Schwarzweiße Stadt eingenommen? Dort waren doch so viele Wächter und Beschützer postiert, um genau das zu verhindern", hauchte er entsetzt. „Okay, das mit der Stimmung hat nicht funktioniert", meinte er dann niedergeschlagen und ließ sich wieder zurück auf das Bett plumpsen.

Ich biss mir auf die Lippen und wollte mir nicht vorstellen, was als Nächstes passieren würde. Die Schwarzweiße Stadt, das Zentrum unserer Welt, war nun in den Händen der Totaa.

Ein kratzendes Geräusch ließ mich herumfahren. Es war ein hässlicher Laut, den ich schon einmal vernommen hatte.

„Hört ihr das?", fragte ich und spürte, wie mein Puls in die Höhe schoss, während sich gleichzeitig mein

Wachsamkeitslicht entfachte.

„Ne, was denn?", meinte Simeon und setzte sich auf dem Bett auf. Dann starrte er auf den dunkelbraunen Sand unter unseren Füßen und seine rechte Wange begann grün zu leuchten, als er die Kreaturen erblickte, die für die furchtbaren Geräusche verantwortlich waren. Sie krabbelten überall aus dem Boden. Und sie hatten anscheinend nur ein Ziel: Sie wollten uns töten.

„Das Zelt ist zu!", schrie Thaya, während sie an dem Zelteingang rüttelte, der nicht mehr aufzuschieben war. Ich hatte keine Gelegenheit, mir darüber Gedanken zu machen, denn ich versuchte, meine magische Fähigkeit anzuwenden, was mir aus unerfindlichen Gründen nicht gelang. Immer wenn ich die Herrschaft über den dunkelbraunen Sand an mich gerissen hatte, fühlte es sich an, als würde jemand die Verbindung zwischen mir und den Körnern einfach wieder kappen. Währenddessen schraubten sich unzählige Kratzlinge hektisch aus dem dunklen Sand des Trauerrosen-Strandes. Sie waren das identische Abbild der Kratzer aus den Edelgrünsteinminen, nur viel kleiner, nicht größer als eine Hand. Ihre Gesichter waren ähnlich missgestaltet, die Haut hing ihnen in Fetzen herunter und nur ihre grün leuchtenden Augen schillerten hindurch. Aus ihren spinnenförmigen Körpern wuchsen vier spitze Krallen, mit denen sie sich ruckartig durch das Zelt bewegten und gezielt auf uns losgingen.

„Nein!", schrie Thaya. „Lasst mich in Ruhe!" Verzweifelt sprang sie in die Luft, als die Kreaturen nach ihr schnappten - und zwar so hoch, dass sie beinahe an der Zeltdecke anstieß, die sich vier Meter über dem Boden spannte.

Ben war sofort auf die Beine gesprungen, hatte sich ein Bettlaken geschnappt und es in Brand gesetzt, um damit die Eindringlinge zu vertreiben – doch es waren zu viele und sie reagierten kaum auf das Feuer.

Sie fielen über uns her wie eine wildgewordene hungrige Meute und ich spürte, wie sich ihre messerscharfen Krallen von allen Seiten in mein Fleisch bohrten. Edomir lag bereits regungslos am Boden. Von ihm war kaum noch etwas zu sehen, da die Kratzlinge sich sofort auf ihn gestürzt hatten. Sein Blut sickerte in dicken Rinnsalen in den sandigen Boden und die Angreifer kratzten an seinem Fleisch – ich hörte, dass sie sogar bereits an einem seiner Knochen schabten. Es war ein grässlicher, markerschütternder Laut und ich wollte ihm zu Hilfe eilen, doch ohne Wächterstab und ohne meine magische Fähigkeit konnte ich mich kaum selbst gegen die Kreaturen wehren, die auf mich losgingen. Sie krabbelten über meine Beine, die Oberschenkel hinauf und ich spürte ihre scharfen Krallen, die sich durch meine Haut bohrten. Verzweifelt schlug ich mit den Händen auf sie ein, doch es waren zu viele.

Ich hörte die anderen schreien, hörte, wie Simeon etwas auf den Boden knallen ließ, das explodierte und ein paar Kratzlinge tötete, aber es kamen immer mehr und mehr nach. Thaya sprang noch einmal in die Höhe und krallte sich an einer der oberen Zeltstangen fest, während Caprice und Simeon sich mit Händen und Füßen gegen die Angreifer wehrten. Auch ich kämpfte verzweifelt darum, am Leben zu bleiben, während ich spürte, wie ein Kratzling mein Schlüsselbein erreichte. Drei seiner spitzen Krallen bohrten sich schmerzhaft in mein Fleisch, während er mit der vierten Kralle ausholte, um mir den Hals aufzuschlitzen. Und in diesem Augenblick hörte ich

Ben schreien. Ich hörte ihn so laut wie noch nie schreien, so voller Hass und Abscheu, und im nächsten Moment richtete der Kratzling die Klinge gegen sich selbst und stieß sie sich tief ins Fleisch. Ich sah, wie er tot zu Boden fiel, sah, wie die anderen Kratzlinge umkehrten, als hätte man ihnen einen neuen Befehl erteilt, und dann verschwanden sie so schnell im Sand, wie sie aufgetaucht waren.

Kapitel 8

Keuchend blickte ich auf die Stelle, an der die Kreaturen sich zurück in den Sandboden geschraubt hatten. Der eine Kratzling, der mich hatte töten wollen, lag nun selbst tot am Boden und Ben machte zwei schnelle Schritte auf mich zu, bevor er sich mitten in der Bewegung abfing. Seine zerrissenen Linien loderten und sein Gesichtsausdruck schwankte zwischen abgrundtiefem Hass und so etwas wie Angst, was eigentlich nicht sein konnte. Ich hatte Ben im Kampf erlebt und dieses Gefühl passte einfach nicht zu ihm, Ben hatte sich bislang immer mutig gezeigt. Er war bemerkenswert in dieser Hinsicht - vielleicht nicht nur in dieser.

Mein Puls ging noch immer schnell und ich versuchte, mich zu beruhigen. Thaya, die sich die ganze Zeit über an den oberen Zeltstangen festgehalten hatte, ließ sich jetzt mit einem erstickten Schluchzen auf den Boden fallen. Dabei landete sie so lautlos wie ein Panther und ich kniff automatisch die Augen zusammen.

Was war hier soeben passiert?

Caprice eilte im nächsten Moment zu Edomir, der mit panisch aufgerissenen Augen am Boden lag. Blut quoll aus seinen zahlreichen Verletzungen und er hatte eine klaffende Wunde in seinem Unterschenkel, durch die ich seinen Knochen durchschimmern sah.

„Halt still", sagte Caprice zu ihm und träufelte eine Flüssigkeit aus einem weißen Flakon in den Riss, woraufhin er stöhnend zusammenzuckte. Im nächsten Moment begann sich die Wunde zu schließen und ich nickte ihr dankbar zu.

„Was für ein erstaunlicher Zufall", murmelte Simeon in die allgemeine Stille hinein. „Zuerst werden die Auserwählten von Casimir zu Jarons Trauerfeier eingeladen, danach sollen wir hier alle gemeinsam übernachten und plötzlich werden wir von genau denselben kleinen Biestern angegriffen, von denen ich geträumt habe." Er stupste mit dem Fuß gegen die Reste der Kratzlinge, die er mit seiner magischen Explosion erledigt hatte.

Ich blickte erneut von Thaya zu Caprice und weiter zu Ben, der voller Abscheu auf die im Tode zusammengekrümmten Kreaturen blickte. Sein ganzer Körper war noch immer angespannt, ich konnte die Muskeln unter seinem schwarzen Anzug sehen, und sein Herz schlug nach wie vor etwas schneller als normal.

„Ich denke, dass alles hier etwas mit dem blauen Licht zu tun hat", sprach ich meine Gedanken laut aus. „Und mit den Fähigkeiten, die die Totaa danach entwickelt haben."

Und noch bevor ich zu Ende gesprochen hatte, wurde der Zelteingang ruckartig zur Seite gezogen und ein abfälliges Klatschen ertönte – es war das gleiche Klatschen, das wir auch nach unserer Erweckung im Sternensaal vernommen hatten.

Casimir betrat das Zelt und stellte seine sarkastische Beifallsbekundung ein. Als er Edomir auf dem Boden liegen sah, schüttelte er nur kurz den Kopf.

„Steh auf", herrschte er ihn an. „Du bist eines Templers unwürdig."

„Er wäre fast draufgegangen", sagte Ben hart und machte einen Schritt auf Casimir zu. „Wenn das ein beschissener Test war …" Bens Gesichtsmuskeln waren angespannt und seine zerrissene Zeichnung, die sich über seine Wange und den Hals erstreckte, leuchtete in tiefstem Schwarz.

„Natürlich war es ein Test", erwiderte Casimir finster, während er seinen stechenden Blick über uns gleiten ließ. „Ein Test, bei dem ihr schändlich versagt habt. Quirin und ich haben so viel Zeit und Energie für euer Training aufgewendet … und wofür?" Angewidert sah er auf den am Boden liegenden Edomir. „Ich hätte gleich wissen müssen, dass ihr diesen Aufwand nicht wert seid." Sein Blick blieb an mir hängen und ein Ausdruck puren Hasses glitt über Bens Gesicht.

Im nächsten Moment stolperte Casimir rückwärts und knallte mit dem Rücken auf den Boden. Erschrocken starrte ich auf den Templer in der schwarzen Kutte, der es nicht schaffte, auf die Beine zu kommen, und dann auf Ben, dessen Kieferknochen mahlten.

„Hör auf", stieß ich hervor und griff nach Bens Schulter. Er schüttelte mich ab und machte einen aggressiven Schritt auf Casimir zu. „Du hättest sie fast getötet", knurrte er.

„Lass ihn los", erklang Arkadius' tiefe Stimme, als er das Zelt betrat. Der Gestalter musste sich dabei etwas ducken und sein schwerer schwarzer Mantel schleifte über den Boden. „Wenn es jemandem zusteht, diesen Fußabtreter zu bestrafen, dann bin ich das."

Bens harter Blick richtete sich auf Arkadius und Casimir ächzte, bevor er sich in die Höhe stemmte.

„Mach das noch *einmal* und ich sorge dafür, dass du nie wieder in deinem erbärmlichen Leben Magie anwendest", zischte der Templer hasserfüllt.

„Halt den Mund, Casimir", sagte Arkadius und ging in die Mitte des Zeltes, wo er stehen blieb.

„Ihr seid Versager", knurrte er dann an uns gewandt. „Nur einer von euch hat seine Kriegsfähigkeit adäquat eingesetzt. Aber mehr war ja von Quirins *Auserwählten*", er spie das Wort voller Abscheu aus, „auch nicht zu erwarten."

Ich starrte den Gestalter an und verstand jetzt, warum ich nicht in der Lage gewesen war, meine magische Fähigkeit zur Beherrschung des Sandes einzusetzen. Arkadius hatte meine Magie gestört, um mich dazu zu zwingen, auf die neue *Kriegsfähigkeit* zuzugreifen. Eine Fähigkeit, die Ben offensichtlich entwickelt hatte. Ich blickte ihn an.

Ben wirkte etwas irritiert und ich hatte das Gefühl, dass er selbst nicht genau wusste, wie er Casimir vorhin bezwungen hatte.

„Heißt das, die Totaa haben mit dem Einsatz des Blauen Buches nicht nur *ihre*, sondern auch *unsere* Kriegsfähigkeiten aktiviert?", fragte ich Arkadius. Dabei versuchte ich mir nicht anmerken zu lassen, dass ich überhaupt keine neue Fähigkeit bei mir wahrgenommen hatte.

„Bei meiner Kotze, ja!", murrte Arkadius. „Allerdings braucht ihr euch darauf nichts einzubilden."

„Erklärt das", verlangte Ben forsch und ich spürte einen Luftzug, als der Gestalter binnen eines Wimpernschlags das große Zelt durchquerte und Ben einen so festen Stoß gegen die Brust versetzte, dass er mehrere Meter nach hinten geschleudert wurde.

„Wage es nicht, in diesem Ton mit mir zu sprechen!", dröhnte Arkadius. „Ich suche nach der Elite. Doch ihr seid nichts weiter als ein verwöhnter Haufen, der von Quirin die ganze Zeit über Freudeblumen in den Arsch geblasen bekommen hat."

„Nun, so hat es sich nicht angefühlt", bemerkte Simeon und bückte sich, um Ben aufzuhelfen, doch der schüttelte nur den Kopf. „Heißt das, wir haben jetzt alle *Kriegsfähigkeiten?*"

„Das werdet ihr noch herausfinden", knurrte Arkadius unfreundlich. „Notfalls auf die harte Tour." Mit diesen Worten drehte er sich um und verließ mit schweren Schritten das Zelt.

Casimir senkte ehrerbietig den Kopf, als der Gestalter vorüberging, doch kaum war er draußen, sah ich den unversöhnlichen Hass in seinen Augen aufblitzen.

„Ich verstehe es noch immer nicht", hauchte Thaya. „Was ist, wenn ich diese *Kriegsfähigkeit* gar nicht haben will?"

„Heul deswegen nicht rum!", fauchte Caprice. „Ich habe gesehen, dass du vier Meter hoch springen kannst. Jetzt hat dein Dasein wenigstens eine Berechtigung."

„Meint ihr, meine Träume, die sich bewahrheitet haben, sind auch so eine Art Kriegsfähigkeit?", fragte Simeon und kratzte sich an der Nase.

„Es sieht so aus", erwiderte ich. „Anscheinend entwickeln die Tierverbundenen körperliche und wir Menschverbundenen mentale Kräfte." Ich blickte Ben an und fragte mich, wie wohl meine Kriegsfähigkeit aussehen würde. Ben hatte allein mit seinen Gedanken die Herrschaft über Casimirs Körper übernommen, was mich an die Marionettenfähigkeit von Caprice erinnerte. Und doch war es anders gewesen, weil er dafür weder sein Gesichtsmuster berührt noch sonst ein Hilfsmittel verwendet hatte. Außerdem war er imstande gewesen, nicht nur einen, sondern *alle* Kratzlinge zum Rückzug zu bewegen.

„Die Kriegsfähigkeiten treten nicht zum ersten Mal

auf", mischte sich Casimir mit zischelnder Stimme in unsere Diskussion ein. „Es gab sie schon zur Zeit des Ersten Sinnlichen Krieges."

Ich nickte, als ich mich an die Worte des Orakels erinnerte. Bei unserem Besuch in seiner Höhle hatte es uns erklärt, dass aus Gwydions Herzenswunsch die erste Kriegsfähigkeit hervorgegangen war. Sie resultierte aus dem sehnsüchtigen Verlangen, den damaligen Krieg und seine Gräuel zu beenden. Als die Hellen weiterhin gegen die Dunklen kämpften, bemerkten einige Dunkle, dass sie plötzlich Fähigkeiten entwickelten, die die anderen nicht besaßen.

„Ich habe davon gehört", stimmte ich dem dürren Templer zu. „Damals konnten die Dunklen durch Gwydions Herzenswunsch die Gesinnung ihrer Gegner ändern, indem sie die Dunkelheit in sich verdichteten und Energiebälle auf sie schleuderten. Auf diese Weise konnten sie aus Hellen ebenfalls Dunkle machen."

Edomir setzte sich auf ein Bett. Der Angstträger war noch etwas blass um die Nase, schien aber sonst wieder ganz okay zu sein. „Damals verschwand diese Kriegsfähigkeit jedoch auch wieder und tauchte im Zweiten Sinnlichen Krieg nicht mehr auf – man munkelte, dass es mit der Vereinigung der Positiven und Negativen nach dem ersten Krieg zu tun hatte." Er machte eine kurze Pause. „Wie paradox, dass jetzt wahrscheinlich ein Buch der Macht für die Wiedererweckung und Weiterentwicklung der Kriegsfähigkeiten verantwortlich ist, wenn doch genau die Vereinigung der Bücher die Fähigkeit begraben hat", wisperte er.

„Und die Totaa waren auf den Einsatz der Fähigkeiten vorbereitet", bemerkte Ben hart.

„So ist es", stimmte Casimir mit herabgezogenen

Mundwinkeln zu. „Die Totaa wussten genau, dass die Kriegsfähigkeiten nur in Kriegszeiten auftreten, wenn Leib und Leben bedroht sind. Sie konnten nicht wissen, welche Dimension ihre Fähigkeiten annehmen, aber sie haben sich vorbereitet."

„Und deshalb hat uns Arkadius willentlich auch in so eine Situation gebracht", fasste ich zusammen und merkte, wie sich mein Herzschlag beschleunigte. „Er hat die Kratzlinge auf uns losgelassen und uns in diesem Zelt eingesperrt, damit unsere Todesangst die Fähigkeiten freisetzt. Ist es so?"

Einen Moment lang herrschte Stille nach meinen Worten.

„So ist es", stimmte Casimir mir dann flüsternd zu und seine dunklen Augen blitzten herausfordernd. „Wie ihr vielleicht gehört habt, ist die Schwarzweiße Stadt gefallen. Wir können es uns nicht leisten, herumzusitzen und darauf zu warten, dass die Fähigkeiten bei unseren Kämpfern früher oder später zutage treten. Deshalb habt ihr einen Schubs bekommen."

„Und eine Illusion hätte es nicht getan? Musstet ihr uns tatsächlich in Lebensgefahr bringen?", knurrte Ben.

„Das Risiko, dass ihr die Illusion durchschaut, wäre zu groß gewesen", erwiderte Casimir emotionslos.

„Und das Risiko, dass wir sterben? Wie sah es damit aus?", bemerkte Caprice beißend.

Der Templer warf einen kurzen, abfälligen Blick auf die Vertrauensträgerin. „Wenn ihr nicht einmal im Angesicht des Todes in der Lage seid, eure verborgenen Fähigkeiten zu aktivieren, seid ihr auch nicht würdig, euch Auserwählte zu nennen."

„Und was passiert jetzt?", stotterte Edomir, der sich sichtlich um seine Überlebenschancen Gedanken machte und dem die roten Locken noch immer klatschnass an der schweißbedeckten Stirn klebten.

„Jetzt habe ich das zweifelhafte Vergnügen, euch in zwei Gruppen einzuteilen", erwiderte Casimir flüsternd. Seine zerrissenen schwarzen Linien glühten beständig, seit er unser Zelt betreten hatte. „Für die Rückeroberung der Schwarzweißen Stadt stellen wir nämlich eine Sondereinheit zusammen. Und da ihr als Auserwählte bereits ein monatelanges Spezialtraining durchlaufen habt, wähle ich nun aus, wer von euch in unser Elitecamp geschickt wird, um sich dafür ausbilden zu lassen."

Kapitel 9

Die dunkelrote Bergkette erstreckte sich zu meiner Linken majestätisch unter den Strahlen der aufgehenden Sonne. Ich stand auf einem schroff abfallenden Felsvorsprung und blickte hinunter in die Schlucht der Schandtaten. Die Schulterriemen meines Rucksacks schnitten schmerzhaft in mein Fleisch und der Wind zerrte an mir. Die kalte Luft brachte einen Schwall Erinnerungen mit sich. Erinnerungen daran, wie ich mit Jesper und Ben zum ersten Mal durch diese Schlucht gewandert war und wie wir auf den schmächtigen Angstträger Skobi gestoßen waren, der sich jede Nacht durch den Verzehr viel zu vieler Berserkerbeeren in ein tobendes Monster verwandelt hatte.

„Denkst du an ihn?", fragte Ben hinter mir und ich war von dem anstrengenden Aufstieg so erschöpft, dass ich mir nicht die Mühe machte, den Kopf zu drehen.

„Wen meinst du?", fragte ich matt.

„Ich spreche von dem Wahnsinnigen."

„Von welchem?", fragte ich erneut und drehte mich nun doch zu ihm um.

„Nicht von Jesper", erwiderte Ben und ein Kiefermuskel unter seinem Dreitagebart zuckte. „Ich meine den schmächtigen Typen, der jede Nacht eine Wagenladung Berserkerbeeren in sich reingeschaufelt hat", sagte er und trat neben mich. Der Wind trug einen Hauch seines anziehenden Duftes zu mir herüber und ich fragte mich, wie er es schaffte, sogar zu Kriegszeiten noch so gut zu riechen.

Er sah mich forschend an und mir wurde bewusst, dass er noch immer auf eine Antwort wartete. „Ich habe tatsächlich an Skobi gedacht", sagte ich leise. „Ich hoffe, dass er und Leonora aus dieser Schlucht herausgefunden haben."

„Vielleicht wäre es sicherer für sie, wenn sie noch immer in dieser Höhle hausen würden", erwiderte Ben. „Draußen werden sie wahrscheinlich sowieso von den Totaa abgeschlachtet."

Ein Moment der Stille entstand.

„Ich wollte mich übrigens noch bei dir bedanken", sagte ich dann und blickte ihn von der Seite an. Trotz der ganzen irritierenden und schrecklichen Situation wirkte er total gefasst und eine ungemeine Ruhe und Sicherheit ging von ihm aus.

Ben vergrub die Hände in seinen Hosentaschen. „Wofür willst du dich bedanken, Wächterin? Dafür, dass ich den meisten nur geringe Überlebenschancen in diesem Krieg zuschreibe?"

Ich schüttelte den Kopf. „Nein, dafür, dass du mir das Leben gerettet hast."

Bens dunkle Augen betrachteten mich und ich spürte, wie meine Knie unter seinem Blick plötzlich ganz weich wurden. Ich wusste, dass dies nicht von der Erschöpfung herrührte, obwohl mir das deutlich lieber gewesen wäre. Aber so wie wir hier standen, er und ich, fast allein, war es für einen Moment so, als würde die Welt stillstehen. Mit einem Mal erinnerte ich mich an all die Augenblicke, die wir gemeinsam erlebten hatten, bevor Casimir unsere magische Verbindung gelöst hatte. Ich dachte an unseren ersten Kuss, ich dachte an Bens Lippen auf meinen, ich dachte an unsere Zeit in dem Turm in der Schwarzweißen Stadt, dachte an unseren Dschungelgarten und die gemeinsamen Nächte, ich dachte an all das, was ich für ihn empfunden hatte - während ich versuchte, mir nichts davon anmerken zu lassen.

„Gern geschehen, Wächterin", sagte Ben mit rauer Stimme und lächelte.

Ich schluckte trocken.

„Es geht weiter", erklang die Stimme eines Beschützers über den Bergkamm und ich wandte mich um und setzte meine müden Beine wieder in Bewegung, während mein Herz wie verrückt pochte. Ben blickte noch einmal prüfend über die scharfkantigen roten Felswände, bevor er ebenfalls weiterging.

„Wartet auf mich, ihr seid viel zu schnell", schnaufte Simeon, der sich von weiter hinten nach vorne kämpfte.

Ich war froh, als er zu uns stieß. „Ich verstehe überhaupt nicht, warum wir den ganzen Weg zu Fuß gehen müssen. In Zeiten des magischen Fortschritts und bei unseren bisherigen Errungenschaften sollte es eigentlich möglich sein, dass man uns *direkt* zu so einem supergeheimen, superwichtigen Trainingslager transportiert, findet ihr nicht?"

„Dafür gibt es sicher einen Grund", erwiderte ich und dachte an Casimir. Nach dem Angriff durch die Kratzlinge hatte uns Casimir in zwei Gruppen eingeteilt. Da waren jene, in denen er genug Potenzial sah, um für eine Ausbildung im Alpha-Camp in Frage zu kommen, und die anderen, die definitiv nicht das Zeug für einen Elitekämpfer hatten. Wobei ich mir nicht sicher war, ob die Auswahl gerecht getroffen worden war.

„Die können doch nicht von uns erwarten, dass wir unser Bestes geben und schon bald eine super-wichtige Sondereinheit bilden, um zur Rettung der Schwarzweißen Stadt zu eilen, wenn sie uns vorher mit diesem fürchterlichen Aufstieg umbringen", jammerte Simeon und strich sich seine verschwitzten hellblonden Haare aus der Stirn.

„Kannst du bitte aufhören, dich zu beschweren?", murrte Ben. „Der Anstieg ist auch so anstrengend genug."

„Ich sag ja nur", maulte Simeon. „Mann, ich hätte nicht gedacht, dass ich das mal sage, aber ich hätte es einfach wie Caprice machen sollen. Aufzeigen und sagen: Sorry, Leute, aber ich hab andere Pläne. Ich werde als Heilerin im Weißen Sanatorium gebraucht."

„Du als Heilerin?", bemerkte Ben trocken. „Dann solltest du aber für die Totaa arbeiten."

Simeon stutzte kurz, bevor er zu glucksen anfing. Im nächsten Moment keuchte er auf, weil er mit dem Fuß auf einen spitzen Stein getreten war.

„Verdammt! Wieso tragen wir eigentlich keine Schuhe? Gibt es irgendein ungeschriebenes Gesetz, das vorschreibt, dass wir barfuß laufen müssen?"

„Hör endlich auf zu jammern", knurrte Ben und seine zerrissene Gesichtszeichnung flackerte schwarz auf. Meine Augen huschten zur Seite und folgten unwillkürlich dem dunklen Glühen, das sich von seiner Wange bis zu den spitz zulaufenden Zacken an seinem Hals ausbreitete.

„Seid alle beide endlich still", zischte ein breiter Beschützer hinter uns, der aus dem Land der Wachsamkeit stammte und dessen gelbe Gitternetzlinien auf seiner rechten Wange wie flüssiges Gold schimmerten. „Es ist nicht mehr besonders weit", fügte er etwas leiser hinzu und dann bogen wir um die Ecke und sahen vor uns auf dem schmalen Bergpfad einen mannshohen, steinernen Torbogen, auf dem in großen Lettern das Wort „ALPHA-CAMP" eingraviert worden war.

Der Beschützer mit dem Sinn der Wachsamkeit blieb vor dem steinernen Torbogen stehen und blickte die Mitglieder unserer Gruppe, darunter auch Ben, Simeon, Thaya und mich, nacheinander an.

„So, Leute, aufgepasst", sagte er gedämpft und wartete, bis er unsere volle Aufmerksamkeit hatte. „Wir stehen hier vor dem Eingang zum Alpha-Camp. Jeder von euch, der sein Zeug bis hier heraufgeschleppt hat, kann nun drei Dinge tun." Der Wachsamkeitsträger mit der goldenen Gitternetzzeichnung machte eine kurze Kunstpause und blickte uns nacheinander an.

„Erstens: Ihr könnt die wunderschöne Aussicht genießen." Er grinste breit und zwei Beschützer aus unserer Gruppe reckten augenblicklich die Hälse, um die Aussicht zu genießen.

„Zweitens: Ihr könnt durch dieses Tor gehen." Er wies mit dem Daumen über die Schulter hinter sich. „Wenn ihr das macht", seine Stimme war nach wie vor gedämpft, „werdet ihr euch am Fuße des Berges beim Eingang zur Schlucht wiederfinden. Oder ihr werdet sterben. So ganz einig waren sich unsere Magiebegabten nicht, die diese Sicherheitsvorkehrung für uns installiert haben. Man muss dazusagen, es ist auch alles noch in der Testphase."

Simeon grinste und sein grünes Spiralmuster entfachte sich, während Thaya schwankend ihren schweren Rucksack ablegte.

„Drittens: Ihr könnt natürlich auch den *richtigen* Eingang nehmen", fuhr der Beschützer im Plauderton fort. „Allerdings sieht dieser nicht wie ein richtiger Eingang aus. Das ist der Trick, um unerwünschte Besucher fernzuhalten. Wenn ihr bereit seid, wenn ihr wirklich und wahrhaftig bereit seid, eure Kriegsfähigkeiten zu trainieren und bis zum letzten Atemzug für die Sinnliche

Welt zu kämpfen, dann folgt mir jetzt." Mit diesen Worten wandte er sich um und ging weder durch den Torbogen noch folgte er dem schmalen Bergpfad weiter nach oben. Stattdessen zog er eine rechteckige rote Karte aus seiner Uniform, spazierte direkt auf eine massive Felswand neben dem Torbogen zu, hielt die Karte an die Wand und verschwand in dem dicken Stein.

„Illusionsmagie in seiner reinsten Form", schwärmte Simeon, nachdem wir dem Beschützer mit der Gitternetzzeichnung durch die Felswand gefolgt waren, die in Wirklichkeit gar keine Felswand war. Stattdessen spürte ich nur einen kühlen Luftzug auf der Haut, als ich die Barriere durchschritt und mich danach auf einer kargen weiten Ebene wiederfand, die rundherum von hoch aufragenden roten Felswänden eingeschlossen wurde und somit einen Talkessel bildete.

Das war also eines der Elitecamps.

Das Lager war ziemlich groß, befand sich jedoch noch in einem extrem rohen Zustand. Vereinzelt wuchsen große, kuppelförmige Bauten wie Pilze aus dem Boden und ich entdeckte zwei Magiebegabte, die schwankend dastanden und mit geschlossenen Augen eine durchsichtige Glaskuppel herbeizauberten. Es sah aus, als würden sie das Gebäude einfach wie an unsichtbaren Schnüren aus dem Boden ziehen und ich blickte neugierig hinein. Allerdings war der Anblick ziemlich enttäuschend, denn außer einem glatten schwarzen Boden waren die Glaskuppeln innen völlig leer. Manche Außenhüllen glänzten in verschiedenen Farben und ich fragte mich, was sich im Inneren der blickdichten Bauten abspielte.

Durch die hohen Felswände, die das Lager einkesselten,

war es angenehm windstill und wir blieben nach ein paar Schritten stehen, als ein großgewachsener Beschützer mit gelangweiltem Gesichtsausdruck auf uns zutrat. Er hatte den schwarzen Sinn des Ekels und mir stockte der Atem, als ich ihn wiedererkannte. Er hatte mich vor meiner Wächterprüfung in der Pyramide der Wachsamkeit vermöbelt. Zweimal. Automatisch sank meine Stimmung, obwohl er mich nicht wiederzuerkennen schien.

Der Beschützer stellte sich in seinem schwarzen Kampfanzug breitbeinig vor uns hin und verschränkte die Arme hinter dem Rücken. Dann ließ er den Blick aus seinen grauen Augen langsam über jeden Einzelnen unserer siebenköpfigen Gruppe wandern und sein Gesicht zeigte deutlich sein Missfallen, als er Thaya und mich erblickte. Vielleicht mochte er keine Frauen oder er hatte einfach einen schlechten Tag. Wenn ich mir seine herabgezogenen Mundwinkel so ansah, konnte ich mir vorstellen, dass er jeden Tag einen schlechten Tag hatte. Die Trauerträgerin schlang die dünnen Arme um ihren Körper und keuchte noch immer von dem anstrengenden Aufstieg, während ich mir wünschte, den schweren Rucksack endlich loszuwerden. Jeder hatte einen Schlafsack, zwei Kampfanzüge zum Wechseln und seinen Proviant für zwei Wochen selbst mitnehmen müssen, da es keine Verpflegungstransporte in das Elitecamp gab.

„Meine Name ist Colloss", erklärte der Ekelträger in diesem Moment. „Ich bin für die Sicherheit und Ordnung im Alpha-Camp zuständig. Ihr seid nicht hier, um euer Ego zu pflegen. Ihr seid auch nicht hier, um Freundschaften zu schließen. Der einzige Grund, warum ihr hier seid, ist der, euch ausbilden zu lassen.

Vor zwei Tagen ist die Schwarzweiße Stadt gefallen und wir werden sie nicht den Totaa überlassen und darauf warten, dass sie sie zu einer Festung ausbauen. Tausende Häuser wurden dem Erdboden gleichgemacht und Zehntausende Sinnträger haben ihr Heim verloren, aber damit nicht genug. Die Menschverbundenen werden auf den Straßen massakriert und die Tierverbundenen müssen sich den Totaa anschließen oder werden einer Gehirnwäsche unterzogen. Leisten sie weiterhin Widerstand, werden sie ebenfalls getötet. Die Schreie der Gefolterten hallen weithin über das Land und aus den Stadttoren fließt das Blut in dicken Strömen, als hätten sie die Schwarzweiße Stadt selbst verwundet. Und das haben sie auch." Er machte eine kurze, dramatische Pause. „Deshalb seid ihr hier. Ihr wurdet ausgewählt, weil eure Anführer das Potenzial in euch sehen, die Sinnliche Welt zu verändern. Ob dieses Potenzial tatsächlich vorhanden ist, werden wir in diesem Camp herausfinden. Wenn ihr es schafft, eure Kriegsfähigkeiten gewandt einzusetzen, und ihr euer besonderes Talent beweisen könnt, werdet ihr den Alphas zugeteilt. Die Alphas sind unsere stärkste Waffe im Kampf gegen die Totaa, sie sind keine gewöhnlichen Krieger, sie sind die Superkrieger unserer Zeit. Sie sind besser, schneller und leistungsfähiger. Und sie verfügen über Kriegsfähigkeiten, die uns in der Schlacht den entscheidenden Vorteil bringen werden. Falls sich eure Anführer jedoch geirrt haben und ihr keine besonderen Fähigkeiten aufweist, verlasst ihr dieses Camp und geht zu den Betas. Als solche übernehmt ihr Versorgungstätigkeiten und andere niedere Aufgaben." Er ließ die Fingerknöchel knacken. „Die Kriegsfähigkeiten, die vor kurzem durch das blaue Licht in uns erweckt wurden, müssen trainiert werden.

Nur wenn ihr sie wirklich und wahrhaftig beherrscht, seid ihr auf dem Schlachtfeld eine Bereicherung und kein zusätzliches Risiko."

Ich schluckte bei diesen Worten, da ich keine Ahnung hatte, welche Kriegsfähigkeit bei mir sichtbar werden würde. Während Thayas gesteigerte körperliche Leistungsfähigkeit dazu geführt hatte, dass sie von Casimir ausgewählt worden war, obwohl sie das gar nicht wollte, hatte der Templer sich bei mir offenbar darauf verlassen, dass meine Fähigkeiten noch sichtbar werden würden, wenn ich sie brauchte. Aber bislang hatte sich nichts getan, selbst bei dem beinahe tödlichen Angriff des Kratzlinge hatte ich keine mentale Superkraft verspürt, was mir nun Sorgen bereitete.

„Wir teilen euch jetzt in zwei Gruppen ein", sagte Colloss und bewegte den Nacken zur Seite, bis es laut knackste.

„Alle Tierverbundenen gehen nach links zu der ersten durchsichtigen Kuppel. Dort wartet ihr, bis man euch eure Schlafplätze und den Trainingsparcours zeigt, um eure körperlichen Fähigkeiten zu verbessern. Alle Menschverbunden kommen mit mir."

Die beiden Beschützer nickten Colloss zu und marschierten sofort zu der angegebenen Glaskuppel, nur Thaya schenkte mir noch einen langen, unglücklichen Blick. Dann warf sie ihren schwarzen Zopf zurück und schloss sich der Gruppe an. Ben, Simeon und ich folgten Colloss, der mit langen Schritten nach rechts zu einer roten Glaskuppel ging, aus der eine schlanke, dunkelhäutige Sinnträgerin in einem sandfarbenen Kampfanzug hervortrat, der genauso aussah wie der, den ich anhatte.

„Das sind die neuen Rekruten", erklärte Colloss

unfreundlich und nickte mit dem Kinn in unsere Richtung. „Sie kommen direkt von Arkadius. Lass sie den Einstufungstest machen und gib mir dann Bescheid. Ich hoffe, sie sind besser als die von gestern." Mit diesen Worten ließ er uns stehen und stapfte zu einer schwarz gefärbten Kuppel in der Mitte des Lagers.

Die Beschützerin richtete den Blick ihrer goldenen Augen auf uns und musterte uns eindringlich. Sie hatte den Sinn der Wachsamkeit und extrem kurz geschorene Haare, sodass es aussah, als würde nur ein schwarzer Flaum ihren Kopf bedecken. Ihre Zeichnung bestand aus zwei übereinanderliegenden Rauten mit mehreren dünnen Strichen. Es war ein abstraktes Muster und drückte dennoch etwas Kraftvolles aus.

„Willkommen. Ich bin Re", begrüßte sie uns mit samtiger Stimme. „Ich bin eine der Mentaltrainerinnen hier im Camp. Wir werden nun eure Fähigkeiten testen und euch dann je nach eurem Können in verschiedene Leistungsgruppen einteilen. Eure Rucksäcke könnt ihr fürs Erste hier neben der Kuppel ablegen. Sobald der Einstufungstest vorüber ist, könnt ihr euch einen Platz in den Schlafhöhlen suchen." Sie wies mit einem langen, schlanken Finger auf die roten Felswände zu unserer rechten Seite, die mehrere Höhleneingänge aufwiesen. Wortlos luden Simeon, Ben und ich unsere Rucksäcke an der angegebenen Stelle ab und ich dachte, dass sie wohl ebenso erledigt sein mussten wie ich, weil sie kaum etwas sagten.

„Über welche mentale Fähigkeit verfügst denn du?", ließ sich Simeon in dem Moment vernehmen, als der schwere Rucksack nicht mehr auf seinen Schultern lastete.

„Ich kann bei anderen Gefühle wecken", erwiderte Re

ruhig und ich sah, wie Simeons Mundwinkel zuckten.

„Also das glaube ich ihr sofort", murmelte er leise an Ben gewandt.

Die Wachsamkeitsträgerin zog eine schwarze Augenbraue hoch. „Wie darf ich das verstehen?"

„Ich ... äh ... also, das war nur so dahergesagt", stammelte Simeon und wurde ein bisschen rot.

Ben schüttelte ungläubig den Kopf. „Und Simeons besondere Fähigkeit besteht offenbar darin, dass sich andere für ihn zu Tode schämen", erklärte er nüchtern.

Simeon lachte und klopfte Ben auf die Schulter. „Auch nicht schlecht, oder? Aber in Wirklichkeit kann ich die Zukunft in meinen Träumen sehen", fügte er gutgelaunt hinzu und warf Re einen selbstbewussten Blick zu.

„Und was kannst du?", fragte die Beschützerin mit den goldenen Augen Ben geradeheraus.

„Ich kann Leute dazu bringen, das zu tun, was ich will", erwiderte er und streifte mich mit einem kurzen Blick. Gegen meinen Willen beschleunigte sich mein Herzschlag. Im nächsten Augenblick wandte sich die Wachsamkeitsträgerin mir zu. „Und wie sieht es mit dir aus, Wächterin?"

„Ich ..." Ich holte tief Luft. „Ich hatte noch keine Gelegenheit, meine mentalen Kräfte kennenzulernen", entgegnete ich und hoffte, dass ich nicht die Einzige war, der es so ging. Doch entgegen meiner Hoffnung zog sie die Augenbrauen zusammen und runzelte die Stirn.

„Ich dachte, ihr wärt schon in eine lebensbedrohliche Situation gebracht worden", hakte sie nach.

„Das sind wir auch", antwortete ich mit einem Nicken und versuchte, die leichte Hitze in meinen Wangen zu ignorieren. „Allerdings habe ich noch keine Veränderung an mir bemerkt."

Sie seufzte. „Nun gut, dann beginnen wir bei dir eben ganz von vorne."

„Was bedeutet das?", fragte Ben und das Kratzen seiner Stimme verursachte mir eine Gänsehaut. Unwillkürlich rückte ich ein kleines Stückchen von ihm ab, was er mit einem kurzen Seitenblick quittierte.

„Das bedeutet, dass wir die notwendigen Wege beschreiten werden, um die Gabe zu wecken", sagte die Beschützerin ruhig.

„Welche mentalen Fähigkeiten gibt es denn?", fragte Simeon und bückte sich zu einer einsamen Bergblume, die aus dem rissigen roten Steinboden wuchs.

„Vorsicht, die verursachen ein fürchterliches Augenjucken", warnte die Beschützerin und Simeon fuhr erschrocken in die Höhe und machte einen Satz rückwärts. Dort kauerte er sich hinter Bens Rücken zusammen und stieß ein ängstliches Wimmern aus.

„Warst du das?", fragte ich die Wachsamkeitsträgerin direkt, die nur leise lachte.

„Ich sagte doch, dass ich bei anderen Gefühle wecken kann", gab sie zurück und bedeutete uns, ihr zu folgen. Nach einigen Schritten entspannte sich Simeon und wurde wieder er selbst.

„Wir kennen zum jetzigen Zeitpunkt sicherlich noch nicht alle mentalen Kräfte und auch nicht ihr volles Ausmaß", erklärte uns die Beschützerin über die Schulter. „Aber ein paar sind uns schon bekannt. Wie ich schon sagte, kann ich Gefühle wecken, das heißt, ich kann einen Träger mit einem fremden Sinn fluten, was für viele sehr verwirrend sein kann. Andere haben die Fähigkeit, jemandem die Magie zu entziehen oder in seine Erinnerungen einzutauchen. Es gibt auch Träger, die Halluzinationen schicken oder Träume manipulieren können. Und natürlich existiert auch die Gedankenkontrolle, die mit dem richtigen Training eine sehr machtvolle Waffe werden kann, nämlich dann, wenn der Kontrollierte gar nicht bemerkt, dass seine Gedanken gelenkt werden."

Sie blieb vor einer durchsichtigen Glaskuppel stehen, in der sich außer einem schwarzen Stuhl nichts weiter befand. Das Innere des Raumes hatte einen Durchmesser von etwa acht Metern und ich fühlte ein starkes Unbehagen, das mich dazu brachte, meine Schulterblätter zusammenzuziehen.

„Das hier ist die Kuppel der Erkenntnis", informierte mich Re. „Sie ist heute fertig geworden und wurde extra erbaut, um Sinnträgern zu helfen, ihre Fähigkeiten zu erkennen. Geh hinein und setz dich auf den Stuhl."

Ich spürte Simeons und Bens Blicke auf mir und versuchte, mir meine Unsicherheit nicht anmerken zu lassen. Aus der benachbarten Kuppel, deren Außenseite blau glänzte und die keinen Blick ins Innere zuließ, ertönte in diesem Moment ein lauter Schrei.

„Geh nun hinein", wiederholte Re. „Denk an die Bürger in der Schwarzweißen Stadt. Wir müssen alles dafür tun, um sie so schnell wie möglich von der Plage der Totaa zu befreien."

„Aber es geht nur ums Erkennen. Die Prüfung ist nicht gefährlich, oder?", fragte Simeon.

„Die Prüfung ist, was sie ist", erwiderte Re. „Vor allem aber ist sie notwendig."

„Schon gut", sagte ich rasch, weil mir die ganze Situation schon mehr als unangenehm war. „Wir sehen uns später." Mit diesen Worten trat ich an den Rand der gläsernen Hülle, die bei meinem Näherkommen leicht erzitterte, als wäre sie aus Wasser. Ich streckte die Hand danach aus und Re nickte mir aufmunternd zu, also trat ich rasch hindurch. Es fühlte sich wie eine kalte Dusche an und mir blieb auf der anderen Seite für einen Moment der Atem weg. Durch das flüssige Glas hindurch konnte ich Simeon und Ben sehen, die mich sorgenvoll betrachteten. Im nächsten Moment färbte sich die Glaskuppel gelb, sodass ich nicht mehr hindurchblicken konnte.

Probehalber legte ich meine Fingerspitzen auf die Oberfläche, die nun ganz starr und kalt geworden war. Mein Herzschlag ging schnell und ich gestand mir ein, dass ich Angst hatte. Angst davor, zu versagen.

In welche Situation würden sie mich bringen, um die Kriegsfähigkeit in mir hervorzurufen? Welche Risiken waren die Verantwortlichen bereit, dafür einzugehen? Und was passierte, wenn meine mentale Fähigkeit nicht zum Vorschein kam?

Würde ich dann sterben?

Entschieden schüttelte ich den Kopf und ging die paar Schritte bis zu dem schwarzen Stuhl in der Mitte der Kuppel. Der Boden bestand aus einem harten, glatten Material und nichts hier fühlte sich gut an.

Ich setzte mich und legte meine Hände auf die Knie.

Und dann wartete ich.

Kapitel 10

Das Warten erinnerte mich an ein anderes Warten. Es versetzte mich zurück in die Pyramide der Wachsamkeit, als Quirin mich für meine nicht autorisierte Lichtsteinsuche mit der Suspendierung und dem Entzug meines Wächterstabes bestraft hatte.

Meine Gedanken flogen wie aufgeschreckte Vögel durch den Raum und ich hatte das Gefühl, dass sie auch ständig gegen irgendwelche Wände knallten.

Angst, Scham, Ungeduld, Zweifel … all das erlebte ich und über allem lag die Wachsamkeit. Meine Linien brannten wie Feuer in meinem Gesicht und ich wünschte, ich hätte irgendetwas in dieser Kuppel, das ich tun, irgendetwas, das ich zählen oder beobachten konnte, außer meinem eigenen Atem und dem viel zu schnellen Schlagen meines Herzens.

Nach drei Stunden und fünfzehn Minuten begann ich zu glauben, dass sie mich vergessen hatten. Oder dass die Magiebegabten, die dieses Elitecamp innerhalb von zwei Tagen aus dem Stein gezogen hatten, schlicht und ergreifend einen Fehler gemacht hatten.

Hier war ich nun, wartete, wartete, wartete, *wartete* und hätte am liebsten geschrien, dass sie endlich anfangen sollten.

Schließlich wurde meine Anspannung von Langeweile abgelöst. Ich stellte mir vor, wie sie Thaya und die anderen Tierverbundenen durch einen Trainingsparcours jagten und ihre Schnelligkeit und Stärke testeten. Ich malte mir aus, wie Ben und Simeon vor den anderen ihre

Fähigkeiten unter Beweis stellen mussten, und überlegte, wie es wäre, über die Traummanipulations-Kraft zu verfügen. Wahrscheinlich half solch eine mentale Fähigkeit zwar nicht dabei, die Schwarzweiße Stadt von den Totaa zurückzuerobern, dafür könnte ich dem unsympathischen Beschützer mit dem schwarzen Sinn ein paar schöne Albträume verpassen.

Ich stand von dem schwarzen Stuhl auf, um mir die Beine zu vertreten, und begann, in der gelben Kuppel rastlos im Kreis zu wandern.

Zwei Stimmen fochten in meiner Brust: Einerseits hatte ich keine Lust, stundenlang hier eingesperrt zu sein, auf der anderen Seite wollte ich mir auch nicht die Blöße geben und um Hilfe rufen. Der Raum war angenehm temperiert, ich hatte weder Hunger noch Durst und auch sonst ging es mir halbwegs gut. Die Schulter, in die mich der Totaa gebissen hatte, tat zwar noch etwas weh, aber es schien langsam zu verheilen und an das Pochen hatte ich mich schon gewöhnt. Das Einzige, was ich jetzt wirklich gut gebrauchen konnte, war etwas Schlaf, denn ich war sehr müde. Es war so eine tiefsitzende Müdigkeit, die daher rührte, dass ich seit Wochen keine Nacht mehr durchgeschlafen hatte.

Und da in der Kuppel derzeit nicht viel zu passieren schien, setzte ich mich schließlich auf den Boden und schloss für einen Moment die Augen.

Draußen war es bereits dunkel, als ich mich müde an den Straßenrand stellte und darauf wartete, dass die Ampel grün wurde. Der Nieselregen hatte auch wieder eingesetzt und ich rückte gähnend den Gurt meiner Umhängetasche zurecht, bevor ich die Hände in meinen Jeans vergrub. Obwohl der Tag so anstrengend gewesen war, hatte ich doch immer wieder mein Handy gecheckt, in der Hoffnung, einen Anruf vorzufinden. Aber er ... hatte sich noch immer nicht gemeldet. Bei dem Gedanken daran fühlte ich einen kleinen Stich direkt im Herzen, aber ich versuchte, ihm nicht zu viel Aufmerksamkeit zu schenken.

Was hatte meine Mutter gesagt? Das was geschehen soll, geschieht auch. Vielleicht war es einfach nicht unser Schicksal, einander wiederzusehen.

In diesem Moment fuhr ein Auto vorbei und ich hatte wieder diesen Song von NEBEN in meinem Kopf, der x-Mal im Radio gespielt worden war. Ohne genau zu wissen, warum, bekam ich Gänsehaut am ganzen Körper, und dann war das Auto vorbei und die Ampel schaltete auf Grün.

Noch immer in Gedanken versunken, ging ich los. In meinem Kopf sang der Frontmann von NEBEN „... ohne Sterne die Nacht, die dich dunkel macht" und ich spürte ein trauriges Gefühl in mir hochsteigen.

Hinter mir hörte ich einen dumpfen Laut, er wurde zwar durch das Geräusch des Regens überlagert, aber er machte irgendetwas mit mir und ich drehte mich unbewusst um.

Und da stand er, neben dem Café, und fuhr sich resigniert durch seine nassen schwarzen Haare.

Die Welt um mich herum wurde still, ich hörte den Regen nicht mehr, ich hörte nur noch meinen Herzschlag, der laut und heftig in mir pochte und mir das Gefühl gab, dass dies einer dieser besonderen Momente war, an die man sich sein Leben lang erinnerte. Das Glück stieg plötzlich aus meinem Inneren nach oben, ich fühlte es an meinen Mundwinkeln zupfen, fühlte, wie ich zu lächeln begann und einfach nicht mehr aufhören konnte. Unsere Blicke trafen sich und ich sah, wie sich in seinen blauen Augen erst Verblüffung, dann Freude und schließlich Schrecken abzeichneten.

Dann hörte ich ein lautes Quietschen und im nächsten Moment fühlte ich nur noch, wie ich durch die Luft flog.

Irgendjemand schrie etwas und ich schmeckte Blut. Der Regen fiel noch immer vom Himmel, doch ich spürte ihn nicht mehr, ich spürte gar nichts mehr, als ich auf dem Rücken lag und die Dunkelheit von allen Seiten an mir zog. Und obwohl ich verzweifelt darum kämpfte, wach zu bleiben, spürte ich doch, dass ich diesen Kampf verlieren würde.

Er, dessen Name ich nicht einmal kannte, stürzte zu mir, war bei mir, und ich fühlte seine Berührung auf meiner Haut, es war das Einzige, was ich noch fühlte. Seine Lippen bewegten sich und er schrie etwas, aber ich konnte es schon nicht mehr hören. Das Letzte, an das ich mich erinnern konnte, waren seine weit aufgerissenen blauen Augen ... und danach nichts mehr.

Mit einem Keuchen fuhr ich hoch. Mein Herz raste in meiner Brust und ich wusste, dass ich soeben die letzten Momente meines Menschenlebens noch einmal durchlebt hatte. Es war so real gewesen, dass ich noch immer das Gefühl hatte, an der Schwelle meines menschlichen Todes zu stehen, und nur am Rande meiner Wahrnehmung mitbekam, wie die Glaskuppel über meinem Kopf mit einem ohrenbetäubenden Brüllen explodierte. Erst als Milliarden winziger Scherben auf mich niederregneten, war ich wieder im Hier und Jetzt. Automatisch kauerte ich mich ganz klein zusammen, bis das Schlimmste vorbei war.

Als ich es wieder wagte, den Kopf zu heben, sah ich draußen ein Dutzend weißer Kapuzengestalten in einer übernatürlichen Geschwindigkeit durch das Camp rennen. Ich fragte mich, woher sie plötzlich alle kamen, und entdeckte ein schwebendes magisches Portal am Himmel, aus dem sie wie die Ameisen heraussprangen.

Ich vermisste schmerzlich meinen Wächterstab, als ich auf Händen und Knien aus dem Scherbenhaufen krabbelte, während bereits die ersten Todesschreie erklangen. Colloss scharte brüllend eine Handvoll Beschützer um sich, während von Simeon und Ben keine Spur zu entdecken war.

Mit hell leuchtender Wachsamkeitszeichnung scannte ich das Camp. Wo waren die beiden? Waren sie bei Re geblieben? Ging es ihnen gut?

Die scharfen Glassplitter der explodierten Kuppel schnitten tief in meine Hände, als ich auf die Beine sprang. In diesem Moment stellte sich mir eine schwarzgekleidete Gestalt in den Weg. Besser gesagt floss sie in mein Sichtfeld, wie der dunkelgraue Nebel, der sie umgab.

„Ah … Lee", ertönte eine bekannte Stimme, die nach einem weißen Ziegenbart und einem alten Leben klang und mich an Macht und Dunkelheit und Tod erinnerte.

Wie erstarrt blieb ich stehen. Der Sinnträger machte noch einen Schritt auf mich zu und jetzt konnte ich sein Gesicht endlich erkennen. Seine Augen waren komplett weiß, genau wie seine Haare, die zu einem Zopf gebunden waren. Sein schwarzer Umhang flatterte hinter ihm im Wind.

„Mo- Morris?", flüsterte ich und wusste zugleich, dass es nicht Morris war, der hier vor mir stand.

„Früher nannte man mich so", antwortete der große Wächter freundlich und streckte tastend die Hand aus, da er mich offensichtlich nicht sehen konnte. „Nun habe ich viele Namen. Am liebsten gefällt mir der von meinen Untergebenen."

„Nein!", stieß ich hervor und hatte das Bedürfnis, mich irgendwo festzuhalten, und wenn es nur an mir selbst war. „Du bist nicht ihr Anführer, das bist du nicht!"

„Vertraue auf deinen Sinn und akzeptiere das Unvermeidbare", antwortete Morris mit jener dunklen Stimme, die ich schon bei der Hinrichtung von Walto und im *Wald des Verderbens* vernommen hatte. „Ich bin jetzt so viel mächtiger als früher", fuhr er ruhig fort, während um uns herum die lauten Schreie der Kämpfenden zu hören waren und ein magisches Feuer um sich griff, das von Sinnträger zu Sinnträger sprang und unsere Leute in lebende Fackeln verwandelte, ohne die Gebäude anzugreifen. „Ich habe zwei Sinne verloren; zuerst meinen Sehsinn und dann mein Vertrauen. Doch sieh nur, wie viel mehr ich dafür gewonnen habe." Er hob den Arm und eine ganze Reihe an Glaskuppeln zerbarst. Noch mehr Sinnträger schrien. „Die Totaa haben mir Macht gegeben. Ein Teil der Essenz ihres früheren Meisters hat noch in dieser Sprengfalle gesteckt. Seine Kraft ist auf mich übergegangen und nun bin ich der Eine, der so Viele ist." Er bewegte sich auf mich zu und ich wich mit klopfendem Herzen zurück. Mein Brustkorb war wie zugeschnürt und ich hatte das Gefühl, keine Luft mehr zu bekommen.

„Ich bin zugleich Morris und auch Ruwen, bin zugleich Freund und auch Feind, zugleich ein Wächter und der Schwarze Meister. Alles, was du in mir sehen möchtest, Lee, das bin ich für dich." Er streckte die Hand aus und fuhr mir damit beinahe zärtlich über die Haare. „Und alles, was ich sehen möchte, das kann ich durch dich sehen. *Und durch deine Augen.*"

Plötzlich hatte er ein Messer in der Hand und ich spürte, wie er die Klinge an meinem unteren Augenlid ansetzte, während um uns herum das Chaos tobte und die Todesschreie immer lauter und mein Herzschlag immer schneller wurde. Ich versuchte mich zu wehren, doch mein Körper war wie festgefroren. Völlig steif stand ich da und musste miterleben, wie die Spitze der weißen Klinge unter mein Augenlid geschoben und meine Sehnerven langsam und genüsslich Stück für Stück durchschnitten wurden …

„Du hast keinen Zugriff", murrte Colloss angewidert und ließ mich los. Ich taumelte einen Schritt zurück und landete auf dem schwarzen Stuhl in der völlig intakten Glaskuppel.

Sie war niemals explodiert.

Das alles war Teil der Prüfung gewesen.

„Der Schwarze Meister … es ist also nicht Morris?", flüsterte ich und spürte, wie mich Erleichterung durchflutete.

„*Du hast nicht bestanden*", blaffte mich Colloss ein zweites Mal an. „Ich kann keine einzige mentale Kriegsfähigkeit bei dir erkennen." Er sah mich so finster an, dass ich mir nicht sicher war, ob er mir jeden Moment vor die Füße spucken würde.

„Du bist eine Beta. Eine Menschverbundene, eine Wächterin mit dem Sinn der Wachsamkeit, angeblich von Quirin als eine der Besten erklärt, aber dennoch", er machte eine unglaublich angepisste Pause, „nichts weiter als eine Beta." Ohne mich eines weiteren Blickes zu würdigen, drehte er sich um und stapfte aus der Glaskuppel, die bei seiner Berührung wieder durchsichtig wurde.

Ich blieb auf meinem schwarzen Stuhl sitzen und wusste nicht, was ich denken sollte. Ich war unglaublich froh, dass die Dinge, die ich erlebt hatte, nur eine Illusion gewesen waren, um meine Kriegsfähigkeit hervorzulocken. Doch ein übermächtiger Zweifel nagte in mir: Was stimmte nicht mit mir? Warum trat meine Kriegsfähigkeit nicht zutage? Warum war ich anders?

Langsam stand ich auf und spürte erst jetzt, wie wackelig ich mich fühlte. Wahrscheinlich war auch der Schlaf eine Illusion gewesen, dachte ich, während ich so rasch wie möglich durch das flüssige Glas nach draußen trat.

Dort stand Ben und wartete schon auf mich. Die Sonne stand inzwischen wesentlich tiefer und mir wurde bewusst, dass ich Stunden in dieser Kuppel zugebracht haben musste.

Ben machte einen schnellen Schritt auf mich zu und griff nach meinem Unterarm, um mich zu stützen. Die Berührung war gut gemeint, aber sie rief zu viele Erinnerungen in mir wach, weshalb ich die Hand zurückzog. Es fühlte sich nicht richtig an, dass mein ganzer Körper kribbelte, sobald er in meiner Nähe war. Nicht, nachdem er zu Tara gegangen war und mich allein zurückgelassen hatte.

„Wie geht es dir?", fragte Ben und blickte mich forschend an. Ich wandte den Blick ab, weil er viel zu gut aussah in seinem schwarzen Kampfanzug.

„Keine Spur einer mentalen Kriegsfähigkeit", erwiderte ich leise und versuchte, entspannt zu klingen, auch wenn ich in Wirklichkeit das Gegenteil war.

„Was ist da drin passiert?"

Ich stieß die Luft aus und schüttelte den Kopf. „Es ist egal, Ben. Es war nicht real."

„Was war nicht real?", fragte eine vergnügte Stimme hinter mir und ich drehte mich zu Simeon um, der unglaublich erholt aussah.

„Was ist denn mit dir passiert?", stellte ich eine Gegenfrage und runzelte die Stirn. „Du siehst aus, als wärst du im Urlaub gewesen."

„Ich habe die Zukunft gesehen!" Simeon hob beide Hände in die Höhe und fuhr sich jauchzend durch die strubbeligen weißblonden Haare. „Es war unglaublich! Ich habe mich gesehen und Ben. Wir hatten so unglaublich schicke Uniformen an, obwohl meine Uniform noch eine Spur schicker war, und unter uns leuchtete ein Flammenmeer, das einfach unglaublich cool aussah."

„Du hast die Zukunft gesehen? Sprich, du hast geschlafen, um sie zu sehen", kommentierte Ben trocken. „Großartig."

Simeon schüttelte den Kopf. „Natürlich habe ich nicht *geschlafen*. Das wäre zu profan. Ich habe meinen Körper in einen sehr entspannten Zustand versetzt, der es mir ermöglichte, meine Kriegsfähigkeit zu aktivieren und meine Traumvisionen zu empfangen. Übrigens, was ist denn deine Kriegsfähigkeit, Lee?"

„Ich habe keine", sagte ich und hoffte, dass Simeon das Thema nicht weiter vertiefen wollte.

„Du hast keine?", wiederholte er überrascht. „Das glaube ich nicht. Du bist eine Wächterin. Eine Auserwählte. Du kannst Sand beherrschen. Du hast es sogar geschafft, diesen Typen da", er deutete auf Ben, „zu zähmen."

„Simeon", schnaufte ich.

„Du kannst mir nicht erzählen, dass du keine mentalen Kräfte hast. Das gibt es einfach nicht."

„Doch, das gibt es", erwiderte ich verärgert und ging zu der Stelle, wo ich meinen Rucksack abgelegt hatte. Als ich ihn schulterte, fühlte es sich an, als wäre er noch um zehn Kilo schwerer geworden.

Der Magiebegabte schüttelte vehement den Kopf. „Das glaube ich nicht."

„Jetzt lass sie endlich in Ruhe", knurrte Ben.

„Okay, okay", sagte Simeon und hob beschwichtigend die Hände. „Wie lief es bei dir?"

„Ich musste eine Gruppe von Wächtern und Beschützern dazu bringen, das zu tun, was ich wollte."

„Und?", fragte Simeon interessiert.

„Und was?"

„Na, hast du es geschafft?", fragte Simon.

Ben hob lässig eine Augenbraue. „Soll ich es dir vorführen?"

Simeon schüttelte den Kopf. „Und mich Dinge tun lassen, die ich nicht will?"

Ben zuckte mit den Schultern. „Schließlich tust du immer Dinge, die ich nicht will."

„Blödsinn", meinte Simeon und grinste. „Lasst uns lieber was essen gehen. Ich sterbe vor Hunger." Simeon legte sich theatralisch die Hand auf den Bauch und ich blickte mich in dem Elitecamp um, in dem permanent neue Gebäude von Magiebegabten erschaffen wurden. „Wo ist eigentlich Thaya?", fragte ich.

„Keine Ahnung." Simeon zuckte mit den Schultern. „Gehen wir was essen, dann werden wir sie schon finden."

Die Schlaf- und Aufenthaltshöhlen befanden sich auf der rechten Seite des Alpha-Camps in den roten Felswänden, die ringsum majestätisch in die Höhe ragten. Tatsächlich waren es keine richtigen Höhlen, sondern nur einfache, kleine Grotten, aber ich fand das gar nicht so schlecht, da man so wenigstens ein bisschen

Privatsphäre hatte.

Vor den Grotten brannte ein helles rotes Feuer, dessen Funken in den Abendhimmel stoben. Ein paar Menschverbundene saßen um das Lagerfeuer herum und ich hörte sie lachen, während in mir alles nur ein einziges großes Fragezeichen war.

„Wollen wir uns dort dazusetzen?", fragte Simeon und deutete auf das Lagerfeuer, doch ich schüttelte rasch den Kopf. Colloss saß mit den anderen dort und nach meiner letzten Begegnung mit ihm hatte ich wirklich keine Lust, ihn schon wieder zu treffen.

„Wo sind die ganzen Tierverbundenen?", fragte ich Ben und Simeon. „Ich sehe hier nur Menschverbundene sitzen. *Ausschließlich.*"

Ben nickte und ließ sich etwas abseits vom Feuer vor einer leeren Grotte nieder, während Simeon den Arm hochriss und unbekümmert in die Runde winkte.

„Hey, Leute … wir sind vorhin mit einer hübschen Trauerträgerin hier angekommen. Ungefähr so groß", er zeigte mit der Hand Thayas Größe, „schlank, schwarze Haare und unglaublich nah am Wasser gebaut. Habt ihr sie vielleicht gesehen?"

„Er meint die Tierverbundene", murrte Colloss und ein leises Raunen begleitete seine Worte. „Tierverbundene", der Beschützer erhob die Stimme, „müssen sich erst einer Sonderprüfung unterziehen, bevor sie sich das Recht verdienen, hier mit uns zu essen."

Ich fühlte, wie meine Wangenmusterung sich erwärmte.

„Was für eine Sonderprüfung?"

„Eine Prüfung, die bestätigt, dass sie nicht mit der Absicht hergekommen sind, uns auszuspionieren." Die grauen Augen des breitschultrigen Beschützers bohrten sich in meine. „Die Totaa haben ihre Spitzel schließlich überall."

„Und wer sagt, dass es nur Spitzel bei den Tierverbundenen gibt?", fragte ich stirnrunzelnd, obwohl ich wusste, dass es wahrscheinlich klüger wäre, jetzt einfach den Mund zu halten.

„Das sagt die Erfahrung. Und der gesunde Sinnesverstand", fauchte der Ekelträger arrogant.

„Hey. Nicht in dem Ton", knurrte Ben und schob sich ein Stück nach vorne.

Colloss hob die Augenbrauen und stand langsam auf. „Ich bin hier der Verantwortliche. Und ich spreche in dem Ton mit euch, in dem es mir gefällt."

„Ben … lass uns keinen Streit anfangen", sagte Simeon und zupfte an Bens Ärmel.

„Ich fange keinen Streit an. Er soll uns nur sagen, wo Thaya ist."

„Jetzt hat sie auch schon einen Namen. Hört, hört", grinste ein muskulöser Freudeträger und leckte sich über die Lippen. „Als Nächstes wollt ihr wahrscheinlich noch wissen, in welcher Höhle sie untergebracht ist." Die Gruppe, die rund ums Feuer saß, brach in schallendes Gelächter aus.

„Was ist daran so lustig?", fragte Ben, bevor ich die Frage stellen konnte.

„Tierverbundene", erklärte der Freudeträger und schürzte die Lippen, „haben ihren Schlafplatz nicht hier bei uns in den Höhlen. Sie schlafen auf der linken Seite des Alpha-Camps unter freiem Himmel. *Tiere* schlafen ja schließlich auch draußen unter freiem Himmel."

„Das stimmt nicht ganz", sagte Simeon. „Fledermäuse schlafen in Höhlen. Genau wie Bären." Er dachte einen Moment lang nach. „Füchse, Eichhörnchen, Maulwürfe und Delfine schlafen auch nicht unter freiem Himmel."

„Das reicht jetzt", sagte Colloss und trat langsam hervor. „Ihr seid heute erst angekommen. Sowohl du als auch der Reisende könnt es zum Alpha schaffen. Lasst euch einen guten Rat geben und macht jetzt wegen einer Tierverbundenen und einer Beta keinen Ärger."

Ich sah, wie Bens Blick hart wurde, während er die Hand zur Faust ballte. „So nicht", sagte er ruhig und fixierte den Beschützer.

„Es … es tut mir leid", stammelte Colloss und blickte mich direkt an. „Ich hoffe, du nimmst die Entschuldigung an."

Überrumpelt starrte ich auf den Beschützer, der sich sichtlich in seiner Haut wand.

„Ben, lass das", flüsterte ich. „Leg dich nicht mit ihnen an."

„Hey! Es ist verboten, deine Kriegsfähigkeiten gegen einen der Unseren einzusetzen!", fauchte der muskulöse Freudeträger und sah auf einmal gar nicht mehr freundlich aus. „Verschwindet! Ihr könnt ab sofort mit euren geliebten Tierverbundenen fressen!"

Ben machte einen Schritt nach vorn, aber Simeon und ich hielten ihn beide zurück.

„Komm, Mann", sagte Simeon. „Das sind die echt nicht wert."

***

Schweigend durchquerten wir das Lager bis zum Bereich der Tierverbundenen. Wie die Beschützer anklingen hatten lassen, gab es in den roten Felswänden hier auf der linken Seite des Camps keine Schlafgrotten, sondern nur nackten, senkrecht aufragenden Stein und davor eine kahle Fläche, über die der Wind pfiff.

Thaya saß zusammengekauert vor einem winzigen Lagerfeuer und starrte in die Flammen. Die Trauerträgerin trug noch immer ihren blauen Kampfanzug und hatte beide Arme um ihren Körper geschlungen, als ob ihr kalt wäre.

„Hallo", sagte Simeon und ließ sich neben ihr nieder. „Na, wie war der Einstufungstest? Hat der Idiot herausgefunden, dass du in Wirklichkeit eine verkappte Totaa bist?"

Thaya blickte gedankenversunken auf und lächelte andeutungsweise. „Noch nicht", erwiderte sie dann. „Aber morgen ist ja auch noch ein Tag."

„Ich kann mir nicht vorstellen, dass Arkadius und Casimir wissen, wie es hier zugeht", sagte ich.

Thaya zuckte mit den Schultern. „Ich konnte mir auch nicht vorstellen, dass sie mich im Weißen Sanatorium darben lassen", murmelte sie. „Manchmal passieren Dinge, mit denen man nicht rechnet."

Ich senkte den Blick. Nach wie vor fühlte ich mich schuldig, weil ich damals nicht erkannt hatte, dass ihre fanatische Besessenheit von Jaron nur auf einem starken Liebeszauber basierte – der sie ins Weiße Sanatorium gebracht hatte.

„Meine Kriegsfähigkeit ist stark ausgeprägt", erklärte Thaya übergangslos und starrte ins Nichts. „Sie haben uns durch einen gefährlichen Parcours mit Feuerbällen, Blutritzern und anderen Fallen geschickt." Sie machte eine kurze Pause. „Nicht alle sind unversehrt da durchgekommen, manche", sie stockte für einen Moment, „sind bei dem Training fast gestorben."

„Bei meiner Seele, was für eine gedrückte Stimmung", hauchte in dem Moment ein Mann mit tiefer Stimme hinter uns. „Das ist ja beinahe nicht auszuhalten ..." Er schnalzte mit der Zunge.

Ich kannte diese Stimme und unwillkürlich spannte sich mein ganzer Körper an, als ich herumfuhr. Thaya und Ben reagierten ebenso wie ich, nur Simeon begrüßte den Neuankömmling entspannt.

„Hey", sagte er. „Wer bist du denn?"

Der junge Träger mit dem violetten Sinn der Angst machte eine tiefe Verbeugung, bevor sich seine blutroten Lippen zu einem Lächeln verzogen.

„Ich bin Viktor", antwortete er. „Früherer Parkwächter, aktuell jedoch leider heimatloser Erinnerungsvampir der Stufe Null. Und ihr ...", er blickte auf Ben, Thaya und mich, „seid mir noch von eurem letzten Besuch in meinem Park bekannt."

„Sagtest du nicht gerade, es ist nicht mehr *dein* Park?", fragte Ben kalt.

Viktor kam aus seiner Verbeugung wieder hoch und seine goldenen Haare glänzten im Schein des Lagerfeuers.

„Leider ist das korrekt. Aktuell ist der Park in der Hand der Totaa. Aus irgendeinem Grund hatten sie Sorge, ich könnte ihnen ihre Erinnerungen nehmen. Zum Beispiel den Teil, der sie motivierte, unbedingt dort ihr Lager aufschlagen zu wollen", sagte er mit seiner tiefen Stimme und zwinkerte Thaya zu.

Die Trauerträgerin starrte Viktor mit offener Bewunderung an und ich fühlte mich nicht wohl dabei. Offenbar hatte er seine Anziehung auf sie noch immer nicht verloren, aber wenigstens trug er diesmal ein Oberteil, während er das letzte Mal ausschließlich mit nacktem Oberkörper herumgelaufen war.

„Wie lange bist du schon hier?", fragte ich und setzte mich neben Thaya ans Lagerfeuer.

„Ich bin gestern hier angekommen", sagte Viktor und leckte sich über die roten Lippen. „Von einem Beschützer hatte ich eine ganz frische Erinnerung an dieses Camp bekommen und da kam es mir wie eine gute Idee vor, meine Kriegsfähigkeiten zu stärken, falls ich einmal … *gezwungen* sein würde, gegen die Totaa zu kämpfen."

„Und es hat niemand etwas dagegen, dass du hier bist?", fragte Ben freiheraus. „Werden Erinnerungsvampire sonst nicht immer weggesperrt?"

„Nicht solche der Klasse Null", erwiderte Viktor mit samtiger Stimme. „Die anderen werden durch die vampirfeindliche Politik leider oftmals gezwungen, sich in die Schattige Unterwelt zu flüchten. Aber ich muss nicht flüchten. Ich habe mich genügend unter Kontrolle, sodass ich mich in der Gesellschaft von kleineren Gruppen aufhalten darf." Er lächelte vielsagend und die Flammen leuchteten auf seiner blassen Haut.

„Viktor!", ertönte in dem Moment eine Frauenstimme und ich blickte mich um. Re war am Rande des Lagers aufgetaucht und winkte dem Vampir zu. „Auf ein Wort", sagte sie.

„Ich komme sofort", grinste er und stand mit einer fließenden Bewegung auf. „Nicht dass du am Ende vergisst, was du mir sagen wolltest." Er lächelte charmant und ging zu der dunkelhäutigen Beschützerin.

„Ein seltsamer Zeitgenosse", murmelte Simeon und sah dem Erinnerungsvampir stirnrunzelnd nach.

„Ein gefährlicher Zeitgenosse", murrte Ben und stocherte mit einem Stock in den Flammen.

„Also ich weiß nicht", flüsterte Thaya und strich sich ihre langen schwarzen Haare hinter das Ohr. „Ich finde, er wirkt jetzt viel netter als früher."

„Du meinst jetzt, wo er uns nicht mehr von einer

Bluthecke aussaugen lassen möchte, bevor er uns die Erinnerungen stiehlt? Stimmt", sagte Ben sarkastisch.

Simeon warf noch einen Blick auf Viktor, der sich gerade mit einem Lächeln zu Re hinunterbeugte, und wandte sich dann wieder Thaya und mir zu.

„Lasst mich nicht vergessen", sagte er und betonte jedes Wort überdeutlich, „dass ich euch etwas von meinem Anti-Vergessens-Elixier abfülle, dann seid ihr gegen den Vampir ein wenig geschützt."

„Du hast ein Anti-Vergessens-Elixier?", fragte Ben.

Simeon hob stolz die Brust. „Natürlich. Schließlich bin ich ein Magiebegabter. Kannst du dir vorstellen, wie viele Zaubersprüche ich mir da merken muss?" Und dann begann er, davon zu erzählen, was er sich abgesehen von den Zaubersprüchen noch alles merken musste, und das war tatsächlich so viel, dass ich schon nach kurzer Zeit einnickte.

Als ich wieder erwachte, war das Feuer beinahe vollständig heruntergebrannt und tiefe Nacht hatte sich über das Trainingslager gelegt. Die Luft hatte diesen angenehm frischen Geruch und jemand musste mich mit meinem Schlafsack zugedeckt haben. Wahrscheinlich Simeon, dachte ich und stand leise auf, um mir ein wenig die Beine zu vertreten. Ben und Simeon schliefen nur ein paar Schritte entfernt und ich war besonders leise, um keinen von ihnen zu wecken. Thaya hatte sich ebenfalls in ihren Schlafsack eingekuschelt und ringsum sah ich noch mehr Tierverbundene auf dem harten Boden schlafen, nur Viktor entdeckte ich nicht. Mit einem unguten Gefühl im Magen blickte ich mich um und überlegte gerade, ob ich unter diesen Umständen vielleicht doch lieber im Schutz der Gruppe bleiben sollte, als sich mir von hinten eine Hand auf den Mund legte. Gleichzeitig spürte ich einen warmen Atem an meinem Hals und dann flüsterte mir Viktor mit tiefer Stimme ins Ohr, dass ich jetzt still sein musste, wenn ich nicht dafür verantwortlich sein wollte, dass er jedem meiner Freunde seine kompletten Erinnerungen stahl.

Ich hatte kaum Zeit, zu reagieren, da hatte Viktor mich schon um die Taille gepackt, hob mich hoch und rannte mit mir durch das ganze Lager bis zu einer geschützten Stelle außer Hörweite der anderen. Er war so schnell wie ein Blitz und es bestand für mich kein Zweifel daran, dass auch er seine Kriegsfähigkeit längst perfektioniert hatte.

Als er mich schließlich runterließ, war ich so wütend, dass ich ihm am liebsten eine verpasst hätte, aber ein winziger Teil von mir wusste, dass das einfach nur dumm wäre.

„Also", sagte ich, und versuchte, das Zittern in meiner Stimme zu unterdrücken. „Du hast dich offenbar nicht verändert."

Viktor lachte und zeigte dabei zwei etwas längere Eckzähne, die im Mondlicht schimmerten. „Natürlich nicht", antwortete er amüsiert. „Ich bin ein Vampir. Vampire ändern sich nicht."

„Stimmt es überhaupt, dass du die Genehmigung hast, dich hier aufzuhalten?", fragte ich, um einfach irgendetwas zu sagen. Ich hatte zwar keinen Plan, aber es konnte nicht schaden, Zeit zu gewinnen, denn ich war vollkommen schutzlos. Ich hatte keine Waffe bei mir und meine Schreie würden die anderen erst zu spät hören.

„Überspringen wir doch den Teil", meinte Viktor gelassen und kam auf mich zu. Sein muskulöser Körper bewegte sich so geschmeidig wie der einer Raubkatze und im Moment fühlte ich mich auch wie die Maus, die er gleich fressen würde.

„Kann ich … wenigstens entscheiden, welche Erinnerungen du mir nimmst?", flüsterte ich. Ein verzweifelter Gedanke pochte in meinem Inneren, der Gedanke, dass ich Viktor vielleicht benutzen konnte, um nur das loszuwerden, was mir ohnehin die ganze Zeit wehtat.

Die offenen Fragen zu meiner Vergangenheit, meine Verbundenheit mit Ben – hier und in der anderen Welt. Fast schon fand ich den Gedanken verlockend, das nun alles loslassen zu können.

„Nein", antwortete Viktor. „Was ich dir nehme und was ich dir lasse … das entscheide ausschließlich ich."

Er griff nach meinen Oberarmen und seine Kraft war so stark, dass ich ihm nichts entgegenzusetzen hatte.

„Erinnerungsvampire bekommen ihre Erinnerungen übrigens über einen Kuss", flüsterte er noch und dann senkten sich seine blutroten Lippen auf meine.

„Genug." Res Stimme schnitt durch die Dunkelheit und mir wurde schwindelig vor Erleichterung, als Viktor mich tatsächlich losließ.

„Es hat nicht funktioniert", sagte er.

Die dunkelhäutige Beschützerin blickte mich bedauernd an.

„Das ist schade, Lee. Wir haben wirklich alles versucht. Manche Sinnträger schaffen es nicht, ihre Kriegsfähigkeiten in einer künstlichen Umgebung wie der Kuppel der Erkenntnis zu entfalten. Deshalb habe ich dir noch diese Chance mit Viktor geboten. Aber", sie trat einen Schritt auf mich zu, „wie es scheint, steckt es nicht in dir. Du wirst morgen zu den Betas gehen."

Ich blickte von ihr zu Viktor und konnte kaum glauben, was sie mir gerade erzählte.

„Dann war das ... alles nur ein Trick?"

„Ein Trick, um dir zu helfen. Leider hat es nicht funktioniert."

Ich schluckte. „Verstehe. Und was ist mit ..."

„Mit deinen Freunden? Sie wurden als Alphas eingestuft, ihre Fähigkeiten sind groß. Sie werden gemeinsam mit den Besten aus den anderen Alpha-Camps dem Team *Nachtschatten* zugeteilt, das ist die Eliteeinheit, die die Schwarzweiße Stadt zurückerobern soll." Re blickte mich an und ihre goldenen Augen glänzten bedauernd. „Aber du wirst sie nicht begleiten."

Wir Brüder und Schwestern
verpflichten uns zu dienen,
einer Vertrauensperson,
einer höheren Macht,
einem höheren Ziel.

Einzeln sind wir nicht mehr als
ein Sandkorn in der Wüste,
ein Tropfen im Meer, doch zusammen,
mit einer Stimme sprechend,
sind wir alles.

Wir schwören Einigkeit und Gemeinschaft,
wir schwören, die Regeln zu befolgen,
wir schwören zu dienen.
Wir schwören auf Planvorgaben und die Erfüllung
dieser.
Denn unsere Arbeit ist sinnstiftend,
und damit auch wir.

Aus: Manifest des Kloster des Konsens,

geschrieben vom Gründervater Bertholdu

Kapitel 11

Ich wurde mit jenen, die ihre Kriegsfähigkeiten ebenfalls nicht entfalten konnten, in eines der durchsichtigen Kuppelgebäude eskortiert.

Es war seltsam, anders zu sein.

Es war seltsam, nicht mehr dazuzugehören, und ich fühlte eine Mischung aus Frustration, Resignation und Scham in mir aufkeimen, die sich schwer über mein Selbstwertgefühl legte. Selbst Thaya hatte es geschafft, auf ihre Kriegsfähigkeiten zurückzugreifen.

Nur ich nicht.

Ich hatte versagt.

Der muskulöse Beschützer mit der dunkelroten zackigen Gesichtsmusterung, der uns zu dem Gebäude geleitete, betrachtete uns mit nichts als Geringschätzung in seinen schmalen Augen.

„Hier", sagte er mit tiefer Stimme und blieb vor der gläsernen Hülle stehen, die bei seinem Näherkommen leicht erzitterte.

„Geht da rein", wies er uns schroff an und jede seiner Bewegungen, jede seiner selbstgefälligen Gesten gab zu verstehen, dass er sich für etwas Besseres hielt. Er war schließlich ein Alpha und imstande, seine Kriegsfähigkeit einzusetzen und dem Verfall der Sinnlichen Welt entgegenzuwirken. Entmutigt ließ ich meinen Blick über die Truppe der Betas schweifen, der ich nun auch angehörte. Es waren zwei magere Angstträger, eine ältere Trauerträgerin mit grauen Haaren, eine hübsche Erstaunensträgerin und ein dicklicher Freudeträger, der mich in seiner unbeschwerten Art an Jaron erinnerte.

„Habt ihr mich nicht gehört?", fuhr uns der muskulöse Beschützer an, als wir uns nicht sofort in Bewegung setzten. „Seid ihr jetzt nicht nur unfähig, sondern auch noch taub?"

Die beiden dünnen Angstträger zuckten bei seinen Worten zusammen und ich spürte, wie sich mein Puls automatisch beschleunigte. Der Beschützer hatte kein Recht, uns so zu behandeln.

„Vielleicht würde es schneller funktionieren, wenn du etwas freundlicher mit uns reden würdest", sagte ich und trat nach vorne.

Die schmalen Augen des Beschützers glitten über meinen Körper und verweilten für meinen Geschmack etwas zu lange auf meinem Busen, bis er mir endlich ins Gesicht sah.

„Vielleicht wäre ich etwas freundlicher, wenn auch du etwas freundlicher *zu mir* wärst", sagte er und ein anzügliches Grinsen umspielte seinen Mund. Im nächsten Moment fuhr seine grobe Hand nach vorne, um mir an die Brust zu fassen. Doch bevor er die erreichte, schnellte auch mein Arm nach vorne. Ich packte sein Handgelenk, sprang mit einer raschen Bewegung hinter den Beschützer und drehte ihm mit aller Kraft die Hand auf den Rücken.

Der Beschützer versuchte, sich aus meinem Griff zu befreien, doch ich hielt ihn, so fest ich konnte, auch wenn ich das sicher nicht lange durchhalten würde. In mir kochte die Wut über die unfaire Behandlung und die Abscheu über diese neu entstehende Zweiklassengesellschaft.

Natürlich war es nicht besonders klug von mir gewesen, auf den Beschützer loszugehen, denn ich wusste nicht, welche Kriegsfähigkeit er besaß - und er würde mich sehr wahrscheinlich im nächsten Moment zu Fall bringen. All diese Gedanken schossen mir durch den Kopf, als ein grauhaariger Beschützer neben uns erschien.

„Was ist hier los?", herrschte er uns an.

„Der Beschützer wollte die Wachsamkeitsträgerin begrapschen und sie hat sich zur Wehr gesetzt", erklärte die Erstaunensträgerin mit dem weißblonden Pagenschnitt und den violett leuchtenden Augen ruhig.

„Stimmt das?", fragte der grauhaarige Beschützer.

Der andere schüttelte nur den Kopf. „Nein, ich wollte ihr bloß helfen, die Teleportationskuppel zu betreten."

Ich schnaubte wütend. „Das stimmt nicht, er ..."

„Dann steht Wort gegen Wort", unterbrach mich der grauhaarige Beschützer, ohne mich dabei auch nur eines Blickes zu würdigen. „Wir befinden uns im Krieg und haben für so etwas wirklich keine Zeit", erklärte er weiter, mehr uns allen als seinem Kollegen. „Und jetzt", seine Hand deutete zu dem kuppelförmigen Gebäude, vor dem wir standen, „verlasst dieses Gelände. Wir können hier nicht länger eure Babysitter spielen, wir haben Wichtigeres zu tun. Sobald der Letzte von euch die Teleportationskuppel betreten hat, werdet ihr zu eurem neuen Aufenthaltsort gebracht, wo euch eure neuen Aufgaben zugewiesen werden." Er räusperte sich. „Aufgaben, die zu erfüllen ihr hoffentlich imstande seid."

Nacheinander wurden wir in die Kuppel gestoßen, die sich augenblicklich mit grauem Nebel füllte, sobald wir alle darin versammelt waren. Danach verlor ich für eine Weile komplett die Orientierung und als sich der beklemmende Nebel lichtete, befanden wir uns auf einem grasüberwachsenen Platz vor einem riesigen weißen Gebäude.

Die Teleportationskuppel war gemeinsam mit dem Nebel verschwunden, doch ich fühlte noch die Nachwirkungen der Reise, die sich als leichter Schwindel bemerkbar machten, und brauchte einen Moment, um anzukommen. Nach ein paar tiefen Atemzügen wandte ich meinen Blick geradeaus.

Vor uns erhob sich ein Bauwerk, das mich in seiner Architektur an ein Kloster aus der anderen Welt erinnerte. Es bestand aus einer mit Edelsteinen verzierten Basilika sowie mehreren Lang- und Querhäusern, die zusammen eine Art schützendes Quadrat ergaben und darin vermutlich einen Klostergarten verbargen. Rund um das Mauerwerk wuchsen gigantische Bäume mit großen grünen Blättern und orangefarbenen Stämmen in die Höhe und verflochten ihre Zweige oberhalb des Spitzdaches miteinander.

Ich drehte meinen Kopf und betrachtete die weitere Umgebung. Wir standen auf einem Hügel und neben uns fielen satte grüne Wiesen ab, die in der Ferne von einem hohen weißen Wald und auf der anderen Seite von orangefarbenen Feldern begrenzt wurden.

„Wo sind wir?", fragte einer der Angstträger und rieb sich nervös über die Unterarme. Der andere violette Träger presste die Lippen zusammen und sah sich unruhig um.

„Keine Ahnung", erwiderte die Erstaunensträgerin, bei der ich mich vorhin noch für ihren Einsatz bedankt hatte, und zuckte mit den Schultern. „Ich habe diesen Ort noch nie gesehen."

Ich nickte zustimmend. „Ich auch nicht, aber es scheint, dass wir uns an der Grenze zwischen dem Vertrauens- und dem Freudeland befinden."

„Ja, das tun wir!", frohlockte der dickliche Freudeträger

mit der runden Brille. „Ich kann die Energie meines Landes spüren, bis in die Fingerspitzen!" Er sog tief die Luft ein. „Fühlt ihr das auch? Diese übermächtige Freude, die dieses wunderbare Land in sich trägt, diese großartige Energie, die uns alle umgibt." Er schloss bedächtig die Augen.

„Also ich fühle nichts", antworteten die beiden Angstträger beinahe gleichzeitig. „Außer, dass ich nicht hier sein will", fügte der jüngere dann noch hinzu.

Im nächsten Moment erschien ein kleines, bogenförmiges Tor in dem glatten weißen Mauerwerk, das sich knarzend öffnete. Ein kleiner weißer Träger mit einem buschigen Haarkranz und einer hellen Mönchskutte lächelte uns vertrauensvoll an, als seine Augen über die Gruppe schweiften.

„Willkommen in dem orange-weißen Kloster des Konsens, Brüder und Schwestern. Schön, dass ihr hier seid, wir haben auf Neuankömmlinge vertraut. Habt ihr Hunger?"

„Ja, und wie", meinte der Freudeträger und strahlte übers ganze Gesicht, während er sich über seinen dicken Bauch fuhr, der wie aufs Stichwort zu knurren anfing.

„Bruder, mit der lauten Stimme deines Hungers sei gewiss: Du wirst bald erhört werden", erklärte der kleine Vertrauensträger und seine Gesichtszeichnung, die wie eine Rosenblüte aussah, glomm hell auf. „Folgt mir."

Als wir durch die kleine, bogenförmige Tür schritten, landeten wir in einem riesigen Speisesaal mit einer gewölbten Decke, die von bunten Fresken bedeckt wurde. Darauf waren verschiedene Sinnträger in weißen Kutten abgebildet, die auf blühenden Feldern und in gepflegten Gärten arbeiteten. Es war ein magisches

Fresko, denn die Personen wirkten lebendig und bewegten sich tatsächlich über unseren Köpfen. Ich sah weiße Träger, wie sie mit Schubkarren durch die Gegend fuhren und magische Pflanzen ernteten. In der Mitte der Decke befand sich ein großes, ausgefranstes Loch, durch das viele orangefarbene verschlungene Äste mit grünen Blättern in den Raum wuchsen. Sie trugen Früchte, die mich in Form und Farbe an Orangen aus der anderen Welt erinnerten.

„Ich sehe das Erstaunen in euren Augen und auch ich spüre jedes Mal, wenn ich das Refektorium betrete, dass es sich hierbei um ein kleines Wunder handelt", sagte der weiße Träger und blickte versonnen die Blätter und die orangefarbenen Früchte an. „Die Wonnebäume sind etwas ganz Besonderes. Sie beschenkten unsere Einrichtung nicht nur mit Freude, sondern auch mit Zuversicht und exzellenter Nahrung."

Es verblüffte mich, wie ruhig es im Saal war. Kaum jemand klapperte mit dem Geschirr, und wenn sich Sinnträger unterhielten, dann taten sie es leise. Die Träger nahmen ihre Mahlzeiten auf hölzernen Tischen und Bänken zu sich und waren alle in weiße Tuniken mit breiten orangefarbenen Bauchbinden gekleidet. Lediglich die Anzahl der vertikalen weißen Streifen auf ihren Schärpen war unterschiedlich.

„Meine Name ist übrigens Luzius", erklärte der Vertrauensträger und navigierte uns zu einem freien Tisch, an dem wir Platz nahmen.

Luzius blieb stehen. „Ihr seid unserer Einrichtung zugewiesen worden. Obwohl wir Verfechter des Friedens sind, sind wir verpflichtet, die Sinnliche Welt zu unterstützen, wenn sie in Gefahr gerät und ihre Grundwerte angegriffen werden. Es ist unser aller

Aufgabe", er machte eine weit ausholende Geste, die auch uns mit einschloss, „die tapferen Krieger im Rahmen unserer Möglichkeiten zu unterstützen, so gut wir können – und mit gesammelten Kräften. *Es ist unsere Aufgabe zu dienen.*"

„Wie viele Einrichtungen wie diese gibt es denn, Luzius?", fragte ich und schob den Gedanken zur Seite, dass mir die Wortwahl überhaupt nicht gefiel und ich eigentlich niemandem dienen wollte.

Der Träger kratzte sich unter seinem buschigen Haarkranz. „Diese Frage kann ich dir nicht beantworten, denn ich weiß es nicht - aber ich vertraue darauf, dass es genügend an der Zahl sind. Soweit ich weiß, sehen alle unterschiedlich aus und vertreten unterschiedliche Philosophien und Grundsätze. Es ist wichtig, dass ihr die Geisteshaltung *unseres Klosters* versteht und teilt." Er machte eine kurze Pause und faltete die Hände vor der Brust. „Unser Zusammenleben wird bestimmt durch den friedfertigen und freudigen Umgang miteinander. Jeder Bruder und jede Schwester trägt zum Gemeinwohl bei und miteinander unterstützen wir die Truppen, die sich für uns in die Schlacht werfen. Unsere Aufgabe ist es, im Rahmen unserer Möglichkeiten Ressourcen zur Verfügung zu stellen – egal welcher Art. Aber davon erfahrt ihr noch mehr, sobald ihr euren Arbeiten zugeteilt werdet", erklärte er und lächelte. „Wir müssen sehen, wofür ihr euch am besten eignet und an welchen Stellen Hilfe benötigt wird. Und nun genug geredet - lasst es euch schmecken. Wir verzichten heute einmal ausnahmsweise auf das gemeinsame Gebet, denn ihr hattet sicher eine anstrengende Reise." Damit verabschiedete sich Luzius. „Ich hole euch später wieder von hier ab, Brüder und Schwestern."

Mein Magen knurrte leise.

„Ich habe auch schon Hunger", flüsterte mir die blonde Erstaunensträgerin mit dem Pagenschnitt zu und zwinkerte. Ich lächelte zurück und sah mir die reich gedeckten Tische der anderen Träger an, auf denen frisches Obst, dampfende Speisen und andere Köstlichkeiten zu sehen waren. Unsere Tischplatte hingegen war völlig leer und ich fragte mich, woher sie das Essen hatten, als der Magen des Freudeträgers zu meiner Rechten lautstark zu knurren begann. Wie zur Antwort ertönte ein lautes, knackendes Geräusch und einer der Äste über unseren Köpfen wuchs in Windeseile zu uns herunter, bis er unseren Tisch erreichte.

Im nächsten Moment ließ er eine orangefarbene Frucht direkt vor den Freudeträger plumpsen.

„Das meinte Luzius also damit, dass die Stimme deines Hungers erhört werden würde", murmelte ich und plötzlich begann auch mein Bauch zu knurren, und nicht nur meiner – die Mägen aller am Tisch sitzenden Träger gaben ähnliche Laute von sich und es hörte sich seltsam an, als alle Mägen wie in einer Art Kanon durcheinander knurrten.

Doch dem Ast, der über uns im Deckengewölbe hing, schien es zu gefallen. Denn er warf daraufhin gezielt weitere Früchte ab, bis jeder eine davon vor sich auf dem Holztisch liegen hatte.

„Und jetzt?", wollte die grauhaarige Trauerträgerin wissen und starrte auf die Tischfläche.

„Probieren wir einfach mal", sagte der Freudeträger und biss beherzt in die Frucht.

Einen Herzschlag später machte es „Plopp" - die orangefarbene Schale zerplatzte und er hielt plötzlich keine Frucht mehr in den Händen, sondern eine dampfende Schüssel mit einer blubbernden Suppe.

„Eine Seligkeitssuppe, genau das hatte ich mir gewünscht! Ich liebe diese Suppe, sie zergeht so schön auf der Zunge", rief er und schnupperte freudig an dem Dampf. Daraufhin bissen alle eifrig von ihrer Frucht ab und ich bekam einen Teller mit einem aromatischen Eintopf serviert, der herrlich schmeckte und meine Geschmacksknospen zum Explodieren brachte. Mein Blick wanderte über die glücklichen Gesichter der Sinnträger, die vergnügt ihre Speisen verzehrten. Und obwohl das alles hier so harmonisch wirkte und obwohl wir uns in dem Kloster des Konsens in Sicherheit wähnten, fühlte ich mich hier absolut fehl am Platz.

Nach dem reichlichen Mittagessen führte uns Luzius zu einem kleinen Häuschen aus Dunkelholz, das im Zentrum des Klostergartens stand und mich an einen Beichtstuhl aus der anderen Welt erinnerte. Die Wände waren exakt einen Meter breit und mit kunstvollem Schnitzwerk verziert, das von wildwucherndem Weißefeu bedeckt wurde. Eine Tür gab es nicht, stattdessen hing ein heller Samtvorhang vor dem Eingang.

Der Garten rundherum war perfekt gepflegt und auch die Hecken waren akkurat geschnitten und in Form gebracht. Sie bildeten ein Quadrat, an dessen Eckpunkten mannshohe Heckenfiguren anzutreffen waren. Die grünen Sinnträger trugen allesamt Kutten und hatten die Hände wie im Gebet gefaltet. Ihre Gesichtsmusterungen in Weiß und Orange waren mit speziellen Rosen nachgebildet worden, die einen lieblichen Duft verströmten.

„Brüder und Schwestern", ließ sich Luzius vernehmen und hob seine Stimme. „Betretet den Zuordnungsstuhl des Klosters des Konsens und ihr werdet erfahren, welche Arbeit euch zuteilwird. Hier in unserer vertrauensvollen Einrichtung gibt es verschiedene Aufgaben zu erfüllen, die euch alle mit Vertrauen und Freude beschenken werden: die Anbauer, die Ernter, die Beter, die Zupfer, die Wechsler und die Beobachter. Nachdem wir herausgefunden haben, welcher Aufgabenbereich euren Talenten am ehesten entspricht, werdet ihr dem entsprechenden Team zugeteilt werden. Wir freuen uns, dass ihr bald Mitglieder unserer kleinen Gemeinde seid und euch für das Wohl der Sinnlichen Welt einsetzt. Und wir vertrauen darauf, dass ihr mit all euren Kräften sowie eurer Geisteshaltung der Sinnlichen Welt dienen werdet. Wer von euch möchte als Erster den Zuordnungsstuhl betreten?"

Der Freudeträger hob die Hand und Luzius nickte ihm freundlich lächelnd zu. Daraufhin trat der orangefarbene Träger beschwingt in die kleine Hütte und zog den Vorhang hinter sich zu. Sogleich begann das dunkle Häuschen zu zittern.

„Anbauer", schallte eine hohe Stimme einen Herzschlag später heraus und der Freudeträger stolperte aus dem Holzhäuschen.

„Ach, wie schön", sagte Luzius und rieb sich die Hände. „Ein Anbauer, was für eine wertvolle, interessante Arbeit. Du wird deinen Beitrag zum Gemeinwohl leisten, Freudeträger, und uns mit deiner Arbeit erfreuen."

Dann nickte Luzius dem Nächsten zu und nach der Reihe betraten die Sinnträger den Zuordnungsstuhl. Ich fragte mich, was wohl Simeon und Ben in diesem Moment gerade machten, ob sie noch trainierten oder schon auf der gefährlichen Mission zur Rückeroberung der Schwarzweißen Stadt waren, als ich Luzius' Hand auf meinem Oberarm spürte.

„Jetzt bist du an der Reihe, gelbe Trägerin."

Ich nickte und betrat das hölzerne Häuschen, das von innen ebenso unspektakulär aussah wie von außen. Dann setzte ich mich auf den dunklen Stuhl, der mit weißen Intarsien in Rosenform verziert worden war, und zog den hellen Vorhang zu. Im nächsten Moment wurde es dunkel und ich fühlte, wie elektrische Impulse durch meinen Körper schossen und ich überall eine Gänsehaut bekam. Es war kein richtig unangenehmes Gefühl, aber auch kein besonders schönes.

„Beobachter", ertönte die hohe Stimme und ich spürte einen kurzen Stich in meinem rechten Ohr, dann wurde es schlagartig hell. Irritiert zog ich den Vorhang zur Seite, rieb mir über mein rechtes Ohr und blinzelte in Luzius' Gesicht, dessen Vertrauenszeichnung weiß glomm.

„Eine Beobachterin, sehr schön. Aber das dachte ich mir schon, als Trägerin der Wachsamkeit liegt dir das ja im Blut." Er lächelte und seine grauen Augen schienen ebenfalls zu lächeln, als er sich wieder der Gruppe zuwandte.

„Ich habe einen Stich in meinem Ohr gespürt", sagte ich, weil ich es seltsam fand und nicht wusste, was soeben passiert war.

„Ja, ich auch", pflichtete mir die hübsche Erstaunensträgerin mit dem Pagenkopf bei.

„Das ist Teil des Zuordnungsrituals, um deine Aufgabe zu erkennen. Hat es denn wehgetan?", frage Luzius fürsorglich.

„Nein, aber der Stich erfolgte erst *nach* Benennung der Arbeit und nicht davor", erklärte ich und rieb noch immer über mein Ohr, das sich wärmer als das andere anfühlte.

„Du musst uns vertrauen, gelbe Trägerin. Niemand will dir hier etwas Schlechtes", sagte Luzius. „Der Stich ist Teil der Zeremonie. Und du willst doch ein Teil von uns sein, oder?", fragte er dann und sah mich intensiv an. Und obwohl ich am liebsten verneint hätte, hielt ich meinen Mund.

Luzius lächelte sanft. „Ich werde euch jetzt nacheinander euren Vertrauenspersonen vorstellen. Das sind jene Träger, die die verschiedenen Gruppen leiten und euch eure Aufgaben zuteilen. Vergesst nicht, unsere Arbeit mag manchmal schwer und anstrengend sein, aber wir schöpfen Energie aus der gemeinsamen Tätigkeit, Brüder und Schwestern. Und jetzt seid so gut und folgt mir."

Luzius führte uns durch einen kühlen Gang mehrere Treppen hinunter in ein Kellergewölbe. Ich hatte keine Ahnung, wohin er uns brachte, und es war mir in dem Moment auch egal, denn ich war mit meinen Gedanken ganz woanders. Ich war bei Ben, Simeon und Thaya, ich war bei all den Alphas, die in der Lage waren, ihre Kriegsfähigkeiten zu entfalten, und die nicht hier im Kloster des Konsens zu Brüdern und Schwestern werden mussten.

„Brüder und Schwestern", hallte Luzius' Stimme wie aufs Stichwort durch den steinernen Gang, der durch einzelne Lichtsteine beleuchtet wurde. „Die Felder der Akzeptanz und des Frohsinns erwarten euch. Ich bin zuversichtlich, dass ihr eure Arbeiten vernünftig und voller Inbrunst ausführen werdet. Es ist für die Zusammenarbeit von höchster Bedeutung, dass ihr euren Vertrauenspersonen gehorcht, denn nur so kann unser System funktionieren." Er warf uns nacheinander mit seinen grauen Augen einen gütigen Blick zu. „Aber ich bin mir sicher, dass ihr mich nicht enttäuschen werdet. Nein, ihr werdet mich garantiert nicht enttäuschen.“

Automatisch nickten wir alle. Wahrscheinlich war dieses Nicken dem Einfluss der alten Gemäuer geschuldet, die aus irgendeinem Vertrauensstein gefertigt worden waren.

Irgendwann, als wir durch das Labyrinth an dunklen Gängen tief in die Erde vorgedrungen waren, blieb Luzius vor einer robusten Holztür stehen, die ebenfalls mit Rosen-Schnitzereien verziert worden war. Er legte seine rechte Handfläche bedächtig auf das dunkle Holz und die Tür öffnete sich langsam.

Es dauerte einen Moment, bis sich meine Augen an das Tageslicht gewöhnten, das uns hier unten erwartete. Ich blinzelte ein paar Mal und öffnete dann meine Augen. Vor uns, tief unter der Erde, erstreckten sich gigantische Felder und wild blühende Gärten, auf denen die Sinnträger ihre Arbeiten verrichteten. Pflanzen in den unterschiedlichsten Formen und Größen gediehen hier unten, während der Himmel funkelnde orangefarbene Regenbögen Richtung Erde sandte.

Die orange-weiße Plantage dehnte sich in alle Himmelsrichtungen aus und verlor sich über leichte Hügel in der Ferne. Ein warmer Wind fuhr mir durch meine Haare und es roch nach exotischen Kräutern und Gewürzen. Ich ließ meinen Blick über die Landschaft schweifen und fragte mich, wie das alles hier möglich war.

„Unglaublich“, murmelte der Freudeträger neben mir und rückte sich seine Brille zurecht. „Bei allen Sinnen, so etwas hätte ich jetzt nicht erwartet.“

„Fantastisch", pflichtete ihm die Erstaunensträgerin bei und ihre violetten Augen begannen zu leuchten, während sich gleichzeitig ihre filigrane grüne Zeichnung entfachte. „Das sind die Felder der Akzeptanz und des Frohsinns?"

Luzius nickte, es war ein stolzes Nicken. „Wie ihr seht, verrichten die meisten Arbeiter hier ihr Tagwerk. Ich will euch nichts vormachen, meine Brüder und Schwestern, die Arbeit ist wie gesagt kräfteraubend, aber sinnstiftend. Denn bei jedem Schritt, den man tätigt, weiß man, wofür man es tut. Und was kann es für eine höhere Genugtuung geben, als anderen zu dienen?" Er machte eine kurze Pause und blickte bedächtig über die Felder und Gärten, deren Gewächse sachte im Wind wogten.

„Folgt mir, ich bringe euch jetzt zu euren Vertrauenspersonen", erklärte er und schlug einen kleinen Pfad ein, der sich durch die Landschaft schlängelte. Wir folgten ihm und begegneten immer wieder neuen Gerüchen. Hier unten duftete es nach dem blühenden Leben, ganz anders als oben an der Erdoberfläche, wo der Krieg über die Länder zog.

„Hier drüben, wo ihr nur Erde seht", erklärte Luzius und wies auf ein Stückchen Acker zu seiner linken Seite, „werden die neuen Sorten ausprobiert." Einige Sinnträger, deren orangefarbene Bauchbänder einen weißen Streifen zeigten, was sie anscheinend als Anbauer auszeichnete, schritten über die Felder, säten Körner oder begutachteten in der Hocke den Fortschritt ihrer Arbeit.

„Vor Kriegsbeginn hatten wir uns der Bepflanzung magischer Heilelixiere verschrieben. Das Kloster des Konsens hatte sich schon vor vielen Jahren darauf spezialisiert und die Gründerväter hatten es zu seiner Hauptaufgabe bestimmt. Doch als die Totaa ihre feindlichen Absichten erklärt hatten und der Krieg ausbrach, haben wir von Gestalter Joost und Gestalterin Philomena die Order erhalten, unser Beschäftigungsfeld auf bösartigen Giftanbau und Halluzinationsgemische auszuweiten. Nicht gerade das, was die Gründerväter unserer Einrichtung im Sinn hatten ..." Er seufzte und strich sich über seine Stirn. „Aber es ist unsere Aufgabe, den anderen zu dienen und ihnen bestmöglich zu helfen. In diesen unruhigen Zeiten müssen wir also unsere Flexibilität unter Beweis stellen, Brüder und Schwestern. Aufgrund der aktuellen Veränderung sind wir zum Beispiel gefordert, neue Pflanzen zu ziehen, Pflanzen, die die Aktivierung der Kriegsfähigkeit stützen beziehungsweise ihre größere Entfaltung ermöglichen."

„Das könnt ihr?", fragte ich interessiert nach.

Luzius wog seinen Kopf hin und her. „Sagen wir so: Wir sind gerade dabei, es auszuprobieren. Leider haben wir zu wenig Zeit und sind noch in der Experimentierphase, was diese neuen Anforderungen betrifft." Er atmete tief ein, während er im Vorbeigehen über eine hochgewachsene grüne Pflanze strich, deren kelchförmige Blütenblätter eine orangefarbene Flüssigkeit absonderten, die in kleinen weißen Schalen aufgefangen wurde.

„Der Druck, der von den Gestaltern ausgeht, ist enorm. Daher arbeiten wir rund um die Uhr und im Schichtbetrieb. Was in Ordnung ist, da auf unseren Plantagen sowohl in der Nacht als auch am Tag die Sonne scheint. Nicht nur die Nachfrage nach Tötungselixieren, sondern auch nach Heiltinkturen ist bedauerlicherweise in allen Ländern gestiegen. Leider mussten wir hören, dass andere Einrichtungen bereits von den Totaa zerstört wurden - wodurch die anderen Lieferanten, darunter natürlich auch unser Kloster des Konsens, noch mehr gefordert sind."

Wir marschierten den Pfad entlang und Luzius erklärte uns die verschiedenen Aufgaben, die es hier unten zu erfüllen gab. Die Anbauer waren für das Wachstum der Pflanzen und für die Entwicklung neuer Arten zuständig, während sich die Ernter für den richtigen Zeitpunkt der Entnahme und die sorgsame Ernte verantwortlich zeigten. Die Zupfer kümmerten sich um die Bekämpfung der Schädlingspflanzen und die Beter lenkten die spirituellen Energien der Gewächse - was auch immer das zu bedeuten hatte. Die Wechsler waren in ihrem Einsatzgebiet flexibel und die Beobachter verschrieben sich dem Schutz der Einrichtung und spezieller Pflanzen, die von besonderem Wert waren. Das Zuordnungsritual war nicht verpflichtend, sondern nur als Hilfestellung gedacht, betonte Luzius mehrere Male, und wir sollten uns melden, wenn wir uns mit unseren Aufgaben nicht wohlfühlten. Wir würden Planzahlen erhalten, die es zu erreichen galt, und Unterkunft und Arbeitskleidung würden wir von unseren Vertrauenspersonen gestellt bekommen.

„Regeln sind für eine Gemeinschaft wie die unsere von besonderer Bedeutung", fuhr Luzius fort. „Wir vertrauen darauf, dass ihr euch die Regeln einverleibt und ihnen folgt. Denn Vertrauen ist das Band, das uns zusammenhält. Die Arbeit fordert viel, aber sie gibt uns auch viel, sie gibt uns allen einen Sinn. Jeder für sich ist ersetzbar, aber zusammen bilden wir eine Gemeinschaft, ein Kollektiv, das von Bedeutung ist, Brüder und Schwestern." Er lächelte vielsagend und blieb dann an einem der Felder stehen, auf dem spiralförmige grüne Pflanzen wuchsen, die sich in die Höhe schraubten. Sie trugen orangefarbene Blüten und Luzius roch sanft an einem Blütenblatt.

„Sie sehen gut aus", sagte er zu einem dunkelhäutigen Mann mit schwarzen Haaren. „Es scheint, dass ihr den Fressschädling bekämpfen konntet."

Der Mann, dessen Bauchbinde drei Streifen hatte, die ihn als Zupfer auswiesen, nickte. „Wir konnten die Spiralgewächse zum Glück retten. Bei den Kugelpflanzen hatten wir leider weniger Erfolg. Aber wir hoffen, trotzdem unsere Ertragsquote zu halten."

Luzius nickte. „Davon gehe ich aus, Bruder."

Dann wurden wir nacheinander unseren Vertrauens-personen zugeordnet und Luzius stellte mich zum Schluss einer breitgewachsenen Vertrauensträgerin mit kurzgeschorenen weißen Haaren vor, die mit wachsamen Augen und kontrolliertem Gang die Wege abschritt.

„Das ist Schwester Kriemhild", sagte er. „Sie ist für die Beobachter zuständig. Du wirst bei ihr in guten Händen sein." Mit diesen Worten lächelte er mir noch einmal vertrauensvoll zu, bevor er sich umdrehte und verschwand.

Kriemhild musterte mich von oben bis unten. „Eine Wachsamkeitsträgerin. Gut", sagte sie schroff. „Aber glaube nicht, dass du dadurch weniger arbeiten musst."

„Wir Beobachter erfüllen eine wichtige Rolle in diesem System", sagte Kriemhild, nachdem sie mir meine Schlafunterkunft, das Dormitorium, in einem der Klosterräume gezeigt und ich meine Arbeitskleidung angezogen hatte. Meine weiße Tunika verfügte über fünf orangefarbene Streifen, genauso wie Kriemhilds Uniform, und es war eigenartig, genau wie die anderen gekleidet zu sein. Nicht, dass ich mich für etwas Besonderes oder Besseres hielt, das sicher nicht – aber diese sektenähnliche Gemeinschaft entsprach mir nicht. Lieber wollte ich Seite an Seite mit den anderen gegen die Totaa kämpfen und etwas bewirken, als hier Zupfern, Erntern und Anbauern bei der Arbeit zuzusehen.

„Als Beobachter sind wir dafür zuständig, das Kloster und seltene Pflanzengattungen zu beschützen, die Planzahlen der Arbeiter zu kontrollieren und auf ihre Einhaltung zu pochen", ratterte Kriemhild herunter und krempelte sich die Ärmel ihrer Tunika hoch. Dann hob sie vielsagend die Augenbrauen. „Ab und an werden die Erfahrensten von uns auch für Sicherheitsfunktionen der Wächter abberufen, da die meisten Wächter als Alphas im Kriegsgeschehen involviert sind und ihren eigentlichen Aufgaben nicht mehr nachkommen können. Daher unterstützen wir sie, Gestalter Joost legt nämlich vollstes Vertrauen in meine Arbeit." Sie sagte es mit dem gleichen Stolz, mit dem Luzius auch über die Plantage gesprochen hatte, und unwillkürlich fragte ich mich, ob sie sich vielleicht einige der Heiltinkturen selbst einverleibte, um ihr Begeisterungsniveau zu halten.

Im nächsten Moment schielte Kriemhild auf mein Handgelenk. „Ah", meinte sie. „Du bist nicht nur eine gelbe Trägerin, sondern trägst auch die Berufung der Wächterschaft in dir. Warst du denn auch als Wächterin tätig?" Ihre Worte klangen, als läge die Ausübung meiner Bestimmung ein ganzes Leben zurück.

„Ja", sagte ich.

Kriemhild kniff ihre blauen Augen zusammen. „Und warum bist du dann nicht bei den Alphas und kämpfst, wie es sich gehört?"

Ihre Frage versetzte mir einen Stich.

Ich schluckte. „Meine Kriegsfähigkeit hat sich nicht entfaltet."

„Aha", machte Kriemhild schon wieder. „Das ist ungewöhnlich für eine Wächterin, kommt jedoch vor. Nicht jeder entfaltet seine Fähigkeit, warum auch immer. Wir haben hier selbst einen Beschützer bei uns." Sie machte eine kurze Pause. „Lass dir gesagt sein, bei uns bist du richtig, hier sammeln sich die *Unfähigen* und jene, die nicht kämpfen wollen." Dann stemmte sie die Hände in die Hüfte und lächelte. „Aber genug geplaudert, jetzt geht es an die Arbeit."

Kapitel 12

Meine erste Aufgabe bestand darin, Wache vor einem Raum zu halten, der verschlossen war. Anscheinend befand sich in dem Raum eine supergeheime Pflanzenart, die es zu beschützen galt. Ich vermutete eher, dass mir Kriemhild nicht besonders viel zutraute und mir deshalb eine recht einfache Arbeit zugeschanzt hatte - was ich ihr nicht mal verübeln konnte.

„Lee, bist du das?", riss mich eine Stimme aus meinen Gedanken und ich musste lächeln, als Edomir in dem Arkadengang auftauchte, in dem ich postiert war.

„Edomir", sagte ich überrascht und erkannte an den Streifen seiner Tunika, dass er unter die Beter gegangen war. „Du sorgst also für das seelische Wohl der Pflanzen."

Edomir rollte mit den Augen und blieb bei mir stehen. „Hey, ich würde mir echt lieber wieder die ganzen Ängste der Truppe anhören, als hier Tag für Tag Pflanzen zu streicheln."

Ich zog eine Augenbraue in die Höhe. „Das ist deine Aufgabe?"

„Im Grunde schon", sagte er und nickte verdrossen, sodass ihm seine roten Locken ins Gesicht fielen. „Ich habe das Gefühl, dass mich diese Arbeit in der Hierarchie ganz nach unten katapultiert hat. Vor einigen Monaten", er senkte seine Stimme, „war ich noch ein Auserwählter. Ein Auserwählter! Dann ein Truppenseelsorger. Und jetzt ... jetzt ein bescheuerter Pflanzenflüsterer."

Er stockte kurz und betrachtete mich. „Aber was machst du hier? Solltest du nicht auf irgendeinem

Schlachtfeld sein und den Totaa so richtig einheizen?"

„Meine Kriegsfähigkeit hat sich auch nicht entwickelt", sagte ich und war es leid, das immer wieder zu erklären.

„Oh."

„Du sagst es."

„Und die anderen?"

„Sind im Elitecamp oder bereits im Kampf."

Edomir fuhr sich durch seine roten Locken. „Das fühlt sich nicht gut an, oder?"

Ich schüttelte den Kopf. „Ganz und gar nicht."

Er schnaubte. „Ich glaub's nicht. Wir hier – das ist so eine Ressourcenverschwendung", flüsterte er, als zwei großgewachsene Beobachter den Gang entlangschritten und uns seltsame Blicke zuwarfen.

„Ich habe gehört", erklärte Edomir, als die Beobachter bereits um die Ecke gebogen waren, „dass es eine neue Buchsuchtruppe gibt, die von Coel geleitet wird. Er hat es noch nicht geschafft, das Grüne Buch zu aktivieren, und ist jetzt besessen davon, die noch verbliebenen Bücher zu finden, um Quirin damit so richtig eins auszuwischen. Wir sollten dort sein, wir sollten unser Wissen über die Bücher teilen und nach ihnen suchen ... bei allen Sinnen, wir sollten nicht hier festsitzen ... um zu *dienen*." Das letzte Wort spie er voller Verachtung aus und ich musste unwillkürlich lachen, denn auch Edomir hatte es anscheinend nicht so mit den Brüdern und Schwestern.

„Die sind hier doch alle nicht ganz dicht", machte Edomir weiter und es war ihm augenscheinlich ein Anliegen, sich seinen Frust von der Seele zu sprechen. „Reden dauernd vom großen Kollektiv und der sinnstiftenden Arbeit. Ich bin jetzt schon seit einigen Tagen hier, aber sinnstiftend ist hier wirklich nichts. Das hier ist nichts anderes als ein Arbeitslager, das so tut, als wäre es keins."

Ich straffte die Schultern und auch mir gefiel der Gedanke nicht, hier noch länger Zeit zu verbringen. „Woher weißt du denn von der Buchsuchtruppe?", frage ich Edomir.

„Ich habe es eben … *gehört*", sagte er und sein Blick wanderte Richtung Marmorboden.

Ich verengte die Augen. „Du hast gelauscht."

„Lauschen ist so ein negatives Wort, Lee", meinte Edomir. „Ich habe vielleicht gehört, wie Casimir mit irgendjemandem darüber gesprochen hat. Rein zufällig." Er sah mich ganz unschuldig an. „Dem gefällt es natürlich auch nicht, dass er jetzt Arkadius' Handlanger geworden ist und kaum etwas zu melden hat."

„Es gibt viele Veränderungen, die uns nicht gefallen", sagte ich und dachte an den Krieg, der die schlimmste Veränderung von allen war.

„Edomir, deine Schicht bei der Mundschlingpflanze beginnt in wenigen Minuten", erklärte eine hochgewachsene Trägerin, die den Gang entlangkam und uns beide missbilligend fixierte. „Das solltest du wirklich nicht vergessen."

„Danke, Paula, das werde ich nicht vergessen", antwortete Edomir. „Obwohl ich es gerne würde", flüsterte er mir zu, als Paula uns nicht mehr hörte.

„Mundschlingpflanze?", fragte ich irritiert. „Musst du die etwa streicheln?"

Edomir schluckte. „Lee. Die sollte nicht Mundschlingpflanze, sondern *Mundgeruchpflanze* heißen. Die stinkt dermaßen aus ihrem widerlichen Pflanzenmund und haucht einen jedes Mal an, wenn man sie nur irgendwie berührt."

Ich schmunzelte. „Und deine Aufgabe ist es, sie zu berühren?"

Edomir nickte genervt. „Es gibt genaue Planzahlen, die vorschreiben, wie oft ich sie in der Minute berühren muss. Und wenn ich das nicht tue, werde ich sofort gerügt und muss ein Gespräch mit meiner Vertrauensperson halten, die *wirklich nur das Beste* für mich will. Es ist furchtbar."

Ich strich mir eine Haarsträhne aus dem Gesicht und lächelte schwach. „Da bin ich ja mit meiner Wache noch ganz gut davongekommen."

„Und ob", bestärkte Edomir mit einer Vehemenz, die mich zum Lachen brachte.

„Weißt du denn, was ich hier beschütze?"

Edomir schielte auf die weiße Tür hinter mir. „Es gibt Gerüchte, dass sich die funkelnde Rose in dem Raum befindet, sie ist einzigartig und sehr wertvoll, aber ich habe sie noch nie gesehen."

„Und was kann die?", fragte ich.

„Sie soll imstande sein, deine Lebenszeit zu verlängern", antwortete Edomir und seufzte. „Aber momentan bin ich mir nicht sicher, ob ich das überhaupt will." Er rieb sich über die Wangen. „Wir sollten die Bücher suchen, Lee, nicht hier sein und Pflanzen streicheln oder Türen bewachen."

Ich runzelte die Stirn. „Offenbar trauen sie uns als Betas diese Aufgabe nicht mehr zu. Außerdem hat der Krieg ihr Augenmerk auf den Kampf gerichtet. Sonst würde Quirin nach der Sache mit den Verdrängten sicherlich noch im Gefängnis sitzen – und ich bin mir nicht sicher, was nach Kriegsende mit ihm passieren wird." Ich machte eine kurze Pause und betrachtete Edomir neben mir, der noch vor wenigen Tagen im Zelt fast gestorben wäre. „Ich dachte eigentlich, du ziehst einen ruhigen Job der aufreibenden Buchsuche vor – schließlich begibst du dich hier zumindest nicht in Gefahr."

„Du hast den Mundgeruch der Pflanze noch nicht gerochen", entgegnete Edomir missmutig und trat von einem Bein aufs andere. „Ich weiß auch nicht … der Krieg hat anscheinend anfangs total meinen Sinn aktiviert und meine Angst wieder übermächtig werden lassen – kein Wunder, wenn dir alle immer ihre Sorgen entgegenknallen. Aber jetzt mit der Zeit und dem Kloster des Konsens … habe ich das Gefühl, dass ich hier der falschen Aufgabe nachgehe." Er schüttelte den Kopf. „Nein, es ist kein Gefühl. Ich bin mir sicher. Lieber sterbe ich bei der Buchsuche als hier vor Langweile." Er strich sich seine roten Locken aus dem Gesicht. „Außerdem habe ich zu den Büchern noch ein paar kleine Nachforschungen angestellt, so gut ich eben konnte."

„Und?"

Edomir senkte die Stimme. „Ich habe herausgefunden, dass jedes Buch nicht nur über seine eigene Gabe verfügt, sondern auch unterschiedlich aktiviert wird. Beziehungsweise aktiviert werden muss, denn man benötigt eine Art Schlüssel, um sich des Buches zu bedienen."

„Sprich, selbst wenn die Totaa die Bücher haben, heißt es noch lange nicht, dass sie sie verwenden können?"

Edomir nickte. „Genau."

„Aber was ist mit *dem Fluch der Bücher*? Wird der automatisch in Kraft gesetzt, sobald man in einem Buch liest?"

„Da bin ich mir nicht so sicher, bei dem Schwarzen Buch war es so, wie wir ja an Jarons Beispiel leider feststellen mussten. Es kann sein, dass das bei den anderen Büchern der Macht genauso abläuft – oder ganz anders ist. Ich kann es dir leider nicht sagen, und ich würde es auch nicht ausprobieren wollen. Bedauerlicherweise habe ich auch keine Kenntnis darüber, in welcher Form sich der Fluch noch auswirken könnte. Ob sich wirklich jeder nach und nach die Charakterzüge des Urgestalters aneignet oder ob etwas anderes Furchtbares geschieht – keine Ahnung. Fest steht, dass die Bücher eine unglaubliche Macht besitzen. Es gibt Gerüchte, dass das Violette Buch nicht nur die anderen Portale versperren kann – wodurch nur noch Träger der Angst in die andere Welt reisen können –, sondern dass es auch die Fähigkeit besitzt, sich am besten von allen verstecken zu können. Das Weiße Buch hingegen soll Heilung bringen – und ich will nicht wissen, was für eine Heilung. Wir müssen die Bücher unbedingt finden, denn wer weiß, was die anderen noch für Fähigkeiten haben und welche Katastrophen sie auslösen könnten. Und kein Sinnträger mit Verstand will darüber nachdenken, was geschieht, wenn alle acht Bücher tatsächlich zusammengebracht werden." Er sog tief die Luft ein. „Die Bücher sind eigenwillig und sie möchten aus irgendeinem Grund gerne zusammen sein. Sie scheinen sich irgendwie gegenseitig zu suchen."

Bei dem Gedanken, dass die Totaa die Bücher der Macht vereinen könnten, musste ich trocken schlucken. Ich wollte mir nicht ausmalen, was dann passieren würde.

„Die Totaa haben schon mal garantiert das Orangefarbene, das Schwarze, das Blaue, das Gelbe und wahrscheinlich auch das Rote Buch – denn der Schwarze Meister war garantiert damals derjenige, der Sinja vor aller Augen getötet hat."

„Fehlen also nur noch das Weiße und das Violette Buch – und wir hoffen, dass die Macht der Acht das Grüne Buch gut beschützen kann."

„Ja, das hoffen wir", stimmte mir Edomir zu und zog einen zerknitterten Zettel aus den Taschen seiner Tunika. „Hier, das habe ich damals noch mitnehmen können."

„Mitnehmen oder klauen können?"

„Egal, lies doch."

Ich hob eine Augenbraue und entblätterte das Papier. Die Handschrift war mir durchaus bekannt. Es war ein Auszug aus dem Tagebuch von Perxes.

„Perxes muss eine besondere Verbindung zum Weißen Buch aufgebaut haben", erklärte Edomir und ich begann zu lesen.

Das Weiße Buch flüstert es flüstert ganz laut in meinen Kopf und ich höre seine vertrauensvolle Stimme höre dass es sich nicht trennen will von mir nie niemals es will bei mir bleiben ihm kann ich vertrauen es wird mich nicht wahnsinnig machen es gibt mir Zuversicht und Halt und ist nicht wie die anderen Bücher die anderen heimtückischen Bücher das Weiße Buch ist rein und voller Kraft und ich lese darin und verstehe dass es meine Angst besänftigt es besänftigt meinen Kopf und kreist in mir und ich höre die Stimmen und ich höre wie sie lauter werden und nach mir rufen und ich weiß dass es so weit ist dass ich die Bücher wegbringen muss aber nicht das eine das muss in meiner Nähe bleiben und ich gehe in den Würfel weiß weiß weiß und finde dort meinen Frieden finde den Frieden den ich nie hatte seit die Bücher und die Bücher und nur noch Bücher und sie alle wollen mich töten für immer für immer

Und noch bevor ich zu Ende lesen konnte, hörte ich Kriemhild, die sich uns mit festen Schritten näherte.

„Du! Du musst zu den Mundschlingpflanzen – sofort!", herrschte sie Edomir an, der zusammenzuckte, bevor er sich eilig davonmachte.

„Und du, du wirst für eine Sitzung der Gestalter gebraucht, da jemand getötet wurde", fauchte sie mich an. „Du scheinst Beziehungen zu einem Gestalter zu haben, denn du bist noch nicht lange hier." Sie schnaufte abfällig. „Beziehungen sind bei uns nichts wert. Aber wenn ein Gestalter dich ruft, hast du zu gehorchen. Also geh, gehorche und diene. Sofort!"

Kapitel 13

Wenig später stand ich in einem kleinen Raum mit steinernen grünen Wänden, der nicht viel größer war als eine Besenkammer. Mein Herz klopfte schnell und ich fühlte ein Unbehagen in mir aufkeimen, als ich keine einzige Tür in dem Zimmer entdeckte.

Die Reise durch die magischen Portale war beschwerlich gewesen, aber ich war der schriftlichen Anleitung von Kriemhild gefolgt, um sicherzugehen, dass ich allein hier ankam. Ich war von einem Portal zum nächsten teleportiert worden und hatte größte Vorsicht walten lassen. Laut Kriemhild musste ich mich beeilen, denn die Sitzung der Gestalter fing bald an – und der Wächter, der eigentlich daran hätte teilnehmen sollen, war unterwegs von einer Glasbombe der Totaa getötet worden.

Vorsichtig begann ich, die Wände ringsum abzuklopfen und tastete mit den Fingerspitzen über den kühlen Stein, bis sich irgendwann eine mannshohe Schiebetür öffnete und ich ins Freie treten konnte.

Die Sonne strahlte mir hell entgegen, der blassblaue Himmel war von grünem Wetterleuchten durchzogen und meine Füße berührten einen Herzschlag später sandigen Untergrund. Ich befand mich auf einer winzigen Insel, die von einem ruhigen türkisfarbenen See umschlossen wurde. Sie hatte einen Durchmesser von rund vier Metern und außer drei weiteren Wachen, die an jeweils einem Eckpunkt postiert waren, war die Insel völlig leer. Mit einem Nicken begrüßte ich die drei muskulösen Sinnträger, die mich stumm zurückgrüßten, und bezog dann meinen Posten, indem ich den letzten freien Platz einnahm.

Keine Sekunde zu früh, denn im nächsten Moment stieg kalter Wind auf, der meine Haare durcheinanderwirbelte und die Gestalter vom Himmel zischen ließ, die mehr oder weniger elegant auf dem hellen Sandboden zu stehen kamen.

Es ging furchtbar schnell und plötzlich waren alle sieben Gestalter anwesend. Jeder von ihnen trug eine andere Kriegsmontur und genauso zeigten ihre Gesichter unterschiedliche Spuren des Krieges: Einige hatten offene Wunden und die Reste von getrocknetem Blut im Gesicht, andere wirkten beinahe unbeteiligt, als wäre der Krieg eine Veranstaltung, die sie einfach nicht besuchen würden.

Die unvollständige Macht der Acht begann sofort durcheinanderzureden und ignorierte uns Wächter. Ich sah, dass Agatha, die Gestalterin der Trauer, fehlte. Schon bei Arkadius' Kriegsbesprechung war sie nicht zu erreichen gewesen. Konnte es sein, dass sie tot war?

In diesem Moment nickte Quirin mir kurz zu und lenkte meine Gedanken in eine andere Richtung. War er der Gestalter, der mich für die Sitzung angefordert hatte? Oder war es reiner Zufall, dass ich wieder bei einer Sitzung anwesend sein durfte?

Ich straffte die Schultern und hoffte, dass mir Quirin den Einfluss von Simeons Tinktur nicht ansah. Denn ich hatte vor meiner Abreise noch rasch sein Anti-Vergessens-Elixier getrunken, um mich nachher an die Gestaltersitzung erinnern zu können. Wenn ich schon als Beta im Kloster des Konsens festsaß, so wollte ich zumindest meine Chance nach zusätzlichen

Informationen nutzen.

„Beruhigt euch", ließ sich Joost lautstark vernehmen. „Es bringt nichts, wenn wir alle durcheinander sprechen." Er machte eine kurze, bedächtige Pause und die anderen Gestalter verstummten. „Lasst uns unsere Erkenntnisse nacheinander teilen."

Ein Nicken ging durch die Runde und die Gestalter stellten sich im Kreis zueinander auf.

„Leider gibt es noch immer keine Neuigkeiten über den Verbleib von Gestalterin Agatha", begann Joost zu sprechen. „Allerdings wissen wir nun mit Sicherheit, dass das Blaue Buch der Macht für die Entwicklung der Kriegsfähigkeit verantwortlich war", fuhr er fort. Er trug einen hochgeschlossenen hellgrauen Kriegsanzug. „Unsere Geschichtskundigen haben nachgeforscht. Anscheinend war die blaue Urgestalterin Tulla eine Verfechterin der Instinkte, die tief in uns ruhen. Und die Kriegsfähigkeit ist einer unserer ältesten Instinkte, der dann auftritt, wenn Leib und Leben bedroht werden. Wir wissen nicht, ob die Kriegsfähigkeit ohnehin aufgetreten wären und das Blaue Buch ihre Entfaltung nur beschleunigt hat." Er machte eine kurze Pause. „Andererseits gibt es auch viele Sinnträger, die keine Veränderungen zeigen und auf ihre verborgenen Fähigkeiten nicht zugreifen können."

„Vielleicht sind nicht alle mit den Instinkten ausgestattet", sagte Panica hektisch.

„Vielleicht. Aber mit dieser Frage müssen wir uns jetzt nicht herumschlagen. Viel wichtiger ist doch Folgendes: Wie haben es die Totaa so schnell geschafft, das Buch zu aktivieren?", meinte Coel, dessen Gesicht voller Asche war. Er trug einen engen schwarzen Anzug, der seinen schlanken Körperbau betonte und mit grünen Schutzschilden versehen war. „Wir sitzen schon wochenlang an dem Grünen Buch und haben keine Möglichkeit gefunden, es zu nutzen. Unsere erfahrensten Magiebegabten beschäftigen sich mit dieser Aufgabe, aber bislang hatten wir keinen Erfolg, das Buch lässt sich einfach nicht öffnen."

„Du hast es nicht etwa angefasst, oder?", wollte Quirin wissen und verzog missbilligend die Augenbrauen.

„Natürlich nicht", erwiderte Coel schroff und fuhr sich durch sein braunes Haar mit den graumelierten Schläfen. „Der *Fluch der Bücher* stellt eine zu große Gefahr dar. Deshalb müssen wir auch extrem vorsichtig sein und berühren das Buch nicht direkt. Doch das kostet Zeit. Zeit, die wir nicht haben. Hätten wir schon früher die Bücher in die Hände bekommen, hätten wir uns länger mit ihnen beschäftigen können. Wir hätten die Zeit gehabt, sie zu studieren, ihre Geheimnisse zu lüften, aber das hast du uns verweigert, als du sie in der Bruderschaft versteckt hast. Dein Alleingang, Quirin, ich verfluche deinen Alleingang. Das war der Anfang vom Ende!"

Coel starrte Quirin an, der plötzlich zu zittern begann, als ob ihm unglaublich kalt wäre. Coels Augen waren kalt und sie spiegelten unglaublichen Zorn und Hass wider.

„Stopp!", donnerte Joosts Stimme über den See. „Coel, benutze deine Kriegsfähigkeit nicht gegen einen von uns. DAS wäre der Anfang vom Ende!"

Coel schnaubte, sog ein paar Mal tief die Luft ein und senkte dann seinen Blick. „Du hast recht, wir müssen kontrolliert bleiben. Das hier bringt uns nicht weiter. Auch wenn er uns ins Verderben gestürzt hat."

Ich beobachtete Quirin, der völlig ruhig blieb, und fragte mich, welche Fähigkeit sich wohl bei ihm entfaltet hatte.

„Wenn Ihr so impulsiv handelt, werter Gestalter Coel", mischte sich nun auch Panica ein, deren Gesichtszeichnung violett aufglomm, „fällt es mir schwer zu glauben, dass das Grüne Buch gut bei Euch verwahrt ist. Vielleicht sollte jemand anderes die Obhut übernehmen?" Ihr Blick irrte wirr von Coel zu den anderen Gestaltern.

„Es ist das Grüne Buch, es gehört in das grüne Land", erwiderte Coel schroff und auch seine Gesichtszeichnung entfachte sich. „Wie könnt Ihr überhaupt auf die Idee kommen, es jemand anderem zu übergeben?"

„Panicas Einwand ist nicht ganz unberechtigt", meldete sich nun auch Philomena zu Wort, die in einem eisernen Kriegskleid steckte, bei dem der Designer anscheinend mehr Wert auf Optik als auf Nützlichkeit gelegt hatte. Ich konnte mir nicht vorstellen, wie sie in dieser Montur kämpfen würde – allerdings konnte ich mir Philomena auch nur schwer kämpfend vorstellen. Ihr rundliches Gesicht nahm einen unschuldigen Ausdruck an, als sie nun großzügig ihre Hilfe offerierte.

„Das Land der Freude würde das Buch in Sicherheit bringen. Vielleicht kann ich es sogar aktivieren, wer weiß."

„Draußen herrscht Krieg und ihr wollt euch hier streiten, wer das Grüne Buch der Macht bekommt?", knurrte Arkadius, der sich bislang sichtlich zurückgehalten hatte. In seiner schwarzen Kluft und mit den blutenden Wunden im Gesicht erinnerte er mich an eine Bestie, die aufs Morden ausgerichtet war.

„Wir sind schwächer als die Totaa, sie sind uns immer einen Schritt voraus", erklärte er mit seiner tiefen Stimme, „und wir haben keinen Plan, wie wir sie besiegen sollen. Wir können uns nicht auf die Bücher der Macht verlassen, wir müssen unsere Kräfte einen und gemeinsam in die Schlacht ziehen. Wir kämpfen an zu vielen Fronten, wir sind ineffizient und zu unorganisiert."

Ilias, der provisorische Gestalter der Wut, nickte. „Wir hinken noch immer in der Entwicklung der Kriegsfähigkeiten hinterher, aber wir holen auf. Doch die Totaa sind formierter, sie werden nur von einem geführt und bilden eine stärkere Einheit, als wir es tun. Unsere Länder, ja gar wir selbst, blockieren unsere Siegmöglichkeiten."

Philomena verzog den Mund und machte eine wegwerfende Handbewegung. „Es ist ja wohl auch einfacher für die Totaa, da sie nur aus einer Gruppe von Tierverbundenen bestehen."

Panica runzelte die Stirn. „Was meinst du damit?"

Philomena strich sich über ihr eisernes Rüstungskleid, das bei der Bewegung kurz aufblitzte. „Nun, wir sind nicht nur Menschverbundene, wir haben auch Tierverbundene in unseren Truppen. Und die sind natürlich hin- und hergerissen und leicht versucht, sich dem vermeintlichen Sieger dieses Krieges anzuschließen."

Arkadius' Gesichtszüge verhärteten sich noch weiter und er sah aus, als würde er gleich auf Philomena losgehen.

„Willst du damit etwa behaupten, dass alle Tierverbundenen Verräter sind?"

Philomena zuckte unschuldig mit den Schultern. „Ich denke, dass einige von ihnen überlegen, die Seiten zu wechseln. Wir können uns also nie sicher sein, ob unsere eigenen Reihen sauber sind."

Im nächsten Moment spürte ich einen heftigen Luftzug, als Arkadius binnen eines Wimpernschlags knapp vor Philomena getreten war. Seine Kiefermuskeln mahlten wie wild.

„Nimm das zurück!", fauchte er und seine Stimme klang bedrohlich. Alle Gestalter starrten Philomena und Arkadius an und keiner wusste anscheinend so recht, wie er reagieren sollte.

„Was denn, mein Guter?", erwiderte Philomena überraschend gelassen. „Was du auch glauben magst, ich habe es sicher nicht so gemeint."

Arkadius fasste sich schmerzerfüllt an den Kopf. „Geh aus meinen Gedanken raus, Philomena!", zischte er.

Philomena lächelte. „Woher weißt du denn, dass ich in deinem Kopf bin? Vielleicht hörst du auch nur irgendwelche Stimmen, das kommt vor. Und ist ein Fall für das Weiße Sanatorium", kicherte sie.

„Ich spüre es", knurrte er. „Verschwinde – oder ich schwöre, dass ich …"

„Arkadius, Philomena, Zwietracht unter den Gestaltern bringt uns nicht weiter. Und wie ich vorhin sagte: Bringt eure Kriegsfähigkeit unter Kontrolle", unterbrach Joost den Streit und seine weiße Zeichnung begann vertrauensvoll zu glimmen. „Wir müssen zusammenhalten."

Der Gestalter des Ekels straffte die Schultern. „Du hast recht, Zwietracht bringt uns nicht weiter", brummte er und fixierte dabei Philomena mit einem Blick, der wahrscheinlich töten sollte.

Im nächsten Moment stand er jedoch wieder auf seinem Platz. Seine Bewegung war so schnell, dass ich sie nur als Schemen wahrnahm. Arkadius hatte eine wirklich beeindruckende Kriegsfähigkeit, um die ich ihn beneidete – aber auch Philomena hatte mich überrascht. Eigentlich beneidete ich alle um ihre Kriegsfähigkeiten und wünschte, dass ich selbst auch eine hätte.

„Wir müssen zusammenhalten", meinte Joost und zwirbelte seinen weißen Bart. „Lasst uns unsere Kräfte noch stärker bündeln und effektivere Angriffsstrategien überlegen. Wir müssen als Einheit auftreten und können nicht mehr länger nebeneinander kämpfen. Hier geht es nicht um den Sieg eines Landes, hier geht es um den Sieg der Sinnlichen Welt über den Terror. Nur gemeinsam sind wir stark, vor allem nachdem uns das Desaster in der Schwarzweißen Stadt gezeigt hat, wie stark die Totaa wirklich sind."

Die Worte erreichten mein Ohr und mein Herz setzte für einen Moment aus. Was meinte Joost damit? Ben und Simeon waren mittlerweile bestimmt schon mit den anderen Alphas aufgebrochen, um die Schwarzweiße Stadt zurückzuerobern. Sie hatten nur die Besten von uns geschickt, nur die mit den stärksten Kräften. Waren sie in einen Hinterhalt geraten? Mein Puls beschleunigte sich und ein hässlicher Gedanke eroberte meinen Kopf, den ich mit aller Kraft zur Seite schob.

Quirin nickte müde und strich sich über den haarlosen Kopf. „Gestalter, so etwas wie in der Schwarzweißen Stadt darf nicht noch einmal passieren. Die Lage ist vollkommen außer Kontrolle geraten. Die Totaa haben unsere Eliteeinheit *Nachtschatten* angegriffen und damit unsere besten Kämpfer getötet. Ich weiß nicht, ob Informationen durchgesickert sind oder ob die Totaa ihre Kräfte noch weiterentwickelt haben – Fakt ist, wir müssen es schleunigst herausfinden. Eine Aufklärungseinheit ist bereits unterwegs, um den Kampfhergang nachzuvollziehen und die Leichen der Kämpfer zu bestätigen." Er machte eine kurze Pause. „Die Totaa haben alle aus der *Nachtschatten*-Einheit getötet, jeden einzelnen. Nicht ein Einziger hat überlebt."

Den Rest verstand ich nicht mehr, die Diskussion über die weitere Vorgangsweise sowie die besten Verteidigungs- und Angriffsstrategien klangen nur noch dumpf und verzerrt.

Mein Gehirn versuchte meinem Herzen beizubringen, was ich gerade gehört hatte, aber ich konnte es nicht fassen.

Ich konnte es nicht glauben, ich wollte es nicht glauben, aber der Gedanke zuckte mit einer übersinnlichen Gewalt durch meinen Körper, der nur noch besinnungslos dastand und nicht verstehen wollte, was Quirin gerade gesagt hatte. Die Totaa hatten alle getötet, sie hatten niemanden am Leben gelassen.

Simeon und Ben waren nicht mehr am Leben.

Kapitel 14

Ich fühlte mich vollkommen leer. Alles um mich herum verlor seine Bedeutung und als die Sitzung der Macht der Acht endlich zu Ende war, schaltete sich mein Kopf komplett aus. Doch statt ins Kloster des Konsens zurückzukehren, wie es von mir erwartet wurde, reiste ich durch die magischen Portale ins rote Land, um dort den Weg zur Schlucht der Schandtaten anzutreten. Ich hörte, wie Reisende mit mir sprachen, ich registrierte, wie ich Proviant und Wasser kaufte und auch meine Kleidung wechselte, aber all das lief so automatisch ab, als wäre ich gar nicht anwesend – denn ich spürte es nicht.

Ich spürte gar nichts mehr.

Ich spürte auch die Anstrengung des Aufstiegs nicht, als ich dem schmalen Bergpfad bis zu dem schroff abfallenden Felsvorsprung folgte, den man nur fand, wenn man den Weg kannte. Hier stand ich nun und blickte auf die dunkelrote Bergkette, deren flammendes Panorama ich erst vor kurzem noch gemeinsam mit Ben betrachtet hatte. Genau hier hatte ich mich noch mit ihm unterhalten und die Erinnerung traf mich mit voller Wucht. Ich hatte plötzlich das Gefühl, nicht mehr atmen zu können, es schnürte mir die Kehle zu und die Vorstellung, dass Ben nicht mehr existierte, dass er einfach nicht mehr auf dieser Welt war, dass er und Simeon bei der Rückeroberung der Schwarzweißen Stadt gefallen waren, brachte mich um den Verstand.

Ein unendlicher Schmerz nahm von mir Besitz und

lähmte alles in mir.

Es durfte nicht wahr sein! Es konnte nicht wahr sein! Ich hätte den beiden noch so viel zu sagen gehabt, so viel Unausgesprochenes lag zwischen uns, Unausgesprochenes, für das es jetzt keine Zeit mehr gab. Mein Kopf wollte nicht glauben, dass die beiden nicht mehr am Leben waren, mein Kopf wollte sich ein Leben ohne die zwei einfach nicht vorstellen und mein Herz zerbrach bei dem bloßen Gedanken daran. Es war, als würde es jemand mit bloßen Händen zerquetschen, bis nichts mehr von ihm übrig blieb.

Trotzdem ging ich weiter, getrieben von dem Drang herauszufinden, ob es wahr war, ich musste mich selbst davon überzeugen, ich musste Gewissheit erlangen. Der Wind zerrte an mir, als ich dem schmalen Bergpfad folgte und irgendwann endlich den mannshohen steinernen Torbogen erreichte, neben dem sich der wahre Eingang zum Elitecamp befand.

„Der Zutritt ist dir nicht erlaubt", erklärte der muskulöse Beschützer mit der dunkelroten zackigen Gesichtsmusterung, der uns damals zu der Teleportationskuppel geleitet hatte. Es war derselbe Typ, der versucht hatte, mir an die Brust zu grapschen, doch im Moment schien das alles furchtbar weit weg zu sein und war mir ziemlich egal.

„Ich muss das Lager betreten", erwiderte ich.

Er zuckte mit den Achseln und blockierte weiterhin die massive Felswand neben dem steinernen Torbogen. „Ist nicht mein Problem."

„Ich muss wissen, ob der Erstaunensträger Simeon und der Ekelträger Ben noch am Leben sind", sagte ich und versuchte, meine Stimme nicht zittern zu lassen. Im

Augenblick war ich der Verzweiflung nahe, aber bald würde ich Klarheit haben. Und der Beschützer würde mich garantiert nicht davon abhalten.

Er verschränkte die Arme vor der Brust. „Noch immer nicht mein Problem."

„Lass mich durch", schnaubte ich.

„Oder was?" Er lachte abfällig. „Was willst du tun, Beta?", fragte er. „Du solltest doch gar nicht hier sein. Musst du nicht irgendwo niedere Dienste verrichten?"

Ich spürte, wie mir das Adrenalin und die Wut in die Adern schossen und mein ganzer Körper zu beben anfing. Ich verschwendete hier kostbare Zeit.

„Lass mich durch", verlangte ich noch einmal.

Ein anzügliches Zucken erreichte den Mund des Beschützers und er musterte mich in meinem Wasserperlenanzug von oben bis unten. Dann leckte er sich über die Lippen, während er schon wieder meinen Busen fixierte. „Wenn du bei mir einen Dienst verrichtest, könnte es sein, dass ich dich durchlasse, Beta."

„Das wäre wirklich nur ein niederer Dienst", zischte ich und bevor ich überhaupt nachdenken konnte, schnellte meine Hand nach vorne und zielte mit voller Kraft auf seine Kehle. Er fing meinen Schlag noch in der Luft ab, packte meinen Arm und drehte ihn mit einer mühelosen Bewegung herum. Der Schmerz raste durch meinen Körper, aber es war nichts im Vergleich zu dem Schmerz, den mir die Möglichkeit von Simeons und Bens Tod bereitete. Rein gar nichts.

Im nächsten Moment ließ ich mich flach auf den Boden fallen und trat ihm mit einer kräftigen Bewegung, die all meinen Schmerz in sich trug, die Beine weg, sodass er das Gleichgewicht verlor und auf den roten Stein knallte. Ich wusste, dass mir nicht viel Zeit blieb und ich diesen Überraschungsmoment nutzen musste – also stürzte ich mich in Windeseile auf ihn, fixierte seinen massigen Körper mit meinen Beinen und kanalisierte all meine Ängste in einem rechten Haken, der seine Wange traf und ihn bewusstlos schlug.

Danach schnappte ich mir seine rechteckige rote Autorisierungskarte und hielt sie gegen den Stein, genau so, wie ich es bei unserem ersten Besuch im Alpha-Camp gesehen hatte, bevor ich durch die Felswand schritt.

Dann schlich ich mich in das Trainingslager, das unverändert aussah. Die kuppelförmigen Gebäude ragten aus dem Boden und variierten in ihren Farben.

Mein Blick wanderte automatisch zu den Höhlen, die als Unterkünfte dienten, und da ich nicht wusste, wo ich anfangen sollte, ging ich einfach darauf zu, hielt den Kopf unten und versuchte tunlichst, nicht aufzufallen.

„Lee!", hörte ich plötzlich eine vertraute Stimme hinter mir, als ich gerade an der Teleportationskuppel vorbeikam. Ich kannte die Stimme nur zu gut. Eine Welle der Erleichterung schwappte über mich und mein Herz blühte auf - es war also nicht wahr, er hatte überlebt, dachte ich und drehte mich um. Im nächsten Moment rannte ich zu ihm und fiel ihm um den Hals.

„Simeon!", rief ich erleichtert. „Du lebst!"

Ich drückte ihn ganz fest an mich und spürte, wie mir die Tränen über die Wangen rollten. Es waren also nicht alle bei dem Einsatz gestorben, Simeon und Ben hatten überlebt!

„Ja, ich lebe", sagte er und seine Stimme klang verändert, sie klang ernst und traurig. Schlagartig entfachten sich meine goldenen Linien und mein Wachsamkeitslicht begann zu leuchten.

Irgendetwas stimmte nicht.

Unwillkürlich machte ich einen Schritt zurück. Simeons Gesicht war ganz bleich, so als hätte jemand sämtliche Farbe daraus entnommen. Seine Augen waren glasig und in seinem Blick lag nichts als Schmerz.

„Simeon", hauchte ich und fühlte, wie sich alles in mir verkrampfte, wie mein Herz in seine Einzelteile zu zerfallen drohte, ich fühlte die Hoffnungslosigkeit, die wieder von mir Besitz ergriff.

„Ben ... er", stammelte Simeon und eine Träne lief ihm über die Wange. „Er ist tot, Lee."

Ich schüttelte den Kopf. „Das ist nicht wahr, Simeon, das ist nicht wahr."

„Doch, Lee. Es tut mir so leid." Er presste die Lippen zusammen und kam auf mich zu, um mich in den Arm zu nehmen.

„Nein!", schrie ich und wich einen Schritt zurück. „Nein! Das ist nicht wahr!"

„Es tut mir leid, Lee, es tut mir so leid", flüsterte er und zog mich an sich. Ich wollte mich wehren, aber dann war es, als würde ich selbst in diesem Moment sterben.

Mit einem Mal wich meine ganze Lebensenergie aus meinem Körper und all die Erinnerungen schlugen auf mich ein, jede davon schmerzvoller als die andere. Ich sah Ben vor meinem geistigen Auge, hörte seine trockenen Sprüche, fühlte seine Berührungen, die vor langer Zeit noch so liebevoll gewesen waren, fühlte, was nur ein Kuss von ihm in mir ausgelöst hatte. Ich war wieder in unserem Haus in der Schwarzweißen Stadt, war in unserem Dschungelgarten, bei seiner Reisendenprüfung, spürte, wie es war, mit ihm zusammen zu sein, mit jeder Körperzelle zu wissen, dass er mich liebte und ich ihn – und jetzt zu verstehen, dass es nie wieder so sein würde.

Ich legte meinen Kopf an Simeons Brust und begann zu schluchzen, die Tränen rannen mir in Strömen über das Gesicht und auch Simeon weinte um seinen gestorbenen Freund. Und so standen wir beide da, voller Trauer um Ben, den wir für immer verloren hatten.

„Was ist passiert?", brachte ich irgendwann unter Tränen hervor.

Simeon holte tief Luft und wischte sich mit dem Handrücken über die Augen.

„Wir hatten den Auftrag, die Schwarzweiße Stadt zurückzuerobern", begann er mit gebrochener Stimme zu erzählen. „Wir waren eine sehr starke Truppe. Eine Stunde bevor wir losziehen sollten, hat man mich von der *Nachtschatten*-Einheit abgezogen. Anscheinend arbeiten sie an einem Elixier, das meine Traumvisionen verdichten sollte – und sie hatten die Hoffnung, dass meine Visionen ihnen einen strategischen Vorteil in der Schlacht liefern würden. Deswegen bekam ich den Befehl, hierzubleiben, weil ich ihnen hier mehr von Nutzen sein würde." Er sah mich an und in seinem Blick lag Schuld. „Lee, ich mache mir solche Vorwürfe. Wäre ich mitgegangen … dann wäre es vielleicht nicht passiert."

„Oder du wärst auch tot", sagte Tara, die plötzlich hinter uns aufgetaucht war.

Ich wollte sie nicht hören, wollte nichts von der Frau hören, die viel zu lange an Bens Seite gewesen war.

„Bist du dir denn sicher, dass Ben bei der Truppe dabei gewesen ist?", fragte ich Simeon.

Er nickte und versetzte meinem Herzen einen gewaltigen Stich. „Ich bin mir ganz sicher. Außerdem wurde ein weiterer Trupp zur Aufklärung hinterhergeschickt. Tara hat Bens Tod offiziell bestätigt."

Ich wandte mich Tara zu und auch wenn ich sie hasste,

war das jetzt irrelevant. „Bist du dir sicher, dass Ben dort war? Hast du ihn denn gesehen?"

Taras Gesichtszeichnung entfachte sich in tiefstem Schwarz. „Was glaubst du, Beta? Dass ich Ben nicht erkennen würde? Dass ich als Alpha nicht in der Lage wäre, den Mann zu identifizieren, mit dem ich die letzten Monate verbracht habe?" Sie starrte mich mit einer Mischung aus Wut, Ekel und Schmerz an. „Ich habe ihn gesehen und ich habe seinen Leichnam beerdigt." Ihr Körper spannte sich an und unter ihrem dunklen Anzug zeichnete sich jeder Muskel ab.

„Aber warum habt ihr ihn nicht mitgenommen? Vielleicht hätten wir noch etwas tun können!", schrie ich sie an.

„Er ist TOT, kapier das doch! ER IST TOT! Da kann man nichts mehr tun!", fauchte sie. „Wir haben nicht mehr die Ressourcen, um unsere Toten anständig zu begraben, wir können uns nicht mal mehr die Zeit für eine Meerbestattung nehmen. Mach doch endlich die Augen auf, der Krieg bringt uns alle um und er hat mir das Liebste genommen, das ich hatte!" Ihre Augen funkelten mich voller Schmerz an. „Während du als Beta in Frieden deinen Arbeiten nachgehst, riskieren wir hier tagtäglich unser Leben."

„Aber …", setzte ich an.

„Nichts aber", zischte sie. „Du hast seinen zerschundenen Körper nicht gesehen, hast nicht gesehen, was sie ihm angetan haben. Die Totaa kennen keine Gnade, sie haben ihn niedergemetzelt, sie haben sie alle niedergemetzelt. Der Reihe nach. Die Schwarzweiße Stadt ist verloren und wir sind es auch. Also hör auf zu flennen und reiß dich zusammen, du erbärmliche Beta!"

Mit diesen Worten ließ sie mich stehen und ich war zu

kraftlos, um noch irgendetwas zu erwidern.

Ben war tot.

„Komm", sagte Simeon und nahm mich an die Hand. „Lass uns ein paar Schritte gehen."

Ich nickte leblos und wir gingen zum Rand des Lagers.

„Ich kann es nicht glauben", hauchte ich nach einiger Zeit.

„Ich auch nicht", stimmte mir Simeon zu und wir wanderten immer weiter, bis wir zu einem schmalen Felsweg kamen, der sich den roten Berg hinaufschlängelte. Ohne ein Wort zu sagen, schlugen wir diesen Pfad ein.

„Er kann doch nicht ... er kann doch nicht einfach weg sein", wisperte ich und fühlte die Hoffnungslosigkeit in jeder Pore meines Körpers.

Simeon nickte stumm und starrte auf die rot funkelnden Kiesel am Wegesrand.

„Ich verstehe es auch noch nicht", sagte er und die Verzweiflung klang aus seinen Worten. „Ich meine, bis vor Kurzem waren wir noch gemeinsam hier, haben unsere Späße getrieben – er auf seine trockene, distanzierte, coole Ben-Art und ich eben auf meine total lustige, humorvolle Simeon-Art – und jetzt, nur ein paar Augenblicke später, soll er einfach nicht mehr da sein? Nie wieder?" Er kickte einen kleinen Stein zur Seite. „Ich kann mir das nicht vorstellen. Ben war, seit ich erweckt wurde, immer da, er war so ein wichtiger Bestandteil meines Lebens und ich wünschte, ich könnte irgendetwas tun, könnte in die Zeit zurückreisen und ihn davon abhalten, in die Schwarzweiße Stadt aufzubrechen. Aber ich", er atmete tief durch, „habe nur unnütze Visionen, die mich nicht weiterbringen. Warum, Lee, warum habe ich das nicht vorhergesehen? Warum träume ich von lauter irrelevantem Zeug, während die wirklich wichtigen

Dinge einfach im Verborgenen bleiben?" Er fuhr sich resigniert durch seine hellblonden Haare. „Verdammt, er ist nicht mehr da, er ist einfach nicht mehr da."

Ich spürte, wie mir die Tränen wieder die Wangen entlangliefen, und holte tief Luft, während ich eine Entscheidung traf.

„Ich muss mich selbst davon überzeugen, dass er tot ist, Simeon", sagte ich und war wild entschlossen, das auch zu tun. „Ich kann es einfach nicht glauben."

„Aber du hast doch Tara gehört", entgegnete Simeon und rieb sich über seine Augen. „Sie hat ihn beerdigt."

Kühler Wind blies uns entgegen und wir blieben kurz stehen. Wir waren noch nicht weit gekommen, sahen aber unter uns das Elitecamp, in dem Sinnträger eifrig von einem Kuppelgebäude zum nächsten hetzten. Sobald der Beschützer das Bewusstsein wiedererlangt hatte, würden sie garantiert nach mir suchen – doch das war mir egal. Außerdem würde ich mich schon bald auf den Weg in die Schwarzweiße Stadt machen.

Simeon nahm meine Hand und blickte mir in die Augen.

„Tara hat ihn beerdigt, Lee. Es gibt nichts mehr für uns zu tun."

Ich schüttelte den Kopf. „Ich weiß, aber ich kann nicht ruhen, ich kann einfach nicht hier stehen und nichts tun. Ich will ihn noch einmal berühren und mir sicher sein, dass er nicht doch noch lebt."

„Lee", sagte Simeon und strich mir über die Schulter. Seine Stimme klang ernst und doch voller Sorge. „Es bringt nichts, wenn du jetzt auch noch getötet wirst. Die Schwarzweiße Stadt ist gefährlich, das haben wir doch jetzt verstanden! Du kannst dort nicht einfach hinmarschieren und die Erde aufbuddeln, um irgendwo

Bens Leiche zu finden."

Ich sah ihn unbewegt an. „Ich werde es dennoch tun, Simeon."

„Das hätte er nicht gewollt", sagte Simeon und schüttelte den Kopf. „Ben hätte das nicht gewollt, dass du dich für ihn in Gefahr begibst."

„Aber wie oft hat er sich für uns in Gefahr begeben? Immer und immer wieder!"

„Ja, aber er ist TOT! Lee, ER IST TOT, er wird nicht mehr zurückkommen", hauchte Simeon. „Er ist tot." Und dann begann er zu schluchzen und brach wieder in Tränen aus. Auch ich begann zu heulen, als ob es kein Morgen gäbe - obwohl ich dachte, dass überhaupt keine Tränenflüssigkeit mehr in mir wäre.

Irgendwann trocknete ich meine Augen. „Ich muss trotzdem dorthin", stellte ich fest. „Und ich verlange auch nicht, dass du mich begleitest. Aber ich muss es sehen, ich muss es mit eigenen Augen sehen."

Simeon schüttelte den Kopf. „Nein, Lee, das kann ich nicht zulassen. Ich kann jetzt nicht auch noch dich verlieren, das geht nicht." Er griff nach meiner Hand. „Ich werde dich nicht in den Tod rennen lassen, nein, du musst am Leben bleiben, sonst … sonst verliert doch alles seinen Sinn", schnaubte er und drückte meine Hand ganz fest, so fest, dass es beinahe wehtat. Im nächsten Augenblick fühlte ich einen Stich im Ohr und dann erfasste mich ein Sog, eine unglaubliche Kraft, die an mir zerrte und mich aus dem Hier und Jetzt riss.

Kapitel 15

„Da bist du ja", brummte Kriemhild, als ich auf einer grünen Wiese landete. Irritiert blickte ich mich um. Etwas entfernt stieg dichter Rauch in die Luft und die zerbombten Reste eines weißen Kubus ragten in die Höhe.

Ich wusste, wo wir waren.

Wir befanden uns in der Nähe des Weißen Sanatoriums und ich hörte drängende Stimmen und hektische Befehle aus der Ferne.

„Das Sanatorium ist angegriffen worden?", fragte ich Kriemhild, die mich böse anstarrte und ihre Arme vor der Brust verschränkte. Um uns herum stand eine Gruppe von Sinnträgern, die alle weiße Tuniken mit orangefarbenen Bauchbinden trugen, die jeweils sechs weiße Streifen aufwiesen. Es waren alles Beobachter.

„Du bist nicht hier, um Fragen zu stellen, sondern um zu gehorchen", fauchte Kriemhild. „Ich dulde es in unserer Gemeinschaft nicht, wenn meine Anweisungen missachtet werden. Deine Anweisung war ganz klar, du solltest nach der Sitzung der Gestalter sofort zurückkommen. Aber das bist du nicht." Ihr Brustkorb hob und senkte sich schwer. „Wo du warst, darüber werden wir noch genauer sprechen, Schwester, und ich garantiere dir, dass es Konsequenzen für deine Missachtung geben wird. Aber jetzt sind wir nicht zum Vergnügen hier." Sie presste die Lippen aufeinander und es fiel ihr sichtlich schwer, mich nicht noch weiter runterzumachen. Ihr Blick wanderte in die Runde.

„Das Weiße Sanatorium wurde von einer Diamantsplitterbombe getroffen und wie ihr selbst sehen könnt, wurde es dabei stark beschädigt. Hier laufen weit und breit keine Totaa herum, es war anscheinend nur ihre Absicht, Tod und Zerstörung über uns zu bringen." Bei diesen Worten zuckte ich zusammen und dachte an Ben. Ich sollte jetzt auf dem Weg in die Schwarzweiße Stadt sein, anstatt mich hier von Kriemhild herumkommandieren zu lassen. Doch nun verstand ich auch endlich, was auf dem Zuordnungsstuhl passiert war. Das Kloster des Konsens hatte uns geimpft, um uns zu sich zu rufen, wann immer es ihnen beliebte.

„Und was ist unsere Aufgabe hier?", fragte ein schmächtiger Vertrauensträger, dessen Zeichnung weiß glomm. „Sollen wir uns um die Verwundeten kümmern?"

Kriemhild schüttelte den Kopf. „Nein, es sind genügend Heiler anwesend. Und das Sanatorium hat ein ganz anderes Problem: Durch die Diamantsplitterbombe wurde das Sicherheitssystem lahmgelegt und ein Trakt, der bislang im Verborgenen lag, wurde unbeabsichtigt geöffnet."

„Was für ein Trakt?", fragte ich kurzerhand, weil ich einfach nur wegwollte, so schnell wie möglich.

„Das geht dich nichts an", grollte Kriemhild.

Ich sah sie unbeeindruckt an und ihre bloße Anwesenheit sowie die Tatsache, dass mich das Kloster des Konsens gegen meinen Willen hierher befördert hatte, dass sie mich von meinem Vorhaben, Ben noch einmal zu sehen, abhielten, machte mich unglaublich wütend.

„Wenn wir hier eine Aufgabe zu erledigen haben, dann geht es uns schon etwas an", erwiderte ich hart und sah, wie die weiße Trägerin ihren Kiefer anspannte.

„Unsere Aufgabe ist es, all jene wieder einzufangen, die sich hier auf den Wiesen und hinten im *Wald des Selbstvertrauens* herumtreiben", erklärte Kriemhild und warf mir dann einen finsteren Seitenblick zu. „Bei den Patienten des Sanatoriums kann es sich um leicht verwirrte Persönlichkeiten handeln und auch um andere."

„Was meinst du damit?", fragte ein bulliger Erstaunensträger mit dunklen Augenbrauen.

„In dem verborgenen Trakt wurden, sagen wir mal, psychisch instabile Leute beherbergt, die für ihre Gewalttätigkeit bekannt sind." Sie zog ein paar Blätter aus ihrem Brustbeutel und reichte sie an die Gruppe weiter.

„Jeder nimmt sich ein Blatt. Darauf befindet sich ein Verzeichnis, das euch helfen wird, die Patienten zu identifizieren."

„Frauenmörder? Beinabhacker? Kopfbeißer?", ließ sich in dem Moment ein Angstträger mit Oberlippenbart vernehmen, der die Liste bereits in Händen hielt. „Wir sollen solche Leute in Sicherheit bringen?!" Er sah Kriemhild an. „Und wer bringt uns vor denen in Sicherheit?!"

„Es ist unsere Aufgabe, und unsere Aufgabe ist sinnstiftend", zischte Kriemhild. „Gestalter Joost hat uns mit dieser Arbeit betraut, und ich schwöre euch, niemand wird sich verweigern. Die Alphas setzen Tag für Tag ihr Leben aufs Spiel und wir werden ihnen jetzt alle Ehre erweisen und sie unterstützen, indem wir diese Aufgabe übernehmen. Wir sind Betas – und es ist unsere Pflicht, zu dienen!"

Sie spie die Worte voller Inbrunst aus. „Ihr seid Betas, ihr habt zu tun, was man euch sagt!", schrie sie. „Diese große Aufgabe wurde uns zugetragen und wir werden sie erfüllen, Schwestern und Brüder, jeder von euch wird mir mindestens drei verwirrte Ausgerissene oder einen von den Schwerverbrechern bringen, ihr werdet nicht mit leeren Händen zu mir zurückkehren!"

Ich straffte die Schultern und konnte es gar nicht glauben, ich war hin- und hergerissen zwischen dem, was gerade passierte, und diesem unendlichen Gefühl der Trauer und Wut über Bens Tod.

„Und du wirst hierbleiben?", brach es aus mir heraus.

Kriemhilds Augen verengten sich noch weiter. „Ich kümmere mich hier um die Organisation und du bist jetzt verdammt noch mal still, denn das Briefing ist noch nicht zu Ende! Und wir haben hier auch keine Zeit mehr zu verlieren."

„Du, du und du", sie deutete der Reihe nach auf einige der Beobachter, „ihr kümmert euch um die südlichen Wiesen. „Und ihr", sie zeigte auf zwei Trauerträger und all jene, die sich bislang zu Wort gemeldet hatten, „ihr sucht den Wald ab."

„Den *Wald des Selbstvertrauens*?", fragte der Angstträger mit dem Oberlippenbart und begann augenblicklich zu zittern. „Dort soll es doch diese Kreaturen …"

„Nichts da", unterbrach ihn Kriemhild. „Der Wald ist ungefährlich."

„Und die entflohenen Patienten?", fragte ich und spürte den Widerwillen, mich um irgendwelche psychisch labilen Mörder und Straftäter zu kümmern. „Die sind sicher nicht ungefährlich. Wie können wir uns verteidigen? Welche Waffen bekommen wir?"

„Waffen?", wiederholte Kriemhild und lachte laut auf. „Das glaubst du doch wohl selbst nicht. Wir sind Betas, wir bekommen keine Waffen. Ihr müsst mit eurem

Vertrauen arbeiten und mit eurer positiven Energie."

„Vertrauen?", fragte ich ungläubig und riss die Augen auf. „Ich trage den Sinn der Wachsamkeit in mir, ich habe kein Vertrauen!", begann ich zu schreien und wäre am liebsten mit bloßen Händen auf Kriemhild losgegangen, um all das rauszulassen, was in mir tobte.

„Was ist hier los?", schnitt plötzlich eine harsche Frauenstimme durch die Luft. Ich drehte mich um und erkannte eine Vertrauensträgerin mit grauen Haaren, die sie streng zu einem Knoten gebunden hatte, die uns über die schmalen Gläser ihrer Brille hinweg musterte. Es war Victoria, die alte Spionin aus dem Weißen Ministerium.

Sie trat auf mich zu. „Wächterin, ich wusste, dass wir uns wiedersehen."

„Sie ist keine Wächterin mehr, sie ist nur eine Beta", knurrte Kriemhild und Victoria drehte sich mit einer fließenden Bewegung zu ihr um. „Egal was sie ist, so seid ihr uns nicht von Hilfe. Wir müssen die Patienten einfangen, manche von ihnen sind schnell, manche von ihnen sind harmlos und andere dafür heimtückisch. Wir kümmern uns um die Erinnerungsvampire, ihr um den Rest. Ihr seid gekommen, um zu helfen, also tut, wozu ihr gekommen seid!"

Ich wusste, dass Victoria recht hatte und dass die weiße Bevölkerung jetzt unsere Hilfe brauchte. Die Spionin hatte veranlasst, dass wir reißfeste Seile bekamen, um die Verbrecher besser fangen zu können, und nun lief ich Richtung Sanatorium, um Anhaltspunkte über den Verbleib der Patienten zu bekommen.

Währenddessen drifteten meine Gedanken ständig zu Ben ab und ich biss die Zähne so fest zusammen, dass ein Knirschen zu hören war. Ich musste mich konzentrieren, schalt ich mich selbst, ich musste meiner Aufgabe nachkommen - nicht weil ich eine Beta war, sondern weil ich mich abzulenken hatte. Und weil schon zu viele in diesem Krieg gestorben waren. Ich konnte und wollte nicht verantworten, dass die entlaufenen Patienten einem Unschuldigen etwas antaten.

Es war schon zu viel Blut geflossen.

Mit jedem Schritt kam ich den zerstörten Überresten des Sanatoriums immer näher, während ich parallel Kriemhilds Liste scannte, die nur so von psychisch labilen Straftätern strotzte. Und obwohl ich gleichzeitig immer wieder an Ben denken musste, so half mir die Suche nach irgendwelchen Verwirrten, Mördern und Sadisten dabei, mich etwas abzulenken.

Um das Weiße Sanatorium herum war das Chaos ausgebrochen. Die Diamantsplitterbombe hatte einen riesigen Krater in die Erde gerissen und die Hälfte des weißen Kubus komplett zerstört. Überall lagen Verletzte, die von den Heilern, die sich selbst kaum noch auf den Beinen halten konnten, mit Elixieren und Heiltinkturen versorgt wurden. Der Himmel war erfüllt von den Schreien der Verwundeten und dem Rauch, der von dem zerbombten Gebäude in die Höhe stieg. Leichen pflasterten die grünen Wiesen und ich musste öfter als einmal über zerfetzte und abgerissene Körperteile hinwegsteigen. Dabei versuchte ich, nicht an Ben zu denken.

Stattdessen schielte ich auf das Blatt, das uns Kriemhild übergeben hatte, und tippte auf einen der aufscheinenden, leuchtenden Namen. Das Bild von Paco erschien, ein blasser Jüngling, der gerne Augen von Angstträgern sammelte und seit drei Monaten in der Anstalt untergebracht war. Schnell navigierte ich weiter und das Bild eines hochgewachsenen, dünnen Mannes mit Glatze und dem Namen Zacharias erschien. Seine Opfer waren vorzugsweise Frauen, denen er den Hals aufschnitt, während der Nächste, Jesko, dafür bekannt war, die Zehen seiner Freunde zu verspeisen. Und so ging es weiter und weiter, es waren insgesamt dreizehn besonders schwere Fälle, die eingefangen werden mussten.

Ich schluckte und erkannte unter den weiß rauchenden Trümmern einen Herzschlag später eine weiße Heilerin, die hektisch im Schutt herumwühlte.

„Caprice?", fragte ich verwundert.

Sie zuckte hoch und ihr Gesicht war voller weißem Ruß. „Lee. Was machst du hier?"

„Ich bin eine Beta und wurde zum Einfangen der Patienten abberufen", erklärte ich.

„Du bist eine Beta?" Sie sah mich ungläubig an und warf ihren weißen Pferdeschwanz nach hinten.

Ich nickte und ein Fels drückte gegen meine Brust.

„Suchst du nach Lelas?"

Sie presste die Lippen aufeinander und nickte. „Ich war nicht bei ihm, als es passiert ist." Sie machte eine kurze Pause. „Aber ich werde ihn finden", sagte sie mehr zu sich selbst als zu mir. Ich konnte ihre Angst spüren und schob meine Gedanken und meine Trauer um Ben zur Seite. Ich durfte mich nicht lähmen lassen, Ben würde wollen, dass ich weiterkämpfte.

„Hast du von der Buchsuchtruppe gehört?", fragte mich Caprice unvermittelt.

„Ja, das habe ich."

„Sie haben es noch nicht, sie haben noch kein weiteres gefunden, oder?"

Ich zuckte mit den Schultern. „Keine Ahnung",

erwiderte ich. „Wie du weißt, haben sie uns von der Truppe ausgeschlossen."

„Die Ressourcen werden verschwendet. Die gerufenen Träger sollten sich um die Bücher kümmern, sie sollten hier sein und es finden, anstatt die Patienten einzusammeln, sie sollten sich auf das Wichtigste zuerst konzentrieren", zischte sie und ihr Blick verdunkelte sich. „Die Bücher müssen der Schlüssel sein, sie müssen die Heilung sein." Sie fasste sich an ihr kreisrundes weißes Medaillon, das ihr um den Hals hing, und ich sah zum ersten Mal, dass darauf ein P eingraviert worden war.

Ich stutzte. Denn ich erkannte diese Schrift.

„Es muss die Heilung sein", murmelte sie gedanken-verloren." Nicht nur was sie sagte, sondern auch die Art, wie sie es sagte, entfachte zusätzlich meinen gelben Sinn.

„Ich muss hier weg, ich muss nach ihm suchen. Ich muss Lelas finden", flüsterte sie voller Sorge, sprang katzenhaft auf und rannte mit großen Schritten Richtung Wald.

Ich starrte ihr hinterher.

Und plötzlich fügten sich die Teile wie bei einem Puzzle zusammen und es ergab alles einen Sinn.

Caprice' Interesse an dem Weißen Buch, ihr Gedanke, dass das Weiße Buch der Macht Heilung bringen sollte, und die Inschrift auf ihrem Medaillon. Ich fischte das Blatt aus meiner Tasche, das mir Edomir im Kloster des Konsens gegeben hatte, und las die Zeilen, die in derselben Schrift verfasst worden waren wie das P auf Caprice' Medaillon.

Ich konnte nicht glauben, dass Caprice uns das verheimlicht hatte.

Lelas war nicht Lelas.

Sein richtiger Name war Perxes.

Kapitel 16

Mein Atem ging schnell und keuchend, als ich Caprice zwischen den rauchenden Trümmern des Weißen Sanatoriums hindurch über die grünen Wiesen folgte. Überall herrschte noch absolutes Chaos und die Gedanken flogen genauso chaotisch durch meinen Kopf. Ich konnte es noch immer nicht fassen, dass Caprice uns das vorenthalten hatte.

Lelas war Perxes.

Caprice hatte die ganze Zeit den Schlüssel zu den Büchern der Macht in Händen gehalten. Sie hatte die ganze Zeit den Mund gehalten und einfach nur zugesehen, wie sich der Kreis der Auserwählten auf gefährliche Missionen begab, während sich Lelas im Weißen Sanatorium befand und von ihr gepflegt wurde - statt uns mit seinen Informationen zu helfen. Vielleicht hätten wir mit den Büchern der Macht den Krieg verhindern können, durchfuhr es mich, vielleicht hätten wir mit ihrer Hilfe die Totaa schon vorher besiegen können und vielleicht wäre dann alles ganz anders gekommen. Es hätte nicht so viel Blut fließen müssen und unzählige Sinnträger wären noch am Leben.

Ich schluckte.

Ben wäre noch am Leben.

Wie eine schwere Eislanze bohrte sich der Gedanke durch mich hindurch und begann mich zu vergiften. Ich musste ihn weit von mir schieben, um nicht sofort auf Caprice loszugehen, sobald ich sie erwischte.

Aber Caprice war schnell und hatte einen Vorsprung

von etwa dreihundert Metern. In diesem Moment konnte ich sehen, wie sie zwischen den Bäumen im *Wald des Selbstvertrauens* verschwand.

Als ich kurz darauf ebenfalls auf das Moos des Waldes trat, das sich unter meinen Füßen weich und warm anfühlte, durchzuckte mich ein neuer Gedanke. Ich wusste nichts über diesen Ort, ich wusste weder etwas von den Kreaturen, die der Angstträger erwähnt hatte, noch, ob die entflohenen Patienten irgendwie bewaffnet waren.

Aber das machte nichts. Denn ich spürte, dass ich der Aufgabe, die mich hier erwarten würde, gewachsen war. Immerhin hatte ich schon ganz andere Herausforderungen gemeistert; ich hatte die Wächterprüfung absolviert, war aus dem gefährlichen Labyrinth der Totaa entkommen und hatte Ruwen besiegt. Egal, welche Prüfung mir das Leben in der Sinnlichen Welt auferlegt hatte, ich hatte sie mit Bravour gemeistert. In jeder noch so gefährlichen Situation hatte ich mich behauptet, hatte meinen Lebenswillen, meine Kreativität und meinen Mut bewiesen.

Und wenn Ben jetzt hier wäre, dann würde er von mir verlangen, mich nicht klein zu machen, sondern wieder zu beweisen, dass ich eine Heldin war.

Ich würde Caprice zur Rechenschaft ziehen und mit Lelas' Hilfe die Bücher der Macht ausfindig machen. Und nebenbei würde ich auch noch die mordlüsternen Patienten einfangen und der Macht der Acht zeigen, dass ich nicht eine Beta, sondern eine Alpha war.

Und was für eine.

Denn ich würde nicht zulassen, dass hier noch jemand starb, ich würde es mit all der mir zur Verfügung stehenden Kraft verhindern. Dessen war ich mir sicher, als ich Caprice zwischen den eng stehenden weißen Mammutbäumen mit den schimmernden Baumrinden hinterherjagte.

Die Heilerin war schnell und wendig. Aber ich hatte Ausdauer, den Willen und das nötige Vertrauen. Und ich hatte nichts mehr zu verlieren, da ich schon alles verloren hatte.

Meine Beine flogen über das helle Moos, während ich Caprice' huschenden Bewegungen folgte. Glücklicherweise hinterließen ihre Füße leichte Abdrücke im flauschigen Moos, die ein paar Herzschläge später jedoch wieder verschwanden, als wären sie nie da gewesen.

Mein Blick glitt flink über den Boden, um keine von Caprice' Spuren zu verlieren, und mein Wachsamkeitslicht entfachte sich. Ein kühler Wind wehte mir entgegen und mein Puls ging schnell, während ich mich aufmerksam umblickte. Der Wald war so unglaublich ruhig. Ich hörte keinen einzigen Laut, kein Vogelgezwitscher, kein Blätterrascheln - nur das Geräusch meines Atems und meinen schnellen Herzschlag. Diese Idylle, diese Reinheit des Waldes und seine klare Luft waren neu für mich – vom Geruch der Zerstörung war hier nichts mehr wahrzunehmen.

„Hilfe!", schrie plötzlich eine kindliche Stimme. „Hilfe!"

Rasch drehte ich mich in die Richtung, aus der der Schrei gekommen war. Einen Moment lang war ich hin- und hergerissen und obwohl es mich zu Caprice drängte, obwohl ich sie endlich zur Rede stellen wollte, wusste ich, dass ich mich für das Richtige entscheiden musste. Und es war richtig, zu helfen.

Ich rannte also nach Nordwesten, immer tiefer in den

Wald hinein, bis ich auf eine kleine Lichtung stieß, die am Boden von mehreren Lichtsteinen und losen, dicken Ästen begrenzt wurde. Glitzernde Sonnenstrahlen erhellten diesen Ort und brachten die Luft zum Funkeln. Auf einem Felsen erkannte ich eine kleine Gestalt, die das Gesicht in den Händen vergraben hatte und bitterlich weinte.

„Was hast du?", fragte ich und näherte mich langsam dem schluchzenden Träger, wobei gleichzeitig mein Wachsamkeitslicht erlosch.

Er hob den Kopf und ich erkannte einen kleinen Jungen mit hellblonden Haaren und einem wunderschönen Gesicht. Seine Züge waren ebenmäßig und von absoluter Perfektion. Er hatte stechend grüne Augen und seine Haut wies einen edlen Porzellanteint auf, der ihm einen Hauch von Zerbrechlichkeit verlieh.

„Ich habe mein Herz verloren", erklärte er tränenerstickt und seine zarte Stimme rief tiefes Mitgefühl in mir hervor. Natürlich wusste ich, dass es keine Kinder in der Sinnlichen Welt gab, aber ich wusste auch, dass in dieser magischen Welt noch Wesen und Geschöpfe jenseits meiner Vorstellungskraft existierten.

Ich durfte den Jungen nicht verschrecken. Vorsichtig ging ich zu dem weißen Felsen und setzte mich langsam neben ihn.

Er schluchzte herzzerreißend und ich legte zärtlich meinen Arm um seine Schultern. Der Ort, an dem wir uns befanden, war einfach zauberhaft und ich spürte, dass ich hier richtig war und nirgendwo anders sein mochte. Ich streichelte dem Jungen über den Oberarm.

„Alles wird gut", sagte ich und fühlte, dass meine Worte wahr waren.

Das Leben war schön, es war voller magischer

Momente und wir mussten sie nur zulassen. Ich wusste, dass alles möglich war, dass die Kraft in mir lag und dass diese Kraft Berge versetzen konnte. Eine unsichtbare Energie herrschte in uns, weit größer als unsere Sinne, und dieses Gefühl war keine warme, wohlige Welle, sondern es war ein Meer, das uns, wenn wir uns darauf einließen, überall hinbrachte. Auf einmal sah ich alles so klar und war voller Liebe.

Ich betrachtete den Jungen sanft und strich ihm eine Haarsträhne aus seinem hübschen Gesicht. Er musste nicht traurig sein, nein, das sollte er nicht. Wir befanden uns an einem wundervollen Ort, hier auf dieser Lichtung. Das Moos wirkte noch satter als im restlichen Wald und die Baumstämme funkelten, als wären sie aus den kostbarsten weißen Edelsteinen gefertigt worden.

„Sei nicht traurig", sagte ich und spürte das Gefühl einer unendlichen Liebe aufkeimen. Dabei dachte ich an Ben und war dankbar, dass es ihn in meinem Leben gegeben hatte. Ich erinnerte mich an die gemeinsamen Momente, und diese Erinnerungen wurden nicht von Wehmut oder Trauer begleitet, sie waren voller Glückseligkeit und Freude.

Mit Ben hatte ich die größten Abenteuer meines Lebens bestanden, durch ihn hatte ich gelernt, jemand anderem als nur mir selbst zu vertrauen und auch einmal loszulassen – und wahrscheinlich war genau das jetzt mein Weg. Ich musste loslassen, musste mich auf das Hier und Jetzt konzentrieren und nicht mehr in der Vergangenheit leben.

Ich fühlte, wie ein Licht mich von innen erleuchtete, und es war nicht mein Wachsamkeitslicht, das sich entfachte. Es war ein viel strahlenderes Licht, ein Licht, das bereit war zu geben und zu teilen, ein Licht, das erfüllt war von der unendlichen Macht der Liebe.

„Ich bin hier", sagte ich zu dem kleinen Jungen, dem die Tränen noch immer über das Gesicht liefen. „Ich bin hier."

Er schluchzte und ich gab ihm den Moment, den er brauchte, um sich zu beruhigen. Ich fühlte, dass meine innere Ruhe sich auf ihn übertrug, und irgendwann wischte er sich mit seinen kleinen Händen über die Wangen und sah mich mit seinen großen grünen Augen an.

„Wer bist du?", fragte er mit zarter Stimme und alles an ihm wirkte so zerbrechlich, als wäre er aus Glas. Er trug eine kurze weiße Tunika und seine hellen Arme und Beine baumelten kraftlos vom Felsen.

„Ich bin Lee", sagte ich sanft.

„Hallo Lee", erwiderte er schniefend und reichte mir die Hand. Ich lächelte und ergriff seine dünnen Finger vorsichtig.

„Hallo. Es ist schön, dich kennenzulernen", erklärte ich.

„Ich mag den Wald und vor allem diese Lichtung", sagte der Junge und blickte sich um, als würde er dieses Fleckchen Erde zum ersten Mal sehen. „Es ist so schön ruhig hier."

„Ja, es ist ein idyllischer Ort", pflichtete ich ihm bei. „Wie ist dein Name?"

„Ich heiße Ling."

„Das ist ein sehr schöner Name."

„Danke", sagte der Junge und zuckte mit den Schultern. „Kannst du meinen Namen vielleicht einmal aussprechen? Ich höre ihn so selten, ich höre ihn nur, wenn ich ihn sage."

Ich nickte. „Ling", sagte ich und zauberte damit ein

kleines Lächeln in das ebenmäßige Gesicht des Jungen.

„Ich bin immer allein", erklärte er, um sicherzugehen, dass ich seinen Wunsch auch wirklich verstand. „Keiner sonst sagt meinen Namen, nur ich selbst."

„Ling", wiederholte ich noch einmal und Ling lächelte daraufhin auch noch einmal.

„Das klingt schön." Er machte eine kurze Pause. „Es klingt sehr schön, wenn du meinen Namen aussprichst. Deine Stimme passt zu meinem Namen."

Ich hatte meinen Arm noch immer um den Jungen gelegt, der sich nun vorsichtig an mich schmiegte. Es war ein schönes Gefühl, Ling Trost zu spenden und für ihn da zu sein. Irgendwie wusste ich, dass er sonst niemanden hatte und dass er mich brauchte. Der Junge brauchte jemanden, der für ihn da war, jemanden, der sich um ihn kümmerte – und diese Person wollte ich gerne sein.

„Willst du mit mir kommen, Ling?", fragte ich und zog den Jungen etwas näher an mich heran. Er sollte nie wieder allein sein müssen.

„Wo wohnst du denn?", fragte Ling mit dünner Stimme.

„Eigentlich im Wachsamkeitsland", erwiderte ich. „Aber solange noch Krieg herrscht, sollten wir uns einen sicheren Ort suchen – einen, an dem du dich nicht fürchten musst."

„Ich fürchte mich auch nicht gerne", erklärte der Junge kopfschüttelnd und mit so viel Nachdruck, dass ich lachen musste.

„Soll ich dir etwas sagen?", fragte ich und senkte meine Stimme ein wenig. „Ich fürchte mich auch nicht gerne. Den Sinn der Angst mag ich nicht besonders."

„Echt?"

„Echt", bestätigte ich.

„Du bist sehr nett, Lee."

„Danke, Ling."

Der Blick des Jungen verdunkelte sich und er verschränkte seine dünnen Ärmchen vor seiner Brust. „Aber du wirst mich nicht zu dir nach Hause mitnehmen, das sagst du nur so. Du wirst mich auch verlassen, alle verlassen mich."

„Nein, das werde ich nicht", widersprach ich und nahm Lings kleine Hand, die zitterte.

„Doch, sie verlassen mich alle", schluchzte er und dicke Tränen quollen ihm aus den Augen, während sich seine Unterlippe nach vorne schob. „Zuerst versprechen sie etwas, und dann halten sie es nicht."

„Ich halte all meine Versprechen, Ehrenwort", entgegnete ich. „Du kannst mir vertrauen, Ling."

„Wirklich?" Das Gesicht des Jungen hellte sich wieder auf und ich war fasziniert davon, wie hübsch er war. Und wie sensibel – ich musste sehr vorsichtig mit ihm sein.

„Lee, hast du mich denn lieb?"

Ich strich mir eine dunkle Haarsträhne aus dem Gesicht. „Natürlich habe ich das, Ling. Wie kann man dich denn nicht lieb haben?"

Ling zuckte verdrossen mit den Schultern und senkte seinen Blick. „Willst du mir dann etwa auch dein Herz schenken?"

Er wandte den Kopf zu mir und seine Hände drückten meine ganz sanft, so als hätte er Angst, dass ich ihm diesen Wunsch verwehren könnte.

„Was für eine Frage", entgegnete ich aufmunternd und spürte, wie sich der Körper des Kleinen anspannte. Ich drückte seine Finger liebevoll. „Selbstverständlich schenke ich dir mein Herz."

Ling atmete erleichtert aus und ein fester Windstoß

fuhr mir ins Gesicht, der mich beinahe vom Felsen schleuderte. Im nächsten Moment schwang sich der Junge von dem Stein, sodass er nun mit dem Rücken zu mir stand.

„Du schenkst mir dein Herz, das ist das allerallerschönste Versprechen", frohlockte er, während ich mich aufrichtete. „Und genau das wollte ich hören." Plötzlich verlor seine Stimme all das Kindliche, was sie eben noch innegehabt hatte. Sie klang hart und dunkel und viel zu herrisch. Mit einer fließenden Bewegung drehte sich Ling zu mir um.

Seine blassen Gesichtszüge hatten jegliche Unschuld verloren, es war, als hätte man sämtliche Liebe aus seinem Gesicht gewaschen. Er starrte mich aus kalten grünen Augen an und sein Mund war fest zusammengekniffen.

„Dann gib mir, was mir gehört", verlangte er mit tiefer Stimme. Die Lichtung verdunkelte sich und im nächsten Moment tosten Windböen um uns herum und wirbelten weißen Nebel vom Boden auf.

„Gib mir dein Herz! Gib es mir!", schrie er und streckte seinen Arm aus. Seine Worte rollten als grenzenlose Gewalt über mich und es war, als würde ich fallen, als würde ich von einer kuscheligen Wolke gestoßen, als würde ich von ganz oben nach ganz unten gestoßen werden, um dort auf den harten Boden zu knallen und in alle Einzelteile zu zerfallen. Ich wollte wegrennen, wollte dieses Gefühl nicht spüren, wollte nicht zerbrechen – ich wollte mich wehren –, aber meine Beine gehorchten mir nicht. Mein ganzer Körper wurde von einer eisigen Starre erfasst und ich war nicht mehr Herr über meine Glieder. Nicht einmal mit den Augen konnte ich blinzeln.

Ling ballte seine Finger zu einer Faust und ich fühlte, wie mich eine magische Energie hochhob und zu ihm holte. Ich hatte überhaupt keine Gewalt mehr über meinen Körper, während ich stocksteif in der Luft hing und auf ihn zuschwebte. Das Einzige, was ich spürte, war mein Herz, das heftig gegen meinen Brustkorb schlug.

Es war nicht das normale Schlagen, das die Aufregung und das Adrenalin erzeugten, nein, es war viel gewaltiger. Es war, als hätte sich mein Herz einem fremden Willen unterworfen, als wollte es nicht mehr zu meinem Körper gehören, als wollte es aus mir herausbrechen. Seine Schläge wurden immer stärker und fordernder, es pochte wie wild und knallte schmerzhaft gegen meine Rippen. Der Druck war unerträglich. Mein eigenes Herz wollte aus mir herausspringen, es wollte mein Fleisch und meine Haut durchstoßen, um direkt in die gierigen Hände des Jungen zu hüpfen.

Der weiße Nebel verdichtete sich und dann überfiel mich ein schrecklicher Schmerz und ich wusste, dass ich sterben würde. Ich fühlte, wie meine Haut zu reißen begann, und wusste, dass es nicht mehr lange dauern würde, bis mein Herz meinem Körper entfloh. Ling lachte laut auf und das Nächste, was ich hörte, war ein dumpfer Knall und dann sah ich Caprice' weißen Haarschopf, bevor ich unsanft auf den Boden fiel.

„Komm mit", herrschte sie mich an und ich brauchte einen Moment, um zu verstehen, dass die Heilerin Ling von hinten mit einem weißen Ast niedergeschlagen hatte. Sie ließ das Stück Holz fallen und warf Ling einen verächtlichen Blick zu. Dann betrachtete sie mich und der Blick war um keinen Deut besser.

„Du wirst gleich ein Kribbeln verspüren und solltest dich dann wieder ganz normal bewegen können, auch die Risse in deiner Brust werden verschwinden", erklärte sie kühl. „Also lieg hier nicht so rum, der Schlag wird ihn nicht ewig außer Gefecht setzen."

Mit einem prickelnden Gefühl floss die Lebensenergie in meine Beine zurück und ich streckte kurz die Finger und Zehen aus, um ihre Bewegungsfähigkeit zu testen. Es fühlte sich gut an, wieder Herr meines Körpers zu sein und mein Herz wieder an seinem Ort zu wissen - während sich all das, was hier passiert war, gar nicht gut anfühlte.

Caprice drehte sich um und lief wortlos in den Wald. Ich folgte ihr und empfand eine enorme Demütigung, nicht nur weil sie mich hatte retten müssen. Zu allem Überfluss hatte ich mich von einem kleinen Jungen täuschen lassen.

„Was war das?", fragte ich, während ich mich zwischen zwei Mammutbäumen hindurchquetschte. Caprice war schnell und ich fühlte mich noch etwas angeschlagen, es kostete mich Kraft, mit ihrem Tempo mitzuhalten.

„Das war ein Vertrauling", meinte Caprice. „Sie nutzen die Kraft des Waldes, der die Träger selbstverliebt und unvorsichtig werden lässt." Sie warf mir über die Schulter einen bezeichnenden Blick zu und leider konnte ich dem nicht einmal etwas entgegensetzen.

Ich war bei Betreten des Waldes voller Selbstvertrauen gewesen, obwohl seine Macht offensichtlich war. Und ich hatte mich nicht nur von dem Wald, sondern auch von Ling manipulieren lassen. Vielleicht lag es daran, dass mich der Vertrau-Ling auf eine besondere Art angesprochen hatte, vielleicht lag es daran, dass er mich in einem wirklich schwachen Moment erwischt hatte und ich einfach auch nicht allein hatte sein wollen. Egal woran es lag, es war passiert.

„Die Vertraulinge nutzen die Naivität der Träger aus.

Sie sprechen durch ihr kindliches Aussehen die Fürsorge und das Mitgefühl ihrer Opfer an", fuhrt Caprice fort. „Durch das gesteigerte Selbstvertrauen wird ihre Gefahr total unterschätzt. Ich hätte eigentlich nicht gedacht, dass du als Wächterin auf ihre Masche reinfällst."

„Wieso tun sie das?", fragte ich, ohne auf ihren Vorwurf einzugehen.

„Wieso sie jemanden zu sich auf die Lichtung locken?", erwiderte Caprice und schob einen tiefhängenden weißen Ast zur Seite. „Sie können nur auf der Lichtung existieren, denn der Wald mag sie nicht besonders. Der *Wald des Selbstvertrauens* folgt seinen eigenen Gesetzen. Durch seine immense Kraft, durch die Kraft des Selbstvertrauens, lässt er dich wachsen, er macht dich groß und stark, aber auch angreifbar – wenn das Selbstvertrauen überhandnimmt und in Arroganz und Selbstverliebtheit umschlägt. Die Wirkung des Waldes zieht viele bösartige Geschöpfe an, die nichts Gutes im Sinn haben." Sie blickte sich nach allen Seiten um. „Die Vertraulinge lebten jahrzehntelang an einem verlassenen Ort des weißen Landes, doch dort verfielen sie der Langeweile und verloren ihre Lebenslust. Sie waren derart interessenlos und passiv geworden, dass sie irgendwann vom Aussterben bedroht waren. Nur einigen von ihnen gelang es weiterzuziehen – der Vertrauling, den du heute gesehen hast, ist einer der letzten seiner Art. Er hat sich in den Wald geflüchtet, weil er von seiner Macht profitiert. Der Wald des Selbstvertrauens ist bei einigen Geschöpfen sehr beliebt, auch bei Erinnerungsvampiren."

„Das kann ich mir vorstellen", sagte ich matt und war noch immer geplättet von der Macht, die Ling über mich erlangt hatte. „Ist es wie bei den Erinnerungsvampiren?", fragte ich, um mich von meiner Scham abzulenken.

„Benötigen die Vertraulinge das Herz ihrer Opfer, so wie die Vampire die Erinnerungen benötigen, um sich ihre Jugend zu erhalten? Oder warum tun sie, was sie tun?"

Caprice lachte auf, während ihr Blick über die Baumstämme und das Moos streifte. Ich erkannte tiefe Sorge in ihren blassgrauen Augen und auch wenn ihre Stimme nichts von dem preisgab, war ihr die Verzweiflung ins Gesicht geschrieben.

„Nein, sie benötigen es nicht, um zu überleben", bemerkte sie kühl. „Sie laben sich an der Energie des Herzens, weil es ihnen gefällt." Sie blieb kurz stehen und ihr Kopf ruckte nach oben. „Die Macht der Liebe gibt ihnen den Kick, der die Langeweile vertreibt", sagte sie abgelenkt. „Und sie benutzen die Kraft der Wörter, die Energie der Aufmerksamkeit, um zu bekommen, was sie wollen. Sie ringen dir ein Versprechen ab und lassen deine Worte Realität werden. Du sagst, dass du ihnen dein Herz schenkst, für dich sind es nur Worte, für sie ist es mehr. Es ist ein Gelöbnis, ein Schwur, der ihnen hilft zu bekommen, wonach sie trachten. Sie erhalten die magische Stärke, um dir das Herz aus der Brust zu reißen – und sie tun es, um sich besser zu fühlen, mehr nicht. Es ist ihre Droge, sie fühlen diese allmächtige Energie der Liebe und wollen mehr davon. Du wirst die Energie auch gespürt haben."

„Ja, das habe ich", gab ich zu und duckte mich unter einem Ast hindurch.

Caprice blieb abrupt stehen. „Siehst du etwas?", fragte sie fordernd.

Mein Blick scannte unser Umfeld. Wir standen mitten im Wald, umgeben nur von den dicken Stämmen der weißen Mammutbäume. „Was soll ich denn sehen?", fragte ich zögernd.

„Du musst doch irgendetwas sehen. Du bist eine Wächterin", herrschte sie mich an.

„Du meinst, ob ich eine Spur von Lelas finde?"

„Ja! Natürlich!", schrie sie angespannt. „Siehst du etwas? Siehst du etwas, das ich übersehe?"

Ich schüttelte den Kopf. Der Wald wirkte friedlich auf mich und verbarg kein Lebenszeichen von Lelas.

„Ich sehe nichts, Caprice", sagte ich und wusste, dass sie das nicht hören wollte.

„Ich hätte dich nicht retten sollen", spie sie mir entgegen. „Ich hätte dich einfach sterben lassen sollen, als ich den Nebel erblickt habe. Aber ich wusste, dass du mir gefolgt warst – und ich dachte, dass du mir helfen könntest, aber da habe ich mich geirrt." Mit diesen Worten rannte sie Richtung Norden los.

Ich lief ihr hinterher. Denn auch wenn mich die Begegnung mit dem Vertrauling für einige Minuten aus der Bahn geworfen hatte, so hatte ich nicht vergessen, was Caprice getan hatte.

„Ich weiß es!", brüllte ich. „Ich weiß, dass Lelas Perxes ist."

Caprice kam schlitternd auf dem Moos zum Stehen. Im nächsten Moment drehte sie sich um.

„Na und?", fauchte sie. „Was willst du jetzt tun? Willst du die Macht der Acht alarmieren?"

Ich schnaubte. „Wir hätten die Bücher der Macht ausfindig machen können. Vielleicht wäre es so niemals zum Krieg gekommen. Hast du überhaupt eine Ahnung, was du getan hast? Was du der Sinnlichen Welt angetan hast?" Mein Puls schoss bei diesen Gedanken in die Höhe und mein Herz schmerzte bitterlich.

Caprice' Körper spannte sich noch stärker an, sodass ich jeden Muskel unter ihrem Anzug wahrnehmen konnte.

„Sei nicht so stolz, Wächterin!", wütete sie. „Tu nicht so, als hättest du nicht genau das Gleiche für diesen abscheulichen Ekelträger getan!" Ihr Brustkorb hob und senkte sich schwer und ihre Worte trafen mich unvermittelt. „Du hast doch keine Ahnung, wie das ist, wenn du Tag für Tag zusehen musst, wie der Geist deines Geliebten verfällt ... wie du nur noch die Tage zählen kannst, bis er endlich von seinem Leid erlöst wird. Und du jede Sekunde eines lichten Moments mit ihm genießt, als wäre es der letzte. Mach mir keine Vorwürfe, du hast doch keine Ahnung, wovon du sprichst!"

Die Wut kochte in mir. „Sinnträger werden jeden Tag von den Totaa abgeschlachtet, Blut fließt über unsere Welt und tränkt die Sinnlichen Gebiete, Caprice! Du kannst doch nicht so blind sein, dass du nicht erkennst, was du uns vorenthalten hast!", donnerte ich zurück. „Die Bücher der Macht sind vielleicht der Schlüssel zum Frieden. Lelas hätte uns helfen können, sie zu finden!"

Caprice' Augen sprühten vor Hass. „Lelas hat sein ganzes Leben damit zugebracht, anderen zu helfen!", schrie sie. „Er hat sich als Hüter dem Schutz der Bücher der Macht verschrieben und keiner hat ihn vor den Konsequenzen gewarnt! Die Bücher haben ihn zerstört, Lee, sie haben diesen sanften Mann in den Wahnsinn getrieben und derart krank gemacht, dass keiner ihm im Weißen Sanatorium zu helfen wusste!"

„Tu nicht so, als hättest du nicht selbst ein Interesse an den Büchern, Caprice. Du bist auf der Suche nach dem Weißen Buch der Macht, weil du dir damit Lelas' Heilung versprichst. Hättest du uns mit ihm sprechen lassen, hätten wir ihm und dir vielleicht helfen können!"

„Wer?", spie sie mir entgegen und ihr weißer Zopf

wurde vom Wind aufgewirbelt. „Quirin? Quirin, der die Verdrängten ruft, um die Bücher zu beschützen? Dem nichts und niemand heilig ist und der nur seine eigenen Ziele verfolgt? Du glaubst doch nicht allen Ernstes, dass er nur ein einziges Mal an Lelas' Wohl gedacht hätte!"

Ich wusste, dass sie nicht unrecht hatte, aber ich wusste ebenso, dass es auch einen anderen Weg gegeben hätte.

„Aber wenn du es uns erzählt hättest, wenn du es dem Kreis der Auserwählten erzählt hättest, hätten wir euch helfen können, wir hätten einen Weg gefunden!"

„Die Auserwählten?", wiederholte sie ungläubig. „Jeder von euch hatte doch immer nur sein eigenes Ziel im Blick! Keiner hat sich um den anderen gekümmert! Wir waren nur eine zusammengewürfelte Truppe, mehr nicht. Simeon wollte zu den Magischen Magiespielen, Thaya ihre Vergangenheit verstecken, Edomir diesem verfluchten Casimir gefallen, Jaron das Schwarze Buch finden, du und der Ekelträger euch immer wieder neuen, unmöglichen Herausforderungen stellen … und Jesper", ihre Stimme wurde einen Tick tiefer, „wir wissen alle, was Jesper im Sinn hatte."

„Ich hätte dir helfen können", widersprach ich überzeugt.

„So wie du mir jetzt hilfst?", fragte sie verzweifelt und ließ sich an einem weißen Baumstamm herabgleiten. „Lelas ist irgendwo hier und wir werden nicht rechtzeitig bei ihm sein. Er wird sterben, allein." Mit einem Schlag war all die Härte aus ihrem Gesicht gewichen und Caprice begann zu schluchzen. „Ich verdamme die Macht der Acht, ich verdamme Joost und seinen Auftrag, ich hätte ihn niemals annehmen sollen", sagte sie mehr zu sich selbst als zu mir.

Ich wurde hellhörig. „Welchen Auftrag?", hakte ich

nach.

Sie sah mich kurz an, als würde sie überlegen, ob sie mir die Wahrheit sagen sollte.

„Joost war doch schon immer auf der Suche nach den Büchern", erklärte sie erschöpft und ließ ihren Kopf nach hinten, gegen die Rinde des weißen Mammutbaumes sinken. „Es ist jetzt sowieso alles egal", seufzte sie mutlos. „Er war derjenige, der mich auf Lelas angesetzt hat." Sie machte eine kurze Pause und fuhr sich resigniert über ihre Augenlider.

„Er hat dich auf Lelas angesetzt?"

Sie nickte verdrossen. „Seine Spione haben Informationen vom Aufenthaltsort von Lelas … also Perxes erhalten. Unser Team musste den verschiedenen Fährten nachgehen und ich wurde ins Weiße Sanatorium geschickt, weil es Hinweise darauf gab, dass sich Perxes selbst eingeliefert hatte. Ich sollte die Patienten unter die Lupe nehmen und Perxes ausliefern, wenn ich ihn fand."

Ich atmete tief durch und versuchte zu verdauen, was sie mir gerade sagte. „Du bist eine Spionin, Caprice?"

Sie lachte bitter. „Ja, das bin ich."

„Und eine Heilerin?"

Sie nickte. Ihre Augen waren kraftlos und sie wirkte müde, so unglaublich müde. „Ja, das bin ich auch. Paradox, oder? Aber der Sinn des Vertrauens war schon immer ein besonderer Sinn mit vielfältigen Möglichkeiten."

Und plötzlich verstand ich, warum sich Caprice im Weißen Ministerium so gut ausgekannt hatte, ich verstand, warum ihre Fähigkeiten so gut ausgebildet waren und warum sie sich trotz ihres ehrgeizigen Wesens nicht wirklich für die Buchsuche interessiert hatte.

„Du hast dich in ihn verliebt. Und hast Joost nichts von seiner Existenz verraten", sagte ich. „Du hast ihn beschützt, so gut du konntest."

„Niemals hätte ich ihm Lelas ausgeliefert", erwiderte Caprice. „Er ist der gütigste Träger, den ich kenne. Das war der Grund, warum sie ihn zum Hüter ernannt hatten. Weil seine Güte grenzenlos ist, verstehst du? Er hat sein Leben einem höheren Zweck gewidmet, und was erhält er zum Dank? Den Wahnsinn dieser vermaledeiten Bücher. Sie haben ihn seines Lebens beraubt." Sie schluckte schwer und ließ kraftlos den Kopf hängen. „Aber jetzt ist sowieso alles egal", sagte sie müde. „Er wird sterben." Sie hielt kurz inne. „Und ich will auch sterben."

„Caprice, du kannst jetzt nicht aufgeben!", sagte ich fordernd und legte meine Hand auf ihre Schulter. „Du musst um Lelas kämpfen. Wir werden ihn finden!"

„Wir werden ihn nicht finden", wisperte sie apathisch. Ihre Augen waren geschlossen. „Der Wald lässt alle Spuren verschwinden. Er lässt es nicht zu, dass er lange beschmutzt wird, er wäscht sich selbst rein. Und er wird jetzt auch mich und meine Gefühle reinwaschen. Er mag nur die Liebe zu sich selbst, nicht zu jemand anderem."

„Dann gilt umso mehr, dass wir keine Zeit verlieren dürfen", drängte ich und versuchte sie aufzurichten. Sie öffnete kurz die Augen, während ihr Körper schlaff auf dem Boden liegen blieb. Ihr Blick war leer - er erinnerte mich daran, wie ich mich nach der Sitzung der Macht der Acht gefühlt hatte, als ich von Bens Tod erfahren hatte. Ich wusste, was sie fühlte, und sie durfte jetzt nicht ihrer Verzweiflung und Mutlosigkeit erliegen.

Denn sie hatte noch Hoffnung.

Es gab noch Hoffnung für Lelas und für sie. Für Ben und mich gab es keine mehr.

„Steh auf", befahl ich ihr. „Wir müssen ihn finden. So schnell wir können."

„Es ist zu spät", stöhnte sie schwach und zog ihre Beine dicht zu sich heran, um sie mit den Armen zu umklammern. „Er ist verletzt. Er wurde von einer Diamantsplitterbombe getroffen und muss dann in die Wald geflüchtet sein. Wahrscheinlich befindet er sich gerade mitten in einer Halluzination, in irgendeinem schrecklichen Albtraum, den ihm die Bücher eingebrockt haben. Diesem schrecklichen Albtraum, aus dem er einfach nicht mehr erwacht. Die Bombe hat ihn zu stark verletzt, er wird nicht überleben. Ich habe sein Blut in den Trümmern des Weißen Sanatoriums gesehen. Als Heiler werden wir darin ausgebildet, das Blut zu erkennen ..." Ihre Stimme wurde immer leiser und sie begann, sich in sich selbst zurückzuziehen.

„Caprice", herrschte ich sie an, weil das nicht der Zeitpunkt für Schwäche und Selbstmitleid war. „Steh endlich auf! Wo ist denn dein Vertrauen? Wo ist dein Sinn?!"

Sie lachte schwach. „Der Sinn erlischt, wenn es um die Liebe geht", flüsterte sie beinahe tonlos. „Die Liebe ist stärker als das, was uns ausmacht." Ich merkte, wie mich ihre Worte berührten, denn auch meine Wachsamkeit hatte sich in Bens Anwesenheit verändert. Auf eine eigenartige Weise gab er meiner Welt einen anderen Sinn.

Ich schnappte mir Caprice' Hand und zog daran, um sie endlich aufzurichten.

„So, entweder du stehst jetzt auf oder ich werde dich, bei allen Sinnen, so zu deinem Geliebten schleifen."

Ich wusste nicht, ob es daran lag, dass ich einfach nicht glauben wollte, dass es so zwischen Caprice und Lelas enden würde, weil ich einfach genug von unglücklichen Beziehungen hatte, oder ob ich tatsächlich an der Liebe und ihren Möglichkeiten festhalten wollte – aber ich war felsenfest entschlossen, Lelas zu finden.

„Lass mich in Ruhe", schnaubte Caprice leise. „Geh doch zu deinem Ekelträger, anstatt hier bei mir zu sein. Du hast doch ein eigenes Leben, also verschwinde."

„Das kann ich nicht", sagte ich nach einem langen Moment beinahe tonlos.

„Sicher kannst du, geh!"

„Ich kann nicht", erwiderte ich und konnte die Worte, die ich dann aussprach, selbst nicht leiden. Es brauchte einen Moment, bis sie aus mir herauskamen, und es waren die hässlichsten Worte, die ich je ausgesprochen hatte.

„Ben ist tot."

Kapitel 17

„Er ist tot?", fragte sie und ihre Augen weiteten sich.

Ich nickte stumm und hätte mir gewünscht, ihre Aufmerksamkeit anders zu erlangen.

„Das tut mir leid", wisperte sie und ihre Worte klangen ehrlich und traurig. „Die Liebe ist tückisch", hauchte sie verbittert.

„Nein, ist sie nicht", entgegnete ich, weil ich es einfach nicht glauben wollte. Das, was Ben und ich gehabt hatten, bevor Casimir das magische Band zerschnitten hatte, war wunderschön gewesen. Und auch danach waren meine Gefühle so groß gewesen, dass selbst Magie sie nicht hatte unterdrücken können. Auch wenn ich es mir nicht eingestanden hatte, hatte ich Ben die ganze Zeit über geliebt.

Aber jetzt war es zu spät.

Es war zu spät für Ben und mich, nicht aber für Caprice und Lelas.

„Caprice", sagte ich und ging in die Hocke. „Lass uns aufbrechen, um Lelas zu finden. Jetzt. Vergeude nicht die Zeit, die ich vergeudet habe."

***

„Wir laufen hier lang", sagte ich atemlos und deutete nach Osten.

Caprice stemmte die Hände auf ihre Oberschenkel und rang nach Luft. „Es hat keinen Sinn, Lee. Lass es gut sein. Wir werden ihn nicht finden."

„Doch, das werden wir und es muss einen Sinn haben", widersprach ich, weil ich nicht vorhatte aufzugeben. „Wir werden ihn finden, vertrau mir."

Caprice lächelte schwach, es war ein bitteres Lächeln. „Das aus deinem Mund, Wächterin."

„Wenn dich das Vertrauen verlässt, muss ich das schließlich übernehmen", erklärte ich, während wir weiterliefen und sich mein Wachsamkeitslicht entfachte.

„Da!", rief ich und deutete auf eine dunkle Stelle im weichen Moos, zu der ich schnell sprintete. „Das ist Blut."

Caprice war sofort bei mir. Sie rieb mit den Fingern über die winzigen Tropfen, die sich auf dem weichen Boden befanden. Im nächsten Moment war die Spur schon wieder verschwunden.

„Ich glaube, es ist Lelas' Blut, ich kann es aber nicht mit Sicherheit sagen", erklärte sie und plötzlich schwang wieder Hoffnung in ihrer Stimme. „Es war ein zu kurzer Moment, um sicher zu sein." Sie blickte sich suchend um. „Der Wald wird die nächsten Spuren auch bald verschwinden lassen, wir müssen schnell sein. Verdammt schnell."

Und das waren wir. Auch wenn meine Beine mich bald nicht mehr tragen wollten und zu zittern anfingen, hetzten wir durch den Wald, als würde es kein Morgen geben. Mein Wachsamkeitslicht brannte hell und es dauert nicht lange, bis wir die nächsten Tropfen an der Rinde eines Baumstammes erkannten.

„Es ist Lelas' Blut", bestätigte Caprice und strich zärtlich über das rote Nass. „Er muss noch am Leben sein!"

Ich nickte und wir folgten der Fährte, die uns aus dem Wald führte und an den Fuß einer gigantischen Bergkette brachte, deren Gipfel in den Wolken verschwanden. Der Wind wehte uns entgegen und wirbelte meine braunen Haare hoch, die ich mir schnell zu einem Knoten band.

Wir waren beide erschöpft und müde, aber wir wurden getrieben von der Hoffnung, dass Lelas noch am Leben war.

Ein schmaler Pfad schlängelte sich den weißen Berg hinauf. „Da lang", sagte ich, als ich auf einem Stein einen roten Tropfen erkannte.

„Wahrscheinlich ist er überhaupt nicht mehr bei Sinnen", bemerkte Caprice, als wir den Gebirgsweg entlanghasteten, „wenn er in seinem Zustand einen solchen Aufstieg auf sich nimmt. Oder er ist", sie hielt kurz inne, „selbst auf der Suche nach dem Weißen Buch."

Ich nickte, das war eine Möglichkeit. Vielleicht verhalf der nahende Tod Lelas dazu, wieder zu Sinnen zu kommen? Vielleicht war er auf der Suche nach dem Weißen Buch, um sich selbst zu heilen. Ich blickte den Pfad entlang, der steil den Hang hinauf verlief. Es war anstrengend und man brauchte einige Kraft, um auf dem Weg, der voller Geröll war, voranzukommen. Und wenn Lelas tatsächlich von einer Diamantsplitterbombe getroffen worden war, dann musste ihm das Empor-kommen viel Energie abverlangt haben.

„Hier", sagte ich und deutete auf einen schmalen Spalt in der weißen Felswand vor uns, der rote Spuren aufwies. Caprice nickte und zwängte sich im nächsten Moment schon durch den engen Durchgang.

Meine Augen brauchten einen Moment, um sich an die Dunkelheit zu gewöhnen, und ich dachte kurz an die Frauenmörder, Beinabhacker und Kopfbeißer, die hier ja auch noch rumliefen. Und dann hörte ich ein Stöhnen, das aus der Ecke der kleinen Höhle kam. Caprice war mit nur einem Satz bei Lelas, der am Boden lag und sich vor Schmerzen krümmte.

Es war ein hässlicher Anblick. Sein ganzer Körper war von Wunden übersät und unzählige spitze Diamantsplitter der Bombe steckten noch in seinem Fleisch. Lelas' Gesicht war ganz bleich und seine verschwitzten blonden Haare klebten an seiner Stirn.

„Lelas", hauchte Caprice und nahm zärtlich seine Hand.

„Caprice?", fragte er leise, seine Stimme klang schwach. „Bist du es?"

„Ja, Geliebter. Ich bin hier." An ihrer Miene konnte ich den Schmerz ablesen, den ihr sein Anblick verursachte. Sie fuhr ihm liebevoll über die Stirn und strich ihm die Haare zur Seite. „Ich bin hier", wiederholte sie und fischte einen kleinen Flakon aus ihrer Kleidung. Dann setzte sie das Fläschchen mit der weißen Flüssigkeit an seine Lippen und flößte ihm die Tinktur ein.

„Es wird deine Schmerzen lindern", erklärte sie. „Und dann bringen wir dich hier weg. Damit du wieder gesund werden kannst."

Lelas schüttelte den Kopf. „Meine Liebste, ich werde nirgends mehr hingehen."

„Aber ...", setzte Caprice an.

„Wir wussten, dass dieser Moment kommen wird", unterbrach er sie flüsternd. „Lass uns die Zeit, die uns noch bleibt, nicht damit verschwenden, uns etwas vorzumachen." Er stöhnte auf, seine Schmerzen mussten unerträglich sein, wenn selbst Caprice' Tinktur nichts half.

„Lelas, ich kann nicht ... ich kann doch ohne dich nicht leben", stammelte Caprice, während ihr die Tränen über die Wangen liefen. „Du kannst mich nicht allein lassen."

„Meine Liebste, meine wundervolle Caprice", flüsterte er. „Du hast mir das Licht gegeben, hast mir das Licht geschenkt, als ich dachte, es gibt nur noch Dunkelheit. Die Bücher haben mir meinen Geist genommen, sie haben mich gefoltert und in den Wahnsinn getrieben, aber dank dir, nur dank dir, durfte ich mein Leben auch noch etwas genießen. Und du hast mir das größte Geschenk gemacht, das es auf dieser Welt gibt", hauchte er und seine sanften braunen Augen begannen zu leuchten. „Ich durfte lieben. Von ganzem Herzen."

„Lelas", hauchte Caprice, „ich liebe dich über alles."

Lelas versuchte, sich mühevoll aufzurichten und fuhr Caprice sanft über die Wange. „Ich dich auch, meine Liebste. Ich liebe dich jetzt, ich liebte dich gestern und ich werde dich auch morgen lieben, selbst wenn ich dann nicht mehr da sein werde."

Caprice schluchzte.

„Weine nicht, meine Geliebte, ich hatte ein erfülltes Leben, dank dir."

In seinen braunen Augen lag jene Güte, von der Caprice erzählt hatte, und ich verstand, was die beiden empfanden. Und obwohl es wahrscheinlich meine Pflicht gewesen wäre, Lelas' letzte lichte Augenblicke zu nutzen, um ihn nach dem Aufenthaltsort der Bücher zu fragen, tat ich es nicht. Ich wollte, dass die beiden diesen letzten gemeinsamen Moment hatten, ich wollte ihnen nicht nehmen, was mir selbst nicht vergönnt gewesen war.

Den Abschied.

„Lelas, du bist mein Licht", sagte Caprice und begann, sein Gesicht mit Küssen zu bedecken. „Du bist das Licht meiner Welt. Ohne dich ist sie dunkel und hässlich.

Ohne dich will ich nicht sein."

Lelas presste die Lippen aufeinander, da seine Qualen anscheinend noch stärker wurden. Er keuchte und sein Körper bäumte sich auf.

„Die Sinnliche Welt ist wunderschön, doch die Bücher der Macht verderben den Blick", wisperte er einen Herzschlag später. „Sie müssen zerstört werden, meine Liebe, sie müssen für immer zerstört werden. Denn sie wollen zueinander", presste er hervor und verzog sein Gesicht. „Hörst du, sie wollen beisammen sein. Sie streben danach, endloses Unheil über diese Welt zu bringen. Ich habe als Hüter versagt, ich konnte ihrer Macht nicht standhalten. Aber sie müssen vernichtet werden."

Er drückte Caprice etwas in die Hand. „Caprice, erinnere dich immer an unsere Liebe, egal, wie dunkel die Zeiten auch sein mögen", hauchte er und Caprice nickte. „Meine Liebe ist dir immer gewiss. Du bist …", er strich ihr über die weißen Haare, „du bist das Wunder meines Lebens."

„Ich liebe dich, Lelas, ich liebe dich von ganzem Herzen", erklärte sie und beugte sich über ihn. Ihre Lippen verschmolzen zu einem letzten, langen Kuss, bevor er die Augen für immer schloss.

Ich trat aus der kleinen Höhle und gab Caprice noch Zeit, um sich von ihrem Geliebten zu verabschieden. Unter mir erstreckte sich das Vertrauensland und sah in seiner Reinheit so täuschend friedlich aus. Die Sonne ging langsam unter und ich wischte mir eine Träne aus dem Augenwinkel. Ich dachte an Lelas und an Ben und daran, dass beide den Tod nicht verdient hatten.

Als Caprice irgendwann durch den Spalt nach draußen

schlüpfte, trug sie eine Entschlossenheit in ihrem Gesicht, die ich bei ihr noch nie gesehen hatte.

Sie stellte sich neben mich und wir blickten beide stumm Richtung Tal.

„Hier", sagte sie irgendwann und hielt mir ein Stück Pergament hin. Darauf hatte Lelas mit krakeliger Schrift irgendwelche Wörter geschrieben, aber die Buchstaben waren sehr schwer zu lesen und ergaben für mich keinen Sinn.

„Was ist das?", fragte ich.

„Lelas hatte anscheinend in der Höhle ein paar helle Momente, bevor wir kamen, die er genutzt hat, um einige Erinnerungsfragmente niederzuschreiben. Für ihn war es schwierig, sich zu erinnern", erklärte sie. „Ich ging immer davon aus, dass dies an der Folter durch die Bücher der Macht lag."

Ich betrachtete die Wörter, die er niedergeschrieben hatte. „Ich kann das nicht lesen", sagte ich. „Verstehst du, was da steht?"

„Nicht alles", meinte Caprice und verschränkte die Arme hinter dem Rücken. „Aber ein Wort kann ich sehr wohl zuordnen. *Ankriki.*"

„Ankriki?", wiederholte ich.

„Ja", sagte sie und deutete auf einen weißen Berg, der rechts hinter uns lag. „Ankriki ist ein Wort in der alten Sprache der Schindu. Es bedeutet: *Verfluchter Berg.*"

Ich runzelte die Stirn.

„Die Schindu sind uralte Geschöpfe und selbst im Weißen Ministerium gibt es nur sehr wenige Aufzeichnungen über sie. Wir wissen nur, dass sie den Berg als ihr Heiligtum ansehen und jeden, der sich ihm nähert, als Feind. All jene, die sich aufmachten, um den Berg zu erkunden, sind nie wieder zurückgekehrt."

„Und du denkst, dass das Weiße Buch der Macht dort ist?", fragte ich, weil es durchaus Sinn machte, ein Buch an einem Ort zu verstecken, von dem noch nie jemand wiedergekehrt war.

Caprice nickte. „Das denke ich. Ich werde mich rächen, Lee", fügte sie hinzu und ihre Stimme klang ernst und bestimmt. „Ich werde mich an jenen rächen, die das Lelas angetan haben."

„An den Totaa?"

Sie schüttelte den Kopf. „Nein, an den Büchern der Macht. Sie haben Unheil über Lelas gebracht und dafür sollen sie büßen."

Ich dachte an die Totaa, an die Bücher, ich dachte an Ben und die ganze Sinnliche Welt, und ich verstand plötzlich, dass Caprice und mich mehr verband, als ich jemals vermutet hätte.

Ich nickte Caprice zu. Wir beide hatten nichts mehr zu verlieren und irgendwelche tötenden Schindu flößten mir keine Furcht mehr ein. „Gut, dann lass uns zu dem Verfluchten Berg aufbrechen", sagte ich mit der gleichen Entschlossenheit, die auch Caprice im Gesicht trug.

Kapitel 18

Es begann zu regnen, als wir die Höhle hinter uns ließen und denselben Weg hinunter nahmen, den wir kurz zuvor noch hinaufgehetzt waren. Caprice hatte mir mittels eines Tranks geholfen, die Impfung der Bruderschaft ungeschehen zu machen und ich war ihr dankbar dafür, denn ich wollte nicht, dass sie mich einfach wieder zu sich rufen konnten.

Doch meine Dankbarkeit erreichte Caprice nicht, nichts erreichte sie in dem Moment. Sie hielt noch immer das Stück Pergament umklammert, auf das Lelas seine Botschaft an uns geschrieben hatte, und ich sah, wie sich der milchig weiße Regen mit ein paar einzelnen Tränen auf ihren Wangen mischte. Wir sprachen beide kein Wort und während die Vertrauensträgerin still um Lelas trauerte, dachte ich an Ben.

Ben. Allein seinen Namen zu denken, tat so unglaublich weh, dass auch ich gegen die aufsteigenden Tränen ankämpfen musste.

Dieser Krieg war furchtbar.

Die Zahl der Opfer war furchtbar.

Ein unglaublicher Hass auf die Totaa und ihren Anführer rührte sich in meiner Brust. Mit jedem Schritt, den ich tat, wuchs mein Wunsch, mich an den Totaa zu rächen. Ich würde sie büßen lassen. Jeden Einzelnen von ihnen. Sie sollten das gleiche Leid erfahren, das sie über unsere Welt gebracht hatten.

Caprice hielt Lelas' Pergament eng an ihre Brust gedrückt und ich wusste genau, was sie empfand.

„Sie werden dafür bezahlen", sagte ich leise und sah, wie die Vertrauensträgerin die Schultern straffte und das Kinn hob. Ihre weiße Zeichnung begann schwach zu leuchten und in ihre Augen trat ein entschlossener Ausdruck.

„Ja", erwiderte sie. „Das werden sie."

Der Regen hörte während des ganzen restlichen Tages nicht auf. Und auch in der Nacht fiel weiterhin dieser milchig weiße Schleier auf die Welt, als würde die Sinnliche Welt selbst um jene trauern, die in diesem Krieg gefallen waren.

Caprice und ich sprachen kaum miteinander. Ich folgte der Vertrauensträgerin, die entschlossen durch eine breite Grasebene auf den Verfluchten Berg zumarschierte. Als die Nacht hereinbrach, schliefen wir mitten im hohen Gras und bei Anbruch des nächsten Tages gingen wir so lange weiter, bis wir eine weiße Ebene erreichten, die aussah, als hätte jemand die Wolken vom Himmel gepflückt und auf der Erde ausgebreitet. Und dahinter erhob sich im Licht der Sonne glitzernd der Berg Ankriki.

„Das sieht wunderschön aus", flüsterte ich.

Caprice blieb einen Moment stehen und sah mit traurigen Augen über die Landschaft. „Das ist das Wolkenfeld", erwiderte sie leise. „Wir sollten es umgehen."

Ich spürte, wie sich meine Wachsamkeitslinien erwärmten. „Wieso? Ist es gefährlich?"

Caprice schüttelte den Kopf, während sie den Weg nach links einschlug, um nicht durch die Wolken marschieren zu müssen. „Das ist es nicht. Wir würden einfach viel zu langsam vorankommen, wenn wir hindurchgingen."

„Und wir sind schneller, wenn wir einen Umweg

nehmen?", hakte ich skeptisch nach und blickte über die weißen Wolken. Sie funkelten im Sonnenlicht und schienen mich einzuladen, mitten hindurchzulaufen.

Caprice zuckte mit den Schultern und ich erkannte, dass sie die Unterhaltung mit mir ermüdete. „Ich weiß, dass *ich* schneller bin, wenn ich außenrum gehe", antwortete sie forsch. „Aber du kannst ja versuchen, hindurchzugehen, wenn dir danach ist."

Ich rückte das weiße Seil, das ich von Victoria bekommen hatte, auf der Schulter zurecht und zögerte kurz. Dann machte ich einen beherzten Schritt direkt in die weiße Masse hinein.

Es war, als würde ich versuchen, mich durch Schaumgummi zu kämpfen. Schon beim ersten Schritt spürte ich einen enormen Widerstand, gefolgt von dem Gefühl, als würden die Wolken sich wie schwere Gewichte um meine Beine wickeln.

„Und, macht es Spaß?", fragte Caprice zynisch und ging weiter, ohne auf mich zu warten. Ich schluckte meinen Ärger hinunter und setzte all meine Körperkraft ein, um mich aus der weißen Masse wieder herauszuquälen. Es war nicht einfach und ich atmete schwer, als ich es endlich geschafft hatte.

„Du hättest mir auch einfach sagen können, dass man darin stecken bleibt", presste ich hervor.

Caprice lachte freudlos auf. „Es bleibt nicht jeder darin stecken. Es gab eine Zeit, da bin ich über die Wolken gelaufen und dachte, ich könnte fliegen."

„Du warst schon mal hier?", fragte ich und beschleunigte meine Schritte, um wieder zu ihr aufzuschließen.

Sie nickte kurz. „Natürlich, Lee, was denkst du denn? Das ist meine Heimat. Hast du deine Heimat etwa nicht bereist?" Sie sah mich für einen Moment von der

Seite an, bevor sie fortfuhr: „Das Vertrauensland ist so wandlungsfähig wie wunderschön. Allerdings bringe ich im Moment nicht die richtige Einstellung mit, um mich von den Wolken tragen zu lassen.

„Und was ist der Schlüssel, um über die Wolkenebene zu gelangen?", fragte ich stirnrunzelnd. „Selbstvertrauen?"

„Nein, Lee." Sie machte eine kurze Pause. „Leichtigkeit." Dabei lächelte sie bitter und es war klar, dass uns beiden die Leichtigkeit während des Krieges abhandengekommen war, so wie den meisten anderen Sinnträgern auch.

Wenig später erreichten wir den äußeren Rand des Wolkenfeldes und kämpften uns nun an seinem Rand durch hüfthohes Gras. Das Gras wurde von weißen Stabheuschrecken bewohnt, die in großen Schwärmen aufflatterten, als wir ihnen näher kamen.

„Das letzte Mal, als ich hier war, waren meine Gedanken leicht und frei", flüsterte Caprice und ich sah den Schmerz in ihrem Gesicht. „Es war vor der Buchsuche, vor der Bruderschaft und dem Kreis der Auserwählten, es war vor dem Krieg, vor den ganzen Bedrohungen, es war, bevor ..." Sie brach ab und ich hatte den Impuls, ihr tröstend die Hand auf die Schulter zu legen, aber ich kannte Caprice gut genug, um zu wissen, dass sie das nicht wollte.

„Damals haben mich die Wolken getragen", fuhr sie fort. „Es war, als hätte ich die Gesetze der Schwerkraft überwunden. Alles war so leicht. Ich war so leicht." Mein Blick schweifte hinüber zum Wolkenfeld und ich verstand, warum es sich angefühlt hatte, wie in einem Sumpf zu stecken. Es lag an mir. Meine Gedanken, mein ganzes Ich, war von einer Schwere durchdrungen, die sich noch niemals so unwiderruflich angefühlt hatte.

Ben war tot. Dieses Wissen zog wie ein schweres Gewicht an mir, das Gefühl, ihn nie wiederzusehen, *nie mehr*, war kaum zu ertragen und ich schob es die meiste Zeit einfach so weit von mir fort, wie ich konnte.

„Was weißt du alles über den Verfluchten Berg?", fragte ich Caprice, um mich abzulenken.

Die Vertrauensträgerin zuckte mit den Schultern. „Nicht viel mehr, als ich dir schon in der Höhle gesagt habe. Über die Schindu ist kaum etwas bekannt. Es gibt allerdings das Gerücht, dass der Berg über eine magische Grenze verfügt. Dahinter liegt ein undurchdringlicher Nebel. Und jeder, der diesen Nebel durchschritten hat, wurde nie wieder gesehen." Ich blickte hinüber zu dem majestätischen Berg, der noch etwa einen Tagesmarsch entfernt war. Er war tatsächlich von gewaltigen weißen Nebelmassen umgeben, als hätte er sich in einen Mantel aus Watte gehüllt. Es war unmöglich zu sagen, ob uns darunter nackter Stein, Schnee und Eis oder eine üppige Vegetation erwarten würden.

Ich fühlte ein seltsames Kribbeln in meinem Nacken und drehte mich um. Das Wolkenfeld lag neben uns und dahinter erstreckte sich eine weite Steppe, die von der Bergkette, in der Lelas seine letzte Ruhe gefunden hatte, sowie vom *Wald des Selbstvertrauens* begrenzt wurde.

Unwillkürlich blieb ich stehen. Es fühlte sich an, als ob wir nicht allein wären.

„Ich glaube, wir werden verfolgt", sagte ich leise zu Caprice, die ebenfalls stirnrunzelnd innegehalten hatte.

„Ach ja?", erwiderte sie. „Hoffentlich sind es ein paar Totaa. Ich habe nicht übel Lust, ein paar von ihnen ins Land des ewigen Vergessens zu schicken."

Es war kurz nach Anbruch der Nacht, als wir

schließlich den Fuß von Ankriki erreichten. Das Gras, das hier wuchs, war kurz und borstig und ging in steiniges Gelände über. Caprice und ich hatten das Wolkenfeld umrundet und waren danach in zügigem Tempo weitermarschiert. Dabei hatte ich das Gefühl, verfolgt zu werden, die ganze Zeit über nicht abschütteln können. Aber so oft ich mich auch umgedreht und auf den Weg hinter uns gestarrt hatte, war nie jemand zu sehen gewesen. Schließlich begann ich an meinem Sinn zu zweifeln.

„Es ist schon spät", sagte Caprice mit deutlicher Müdigkeit in der Stimme. „Wir sollten hier unser Nachtlager aufschlagen."

Der violette Mond leuchtete hell vom Himmel und ich fühlte, wie mir eine Gänsehaut über die Arme kroch.

„Nein, wir sollten weitergehen", sagte ich aus einem Impuls heraus.

„Du willst weitergehen? In dieser Dunkelheit?" Caprice sah mich an, als ob ich verrückt geworden wäre. „Wir wissen nicht, was uns auf dem Berg erwartet. Denkst du nicht, es würde unsere Chancen erhöhen, wenn wir uns ausgeschlafen an den Aufstieg machen würden?"

Ein weit entferntes Heulen schallte über das Land und meine Nackenhärchen stellten sich auf. Unruhig fuhr ich herum. Das Vertrauensland wurde in einen kalten violetten Schein gehüllt und mein Gefühl einer Bedrohung wuchs.

„Ich kann es nicht erklären, Caprice", presste ich hervor. „Aber ich glaube, dass wir in Gefahr sind. Vielleicht schleichen die Totaa hinter uns her."

„Wieso sollten sie das tun?", entgegnete die Vertrauensträgerin verärgert. „Wenn die Totaa hier wären, dann würde dieser Landstrich anders aussehen, das kannst du mir glauben. Dann würde hier alles voller Leichen sein und ihre Bomben hätten Krater in die Erde gerissen und Rauch würde in den Himmel steigen." Sie schnappte nach Luft. „Ich wünschte, die Totaa *wären hier*, denn dann könnte ich ihnen den gleichen Schmerz zufügen, den sie mir zugefügt haben, aber Fakt ist, wir sind hier allein. Wir sind die Einzigen hier, weil keiner sonst so wahnsinnig ist, den Verfluchten Berg zu besteigen." Sie hielt kurz inne und fuhr sich mit beiden Händen durch die langen weißen Haare. „Also entweder schaffen wir es, das Weiße Buch der Macht zu finden und zu zerstören … oder wir werden sterben. Es ist egal, so oder so kommt es zu einem Ende, denn das Leben hat seinen Sinn und der Tod seinen Schrecken verloren."

„Wenn es dir sowieso egal ist, können wir doch ebenso gut noch weitergehen" sagte ich und widerstand der Versuchung, mich wieder einmal umzudrehen. Zu oft hatte ich das schon getan und ja doch nie jemanden gesehen.

„Gut, dann gehen wir weiter", sagte Caprice in einer Mischung aus Müdigkeit und Ärger. „Welchen Weg möchtest du nehmen?"

Ich blickte auf die zahllosen Pfade, die nebeneinander auf den Berg Ankriki hinaufführten. Weiße Nebelfetzen hingen wie Spinnweben über der Erde.

„Diesen hier", sagte ich schließlich mit Bestimmtheit und deutete auf einen schmalen Trampelpfad, dessen Boden von Gestrüpp überwuchert wurde. Er sah nicht gerade einladend aus, genauer gesagt sah er sogar ziemlich abschreckend aus.

„Dieser hier?", fragte Caprice ungläubig nach. „Hast du denn keinen mit noch mehr Dornen gefunden?"

„Du hast mir die Entscheidung überlassen",

erwiderte ich schulterzuckend und betrat vorsichtig den ungemütlichen Pfad. „Die Dornen und die spitzen Steine werden uns dabei helfen, wach zu bleiben", fügte ich hinzu. Ich sagte nicht, dass ich den Weg gewählt hatte, um zu prüfen, ob mich mein Gefühl trog oder nicht. Wenn wir tatsächlich verfolgt wurden, wäre es für denjenigen sicherlich schwierig, sich lautlos durch das ganze Gestrüpp zu kämpfen, während die breiten Pfade nur dazu einluden, über den nackten Stein zu schleichen. Caprice schnaubte hinter mir und ein Windstoß fuhr mir in den Rücken.

„Interessante Kriegsfähigkeit", warf ich über die Schulter zurück. „Kannst du noch mehr mit deinem Atem machen?"

„Ich kann ihn für kurze Zeit anhalten. Mit einer sehr erstrebenswerten Konsequenz."

„Und welche Konsequenz wäre das?", fragte ich.

„Stille" schnappte Caprice.

Ich zog eine Augenbraue hoch und ging weiter.

Der Aufstieg wurde immer beschwerlicher und die Nebelfetzen vor uns immer dichter. Schließlich kamen wir irgendwann an eine Stelle, wo der Bergpfad rechts von uns steil abfiel, was ich erst im letzten Moment wahrnahm, da der weiße Dunst immer undurchdringlicher geworden war.

„Das hier ist sie", sagte Caprice überraschend und ich hörte ihre Stimme wie von weither. „Die magische Grenze."

„Woher weißt du das?", fragte ich zurück und blieb stehen, um Atem zu schöpfen. Der Nebel war so feucht, dass ich das widerliche Gefühl hatte, mehr Wasser als Luft in meine Lungen zwängen.

„Ich spüre es", sagte Caprice ruhig. „Ab hier kann uns

nur mein Sinn weiterbringen."

„Bist du dir sicher?", hakte ich nach, während sich meine Wachsamkeitslinien augenblicklich erhitzten. Es gefiel mir nicht, mich in einer potenziell gefährlichen Umgebung ausschließlich auf den weißen Sinn zu verlassen.

„Hast du auch nur eine ungefähre Vorstellung davon, wie anstrengend du bist?", fauchte Caprice. „Zuerst möchtest du unbedingt in der Nacht auf den Verfluchten Berg hinauf und jetzt vertraust du mir nicht, wenn ich dir sage, dass Vertrauen das Einzige ist, was uns hier weiterbringen kann." Sie schnaubte erneut und ich spürte wieder einen starken Luftzug, der ein paar Nebelfetzen aufwirbelte, die sich jedoch sofort wieder verdichteten, weshalb sich unsere Sicht nicht verbesserte. „Gib mir dein Seil", sagte sie dann und hielt mir auffordernd die Hand hin.

Ich nahm das weiße Seil von der Schulter und händigte es ihr aus. Caprice band sich das eine Ende davon um die Hüfte und hielt mir das andere Ende hin.

„Hier. Binde dich an mir fest, damit wir uns nicht verlieren. Sobald wir die Grenze überschritten haben, werden wir nichts mehr sehen können."

„Kannst du nicht deine Kriegsfähigkeit einsetzen, um uns den Weg frei zu blasen?", fragte ich.

Sie schüttelte den Kopf. „Ich kann meine Fähigkeit nicht die ganze Zeit einsetzen. Es würde mich viel zu sehr erschöpfen und wie ich dich verstanden habe, möchtest du ja keine Pause machen."

„Aber wenn du deine Fähigkeit nicht einsetzt, woher weißt du dann, wo der Pfad verläuft und an welchen Stellen vielleicht tödliche Abgründe auf uns lauern?", fragte ich, während ich mir das andere Ende des Seils um die Hüften wickelte.

„Ich werde einfach die Augen schließen und meinem Gefühl vertrauen", sagte Caprice. Und die Art, wie sie es sagte, ließ mich befürchten, dass sie das völlig ernst meinte.

Der Aufstieg durch den dichten weißen Nebel forderte jedes Quäntchen Vertrauen von mir, das ich aufbringen konnte. Caprice nutzte ab und an ihre Kriegsfähigkeit, um den Nebel kurz aufzuwirbeln, doch es waren nur kurze Momente der klaren Sicht. Den Rest der Zeit tastete sie sich mit schlafwandlerischer Sicherheit voran und ich ertappte mich bei dem Gedanken, dass sie wahrscheinlich tatsächlich die Augen geschlossen hatte, weil es ohnehin egal war.

Wir sahen *nichts*. Es war, als wäre ich von einem Augenblick auf den anderen vollkommen erblindet, und ich musste an Morris denken, der seit der Sprengladung im Labyrinth der Totaa jede Sekunde seines Lebens mit diesem Nichts um sich herum verbrachte. Verzweifelt versuchte ich dieses Handicap mit meinem Gehör- und Geruchssinn auszugleichen, aber das funktionierte genauso wenig. Die weiße Watte verstopfte mir die Ohren und ich konnte auch nichts riechen außer Nässe und Stein.

Je höher wir kamen, desto kälter wurde es, und bald änderte sich die Beschaffenheit des Untergrunds von dornigem Gestrüpp zu spitzem Stein und schließlich zu festgefrorenem Schnee. Ich taumelte hinter Caprice her und fühlte mich gleichzeitig völlig nutzlos und ausgeliefert. Es gab nichts, was ich tun konnte, nichts, was ich beitragen konnte, außer zu *vertrauen*.

„Halt", sagte Caprice plötzlich und ich spürte an

der nachlassenden Spannung des Seils, dass sie stehen geblieben war. „Wir bleiben hier."

„Wo sind wir?", fragte ich, weil ich noch immer nichts sehen konnte.

„Der Weg hat aufgehört anzusteigen", gab sie zurück und obwohl sie vor mir stand, klang ihre Stimme ganz gedämpft. „Warte kurz." Ich hörte, wie Caprice mehrmals tief ein- und ausatmete, und dann holte sie ganz tief Luft und blies.

Ein gewaltiges Brausen erfüllte die Nacht und im nächsten Moment wurde der weiße Nebel hochgewirbelt und weggeblasen. Zum ersten Mal seit geraumer Zeit konnte ich meine Umgebung wieder erkennen und es war ein wunderbares Gefühl.

Wir standen am Rande eines schneebedeckten Plateaus von etwa zwanzig Metern Durchmesser. Am Ende des Bergplateaus fiel der Felsen schroff ab und ich war froh, dass Caprice nicht vertrauensvoll bis dorthin und weiter gegangen war.

„Das war anstrengend", sagte sie erschöpft. „Ich brauche jetzt eine Pause. Wir übernachten hier."

Da unser Überleben von ihr abhing, nickte ich. Dennoch fühlte ich mich noch immer verfolgt, so als ob jemand direkt hinter mir stehen würde. Ich drehte mich um und versuchte mit meinen Augen den weißen Nebel, der schon wieder von allen Seiten näher kroch, zu durchdringen.

„Hast du etwas dabei, um Feuer zu machen?", fragte Caprice und ich wandte mich wieder ihr zu. Bedauernd schüttelte ich den Kopf. Und in diesem Moment spürte ich von hinten einen heftigen Schlag, der mir die Besinnung raubte.

Kapitel 19

Als ich erwachte, war ich Rücken an Rücken mit Caprice gefesselt. Unser Angreifer – wer immer es auch gewesen sein mochte – hatte dazu das weiße Seil verwendet, mit dem wir uns durch den Nebel getastet hatten.

Neben uns flackerte ein kleines Feuer im Schnee, dessen Schein den Nebel verdrängte und mich die Umgebung im Umkreis von etwa zwei Metern erkennen ließ. Die Flammen hatten eine so intensive neongelbe Färbung, dass sie eindeutig magischer Natur waren.

„Wach. Du bist wach", hauchte eine Stimme neben mir und ich drehte unter Schmerzen den Kopf, um herauszufinden, woher sie kam.

„Die andere schläft noch", sagte der Sinnträger, zu dem die Stimme gehörte, und ich blickte in das Gesicht eines großen, dünnen Mannes mit einer Glatze. Er kam mit schnellen Schritten auf mich zu und ging vor mir in die Hocke.

„Ah, ah, so schöne Augen", wisperte er und streckte die Hand aus, um mir eine Haarsträhne aus dem Gesicht zu schieben. Ich zuckte zurück und er lächelte nur.

„Und so ein schöner Hals", flüsterte er und strich mir mit seinen rauen Fingerkuppen über meine Kehle.

„Wer bist du?", fragte ich, obwohl mich eine schreckliche Ahnung beschlich.

„Solltest du das nicht wissen?", fragte er zurück und legte den haarlosen Schädel leicht schief. Seine gelbe Zeichnung, die das Muster einer gezackten Linie aufwies, glomm auf. Sie reichte über seine gesamte rechte Wange und sah aus wie eine Narbe.

„Du bist … Zacharias", erwiderte ich stockend. Mein Kopf pochte bei jeder Bewegung und auch das Seil, das er mehrfach um meinen Oberkörper geschlungen hatte, schnitt mir schmerzhaft ins Fleisch.

„Pssssst …", zischte der Wachsamkeitsträger. „Nicht, dass uns noch jemand hört." Ein wahnsinniges Funkeln war in seinen Augen zu erkennen.

Ich hielt den Atem an und versuchte, die Angst zurückzudrängen, die sich wie eine Raubkatze angeschlichen hatte und mich nun ansprang. Zacharias hatte auf der Liste der Schwerverbrecher gestanden, die beim Anschlag der Totaa aus dem Weißen Sanatorium entkommen konnten. Laut Steckbrief war seine Leidenschaft das Töten von Frauen, indem er ihnen die Kehle durchschnitt.

„Ahhhh … du weißt, was ich tue", wisperte Zacharias mit unverkennbarem Stolz. Seine Finger waren ständig in Bewegung und ich sah, wie er sich selbst damit ein paar Mal über den Hals fuhr. „Ich mag Kehlen", fuhr er fort. „So eine Kehle ist schon ein beeindruckender Körperteil."

Ich schluckte und sein Blick huschte zu meinem Hals. Ein gieriges Glitzern trat in seine Augen und ich versuchte, ganz flach zu atmen und mich nicht mehr zu bewegen. An meinem Rücken stöhnte Caprice leise und ich fragte mich, wie er es geschafft hatte, uns beide zu überwältigen.

„So zart, so zerbrechlich", fuhr Zacharias schwärmerisch fort. Er kam noch näher und schnupperte an meinen Haaren. „Ich kann das Klopfen deines Herzens hören", flüsterte er mir ins Ohr. Sein Atem roch nach

Stabheuschrecken. Ein Schauder lief mir über die Haut.

„Was willst du?", stieß ich hervor, obwohl ich eine ziemlich genaue Vorstellung davon hatte, was er wollte. Auch wenn alles in mir hoffte, dass ich mich irrte.

Er stand auf und ging um die neongelben Flammen herum zu einer Tasche, die am Boden lag. Sie war weiß und sah aus wie jene Taschen, die ich bei den Heilern des Weißen Sanatoriums gesehen hatte, als sie nach dem Bombenanschlag nach Verletzten gesucht hatten. Nach kurzem Wühlen zog er ein spitzes Skalpell heraus.

„Ich will das, was ich schon immer wollte", antwortete er mit einem halben Lächeln. „Ich will dir den Hals aufschneiden."

Er kam mit geschmeidigen Bewegungen zurück und ging wieder vor mir in die Hocke. Seine Augen reflektierten die neongelben Flammen und sahen aus wie die eines Raubtieres.

Ein schauerliches Heulen von der Spitze des Berges ließ mich zusammenzucken. Erschrocken fuhr ich herum und starrte in die Nacht.

„Keine Sorge", sagte Zacharias und leckte sich über die Lippen. „Die Geister kommen nicht. Sie kommen nie."

„Geister?", wiederholte ich gepresst.

„Ah, ich habe schon so viele getötet." Er beugte sich mit dem Skalpell in der Hand vor und fuhr mir mit dem glatten Metall über die rechte Wange, wo mein Wachsamkeitsmuster so hell leuchtete, dass es schon beinahe wehtat. „Aber ich habe noch keine einzige Seele gesehen. Noch keine einzige", murmelte er bedauernd. „Ich hatte auch noch nicht viele gelbe Trägerinnen", fuhr er versonnen fort. „Sie sind immer so aufmerksam ... so auf der Hut." Er senkte das Messer und ließ die Klinge ohne Druck über meine Kehle fahren. „Allerdings hast du mich nicht gesehen. Ich habe mir einfach gewünscht, für deine Augen und Ohren unsichtbar zu sein, und es hat funktioniert." Zacharias klang selbst überrascht.

„Das muss deine Kriegsfähigkeit sein", stieß ich hervor, während ich fieberhaft überlegte, was ich tun konnte, damit er Caprice und mir nicht einfach die Hälse aufschnitt. „Ich kann dir beibringen, wie du deine mentale Kraft noch besser einsetzen kannst. Ich wurde speziell dafür ausgebildet."

Zacharias wurde ganz still und nur das leise Zischen des magischen Feuers war zu hören.

„Das kannst du?" Seine Frage klang herausfordernd, als würde er nur darauf warten, dass ich log. Als würde er mich dazu *einladen*.

Ich ignorierte die leise Stimme, die mir zuflüsterte, dass er mir eine Falle stellte, und nickte. „Ich komme aus einem Alpha-Camp. Sie haben mich dort als Trainerin ausgebildet."

„Interessant", sagte Zacharias. „Dann ist es also meiner mentalen Fähigkeit zu verdanken, dass ich direkt vor dir stehen konnte und du trotzdem durch mich hindurchgesehen hast, als wäre ich Luft."

„Das ist eine sehr beeindruckende Kriegsfähigkeit", flüsterte ich.

„Ah, du streichelst mein Ego. Genau das Gleiche haben die wenigen gelben Trägerinnen vor dir auch versucht. Es konnte sie aber nicht retten."

Caprice stöhnte wieder und bewegte sich leicht. Das Seil, das uns aneinanderfesselte, schnitt fest in meine Haut und ich unterdrückte einen Schmerzenslaut.

„Ah, die andere ist auch wach. Wie wunderbar", sagte Zacharias und bewegte sich zu ihr hinüber. „Ich mag deine Haare", erklärte er ihr sanft. „Sie sind so dick und weiß und lang." Caprice machte eine heftige Bewegung und ruckte an dem Seil. Sie versuchte etwas zu sagen, aber es kamen nur unverständliche Geräusche heraus.

„Tut mir leid, ich musste dir den Mund zubinden", sagte Zacharias bedauernd. „Ich habe gesehen, was du mit deinem Atem gemacht hast. Und ich habe wirklich keine Lust, dass du mich über den Rand der Klippe bläst. Da geht es ziemlich steil hinunter und das würde ich nicht überleben."

Ich schloss kurz die Augen, denn mit Caprice' Knebelung hatte er meine letzte Hoffnung zerstört, wie wir aus dieser Sache herauskommen konnten. Die oberflächlich verheilte Bisswunde an meiner Schulter begann in der unbequemen Position wieder zu pochen und ich wünschte, ich wäre eine Alpha gewesen, um Zacharias irgendwas entgegensetzen zu können. Aber das war ich nicht.

„Also", sagte er feierlich, während er wieder um das Feuer herum zu der weißen Tasche schritt. „Wie ihr wahrscheinlich schon mitbekommen habt, bin ich ein Frauenmörder." Er beugte sich über den Rand der Tasche und kramte darin herum. „Ich liebe es, Frauen zu töten", vertraute er uns an. „Es ist so ursprünglich … so echt." Endlich hatte er gefunden, was er gesucht hatte, und kam mit einem silbergrauen Fläschchen in der Hand zu uns zurück. „Der Tod hat mich immer schon fasziniert", fügte er hinzu.

Wieder erklang so ein schauerliches Heulen vom Berg und ich begann ernsthaft in Erwägung zu ziehen, dass es sich dabei um die Geister derjenigen handelte, die auf dem Verfluchten Berg gestorben waren.

„Woher kommt diese Faszination für den Tod?", fragte ich rasch, um ihn am Reden zu halten. Dabei überlegte ich fieberhaft, ob Caprice und ich es gemeinsam schaffen konnten, ihn irgendwie außer Gefecht zu setzen. Womöglich konnten wir ihn in die Flammen schubsen.

„Von meinen Reisen in die andere Welt", flüsterte Zacharias und hielt mir sein Handgelenk vor die Nase. Darauf war das Symbol von Sonne und Mond abgebildet, genau das gleiche Symbol, das auch Ben am Handgelenk getragen hatte.

Ein Stich durchzuckte mich und für einen Moment hatte ich das Gefühl, nicht atmen zu können.

„Warst du schon mal in der anderen Welt?", fragte mich Zacharias ruhig und entkorkte das silbergraue Fläschchen. Ein ekelhafter und beißender Geruch stieg mir in die Nase.

Da ich meiner Stimme nicht traute, nickte ich nur.

„Hast du dort schon mal jemand sterben gesehen?", fragte Zacharias weiter und eine hässliche Gier schlich sich in seine Stimme.

Ich zwang mich dazu, ihm in seine fanatisch glänzenden Augen zu sehen, und nickte erneut.

„Hast du auch die Farben gesehen?", zischte der wahnsinnige gelbe Träger jetzt und kam mir ganz nah, sodass ich seinen Atem in meinem Gesicht spüren konnte.

„Ja", antwortete ich.

„Ahhhh!", seufzte Zacharias und schloss die Augen. „Endlich jemand, der weiß, wovon ich spreche! Schon so viele sind gestorben, ohne zu wissen, warum."

„Du tötest Frauen wegen der Farben in der anderen Welt?", versuchte ich seinen abstrusen Gedankengang zu verstehen.

„Tu das nicht", wisperte Zacharias und kam mir ganz nahe. „Tu nicht so, als wäre ich verrückt." Mit diesen

Worten goss er etwa die Hälfte der Flüssigkeit aus dem silbergrauen Fläschchen über meinen Kopf. Ein schrecklicher Schmerz fraß sich durch meine Kopfhaut und ich hatte das Gefühl, als hätte er mir Säure über die Haare geschüttet. Obwohl ich es nicht wollte, entfuhr mir ein lauter Schrei.

„Ah, tut es weh?", fragte Zacharias und das enthusiastische Funkeln in seinen Augen verriet, dass es ihm gefiel. „Wie schade", flüsterte er und schüttete den Rest aus dem Fläschchen über Caprice' Kopf, die daraufhin zuckte und wimmerte, „… dass der Schmerz immer so schnell vorüber ist."

Mein Kopf war unglaublich schwer. Er fühlte sich an, als wöge er mindestens tausend Kilo, und ich merkte, wie mein Kinn immer wieder auf meine Brust sackte. Seit Zacharias den Inhalt des silbergrauen Fläschchens über meine Haare gegossen hatte, war es, als hätte er mir jegliche Flüssigkeit entzogen. Meine Lippen fühlten sich rau und aufgesprungen an und meine Zunge lag pelzig und trocken in meinem Mund. Meine ganze Speichelflüssigkeit war verschwunden, stattdessen hatte ich rasende Kopfschmerzen, die so schlimm waren, dass ich das Gefühl hatte, als würde jemand meine Schädeldecke aufbohren.

Caprice hatte irgendwann aufgehört, sich zu bewegen, und der einzige Hinweis darauf, dass sie noch lebte, war ihr leises Stöhnen, wenn der Schmerz zu schlimm wurde.

„Wie… Wieso?", flüsterte ich mit all meiner verbliebenen Kraft und versuchte, mich auf Zacharias' großgewachsene Gestalt zu fokussieren. Es gelang mir nicht. Nichts gelang mir mehr. Nebelfetzen waberten vor meinen Augen umher und ich wusste nicht, ob es der weiße Dunst von Ankriki oder nur meine Einbildung war, die mir einen Streich spielte.

„Wieso ich euch nicht gleich getötet habe?", fragte Zacharias wispernd. Seine Stimme klang vergnügt und ich bemerkte, dass er sich neben das Feuer gehockt hatte, von wo er uns beobachtete. „Ich verrate es dir, aber du musst versprechen, es nicht weiterzuerzählen", flüsterte er.

Ich dachte daran, dass ich nach dem Erlebnis mit dem Vertrauling keine Lust hatte, irgendjemandem jemals wieder ein Versprechen zu geben, und sagte nichts.

„Es geht sonst immer so schnell vorbei", hauchte Zacharias und an seiner Stimme konnte ich erkennen, dass er es absolut ernst meinte. „Viel zu schnell. Ein Schnitt, das Blut tropft aus ihnen heraus, es durchnässt ihre Köper, welch wundervoller Anblick …" Seine Stimme verlor sich in der Nacht und ich hörte wieder das Heulen von der Bergspitze. „Ich habe schon so viele getötet", seufzte er. „Aber ich habe hier niemals die Farben gesehen. Dabei sind sie so schön. Und in der anderen Welt ist es so viel schwerer, zu töten." Er beugte sich vor und warf eine Handvoll Kräuter in das magische Feuer, das daraufhin in einer Stichflamme aufflackerte.

„Das tust du?", brachte ich mühsam hervor. „Du tötest auch dort?"

Zacharias blickte mich lächelnd an und nickte. „Ja, die Wachsamkeit, sie ist tückisch", erwiderte er. „Als gelber Träger kann ich die Menschen nicht dazu bringen, unaufmerksam zu sein, das wäre ein Paradoxon. Aber ich kann sie dazu bringen, sich auf *die falschen Dinge* zu konzentrieren." Er grinste böse. „Ein herumwirbelndes Blütenblatt im Wind, ein kurzer Moment des Gefangenseins von der Schönheit der Natur, ein Schritt auf die Straße ..." Er lächelte.

„Oder ein schreckliches Lied im Autoradio, ein Impuls, den Sender zu wechseln, ein Impuls, den Blick von der Straße zu nehmen ..." Zacharias hob beide Augenbrauen. „Allerdings erfordert es Ausdauer und Können, die Menschen auf diese Weise zu töten", fuhr er fort. „Und bei kaum einem von ihnen kommen die Farben. So wenige reisen nach ihrem Tod in die Sinnliche Welt weiter." Der gelbe Träger beugte sich vor und strich mir mit den Fingern durchs Haar. Wenn ich noch die Kraft gehabt hätte, wäre ich zurückgezuckt, aber ich fühlte mich, als würden wir hier bereits seit Tagen sitzen. Ich war völlig ausgetrocknet und wenn ich nicht an Caprice gebunden gewesen wäre, wäre ich wohl schon längst umgekippt.

„Ich wünschte, ich könnte auch in unserer Welt eine Antwort auf die Frage finden, wie es weitergeht", vertraute er mir an. „*Was passiert mit uns nach unserem Tod?* Werden wir wieder zu Menschen? Ist alles nur ein ewiger Kreislauf? Wenn es mir nur gelänge, auch hier die Farben zu sehen, vielleicht fände ich dann eine Antwort auf meine Fragen ..."

Ich schaffte es kaum noch, die Augen offen zu halten.

„Und deswegen tötest du? Um das herauszufinden?", krächzte ich.

Zacharias lächelte. „Auch", erwiderte er. „In erster Linie töte ich aber, weil es mir so einen unglaublichen Spaß macht." Er lehnte sich entspannt zurück und betrachtete mich aufmerksam. Und dann wartete er.

Es war seltsam, gemeinsam mit Caprice und einem Verrückten neben einem magischen Feuer zu sitzen und auf den eigenen Tod zu warten. Mein Gehirn funktionierte nur noch furchtbar träge, aber mir wurde klar, dass Zacharias uns die Flüssigkeit aus dem silbergrauen Fläschchen deshalb über den Kopf geschüttet hatte, damit es etwas schneller ging. Offenbar hatte er auch nicht die Muße, tagelang zu warten, bis wir endlich von allein verdurstet waren.

Der gelbe Träger summte leise vor sich hin, während er uns aufmerksam beobachtete. Seine gezackte Linie leuchtete die ganze Zeit und mir war klar, dass er seinen Sinn einsetzte, um auch ja nichts von unserem Sterbeprozess zu verpassen.

„Wie lange, denkst du, wird es noch dauern?", fragte mich Zacharias irgendwann und ich fand die Frage so absurd, dass ich gelacht hätte, wenn ich noch die Kraft dazu besessen hätte.

„Du ... kannst ... es ja ... beschleunigen", stöhnte ich, da ich inzwischen jede Hoffnung auf Rettung aufgegeben hatte. Jeder Atemzug durch meine ausgedörrte Kehle war eine Qual und ich wusste, dass es sowieso nicht mehr lange dauern würde. Wieso also das Leiden verlängern?

„Denkst du, das wäre in Ordnung?", wisperte Zacharias und ich hörte die Aufregung in seiner Stimme. Offenbar war der Weg des langsamen Leidens doch nicht das, was ihm am Töten den meisten Spaß machte.

Ich presste die ausgetrockneten Lippen aufeinander und sagte nichts, da dieses Gespräch zu verrückt war, um es zu führen. Selbst wenn ich mich am Rande des Todes befand.

„Du riechst so gut", sagte Zacharias unvermittelt und kam mir ganz nahe, um an meinen Haaren zu schnuppern. „Und deine Kehle ist so zart und weich." Er strich mir erneut mit seiner rauen Fingerkuppe über den Hals. „Ich werde mit dir anfangen und die weiße

Trägerin auf langsame Art sterben lassen." Er nickte mehrfach und ich sah das Glück auf seinem Gesicht. Dann bückte er sich und griff nach dem Skalpell. „Ein schneller Schnitt durch die Kehle", summte er. „Oder vielleicht ein langsamer? Schnell oder langsam, langsam oder schnell?" Noch während er das schimmernde Skalpell betrachtete, auf dessen Klinge die neongelben Flammen des magischen Feuers reflektiert wurden, sah ich hinter ihm eine Bewegung im Nebel. Es sah aus, als wären es wabernde weiße Gestalten, und ich musste an all die getöteten Frauen denken. Konnte es sein, dass die Geister seiner Opfer hier bei uns waren? Warteten sie möglicherweise schon auf mich, um mich in ihrer Mitte willkommen zu heißen?

Noch bevor ich den Gedanken zu Ende gedacht hatte, ging ein Ruck durch Zacharias' Körper.

Ich blinzelte und versuchte zu verstehen, warum sein Gesicht plötzlich so einen starren Ausdruck angenommen hatte, aber mir fiel keine Erklärung ein. Zacharias ließ das Messer fallen und machte einen Schritt zurück. Seine Beine bewegten sich ruckartig und seine Augen waren weit aufgerissen. Er blickte mich an und ich verstand nicht, was hier gerade passierte, ich sah nur den wabernden weißen Dunst um uns herum, und im nächsten Moment drehte sich Zacharias um und ging weg. Er ging geradewegs auf den Abgrund des schneebedeckten Plateaus zu und hielt seinen Körper kerzengerade. Als er an die Kante kam, wo der Felsen steil abfiel, wurde er nicht langsamer, im Gegenteil. Er ging einfach immer weiter, selbst als das Plateau zu Ende war, ging er noch weiter, und das Letzte, was ich von ihm sah, war, wie er einen zielgerichteten Schritt über die Kante machte und lautlos in der Tiefe verschwand.

Kapitel 20

Der Nebel wallte auf und eine Gestalt kam direkt daraus auf mich zu. Die Umrisse kamen mir vertraut vor, sie waren dunkel und sie waren fest, nicht wie die Nebelgeister, die ich vorhin gesehen hatte. Je näher der Sinnträger kam, desto schneller schlug mein Herz, und ich riss die Augen auf.

Seine zerrissene schwarze Linie glomm auf seiner unrasierten Wange und dem Hals, ich sah seinen zerfetzten schwarzen Kampfanzug, sah eine Schnittwunde auf seiner Brust und seiner Schulter, vor allem aber sah ich sein Gesicht.

Es war angespannt und drückte eine Mischung aus Besorgnis und Hass aus. Ich hatte gehofft, ihn wiederzusehen, wenn ich starb, aber ich hatte es mir irgendwie anders vorgestellt. Irgendwie sanfter und mit mehr Licht … aber was wusste ich schon über den Tod in der Sinnlichen Welt.

„Ben", hauchte ich und in diesem einen Wort lag alles, was ich für ihn empfand. All meine Liebe, all der Schmerz, den es mir bereitet hatte, von ihm getrennt zu sein, all meine Erleichterung, ihn wiederzusehen, wenn auch anders, als ich gedacht hatte. Er kam schnell näher und ich wartete darauf, dass der Schmerz verstummte, wartete darauf, dass dieser schreckliche Durst aufhörte und ich von den Qualen dieses Körpers erlöst wurde.

„Verdammt", knurrte Ben, als er sich neben mir auf die Knie fallen ließ, und ich roch ganz schwach seine unverkennbare Duftnote. Seine Hände tasteten rasch über den Knoten des weißen Seils und dann sah ich, wie er ein daumengroßes Messer aus seinem Anzug zog und mit einem schnellen Schnitt die Fesseln durchtrennte. Ein brennender Schmerz schoss durch meinen Körper, überall dort, wo das Seil in meine Haut geschnitten hatte, und Ben fing mich auf, als ich völlig entkräftet zur Seite fiel. Und in diesem Moment, erst in dem Augenblick, als seine Hände meine Schultern umfassten und sich die Berührung absolut echt anfühlte, begann ich zu realisieren, dass es echt war.

Das alles hier war echt.

Mein Herz zog sich fest zusammen, denn wenn alles hier real war und ich noch lebte, wenn das alles hier gerade keine Halluzination war, dann bedeutete das …

Ich spürte ein Brennen in den Augen.

„Ben …", krächzte ich. „Du lebst."

„Mehr als du", gab er angespannt zurück und hielt mir eine Wasserflasche entgegen. „Trink das."

Ich starrte ihn an und das Wasser war mir völlig egal. Ich konnte nicht glauben, ihn wirklich und leibhaftig vor mir zu sehen, obwohl ich es glauben *wollte*, obwohl es nichts gab, was ich jemals so sehr glauben wollte. Vorsichtig streckte ich die Hand aus und berührte seinen Unterarm.

Er war warm und fest. Lebendig.

Ben blickte von meinen Fingerspitzen auf seinem Arm zu mir und ich blinzelte mehrfach, während sich diese schmerzhafte Leere in meiner Brust vorsichtig zu schließen begann. Tara hatte gelogen – oder vielleicht hatte sie sich auch geirrt. Fakt war, Ben war nicht tot, er war am Leben. Im nächsten Moment hatte ich die Arme um seinen Hals geschlungen und drückte mich an ihn. Es war keine bewusste Entscheidung, mein Körper tat es einfach. Und obwohl ich mich so schrecklich schwach fühlte, dass ich das Gefühl hatte, jeden Moment ohnmächtig zu werden, wollte ich mich doch davon überzeugen, dass das hier wirklich passierte und kein grausamer Traum war, aus dem ich aufwachen und wieder allein sein würde. Ich wollte mich vergewissern, dass es stimmte, dass er wirklich noch lebte, dass er wirklich noch bei mir war. Und als meine Arme sich um seinen Hals schlossen und ich seinen unwiderstehlichen Duft einatmete, da wusste ich, dass es wahr war. Ben umarmte mich behutsam zurück, ich spürte seinen Herzschlag an meiner Brust und unglaubliche Erleichterung und Liebe übermannten mich. Nie wieder wollte ich weiter von Ben entfernt sein als in diesem Moment.

Doch schon einen Herzschlag später schob er mich von sich und setzte mir die Wasserflasche an die Lippen.

„Du musst trinken", befahl er mir rau. Dann wandte er sich Caprice zu, die besinnungslos neben mir im Schnee lag, und befreite sie von ihrem Knebel und den Fesseln. Kurz durchzuckte mich ein schlechtes Gewissen, weil ich sie völlig vergessen hatte.

Ben stand auf, ging um das neongelbe Feuer herum und kam mit der weißen Tasche zurück, die Zacharias einem Heiler abgenommen haben musste. Sein Gesicht und seine Körperhaltung drückten Anspannung aus und ich merkte, wie er meinem Blick auswich. Ein kaltes Gefühl kroch durch meine Arme und Beine und es hatte nichts mit der Kälte des Schnees zu tun.

Ben empfand nichts mehr für mich.

Nur Casimirs Band hatte damals dafür gesorgt, dass Ben sich in mich verliebt hatte. Diese Erkenntnis tat weh, aber sie war da, als ein Heulen von der Spitze des Berges durch die Nacht schallte und mir das Geräusch noch einen zusätzlichen Schauer über die Haut jagte. Bens Blick zuckte für einen Moment nach oben, bevor er rasch die Tasche umdrehte und den gesamten Inhalt neben dem Feuer auf den Boden kippte. Dann griff er nach zwei Phiolen mit Heilelixier und gab mir eine davon, während er Caprice die andere geübt einflößte. Während all dieser Zeit herrschte zwischen uns Stille.

„Weißt du etwas von Simeon und Tara?", fragte Ben in dem Moment und ihren Namen aus seinem Mund zu hören, ließ mein Denken für einen Moment aussetzen. Er sorgte sich um sie.

„Sie leben", gab ich tonlos zurück und fühlte mich mit einem Mal so müde, dass ich am liebsten die Augen geschlossen und zwei Tage durchgeschlafen hätte.

„Bist du dir sicher?", fragte Ben nach und die Sorge in seiner Stimme war wie ein Schlag ins Gesicht.

„Ja, ich bin mir sicher", gab ich schwach zurück und setzte die Phiole mit der weißen Flüssigkeit an meine Lippen, um nicht weitersprechen zu müssen. Sofort als das Heilelixier meine Zunge benetzte, fühlte ich mich besser, aber das Serum wirkte nur gegen die körperlichen Schmerzen, nicht gegen die bittere Erkenntnis, die sich wie ein Stachel in mich bohrte.

Caprice stöhnte leise und ihre Augenlider flatterten, bevor sie sie aufschlug und Ben ansah.

„Du …?", brachte sie mühsam hervor. „Ich dachte, du bist tot."

„Das dachte ich zwischendurch auch schon mal", gab er trocken zurück und reichte ihr seine Wasserflasche.

„Wieso bist du eigentlich hier?", fragte ich und suchte direkt den Blick seiner dunklen Augen. „Du solltest doch die Schwarzweiße Stadt zurückerobern."

Er ließ sich neben dem Feuer nieder und fuhr sich müde

mit der Hand über das Gesicht. „Ich wurde kurz vor dem Sturm auf die Schwarzweiße Stadt aus meiner Einheit abberufen. Coel hat eine achtköpfige Buchsuchtruppe zusammengestellt, um unsere Position im Krieg gegen die Totaa zu stärken, und er wollte einen ehemaligen Auserwählten dabeihaben. Deshalb war ich auch nicht bei den *Nachtschatten*, als …" Er verstummte und starrte ins Feuer. Der Wind fuhr in die Flammen und ließ hellgelbe Funken aufstieben, während gleichzeitig wieder ein schauerliches Heulen zu hören war.

„Du bist also auch auf der Suche nach dem Weißen Buch", sagte Caprice, der es offensichtlich schon etwas besser ging. Sie gab Ben die leere Wasserflasche zurück und er verschloss sie mit einem Korken, bevor er sie in seinen Anzug steckte. Es gluckerte leise, als sich die Flasche wieder von selbst füllte.

„Auch auf der Suche?", wiederholte Ben hart. „Das, was ihr beide hier tut, ist keine Suche. Das ist Selbstmord."

„Komm mal wieder runter von deinem hohen Ross", fauchte Caprice. „Unsere Chance, das Buch zu finden, ist nicht weniger hoch als deine. Nur weil du uns gerade zufällig gerettet hast, hast du kein Recht, über uns zu urteilen." Sie schnaubte wütend und Ben musste sich an einem Felsbrocken festhalten, um nicht davongeblasen zu werden. Er starrte Caprice an und ich sah es hinter seiner Stirn arbeiten.

„Kannst du das auch fester?", fragte Ben.

„Worauf du Gift nehmen kannst", zischte Caprice. „Kostprobe gefällig?"

Ben schüttelte den Kopf. „Spar dir deinen Atem. Wir werden ihn noch brauchen."

„Und du, was ist mit deiner Fähigkeit?", fuhr sie ihn an. „Kannst du nur Leute von der Klippe springen lassen?"

Ben verschränkte die Arme hinter dem Rücken. „Willst du es herausfinden?"

Sie verengte die Augen. „Kannst du nur einen manipulieren oder mehrere?"

„Mehrere."

„Das ist gut", zischte sie. „Das könnte uns noch hilfreich sein. Und du kannst alle beeinflussen, die du möchtest?"

„Sie müssen sich in meinem Sichtfeld befinden", erklärte Ben ruhig und ich beneidete ihn um seine Fähigkeit.

Caprice starrte auf den Nebel. „In deinem Sichtfeld?", schnaubte sie und ließ die Schultern fallen. „Das ist weniger gut."

In dieser Nacht wechselten wir uns beim Schlafen ab. Es war unglaublich kalt und trotz des Feuers zitterte ich am ganzen Körper. Deshalb war ich auch froh, als wir früh am nächsten Morgen aufbrachen. Ben hatte das Skalpell von Zacharias im Schnee gefunden und es mir wortlos in die Hand gedrückt, während ich gerade damit beschäftigt war, die Phiolen und Heilkräuter, die er neben dem Feuer auf den Boden gekippt hatte, zurück in die weiße Tasche zu räumen. Es war nicht mehr viel, aber es konnte eventuell über Leben und Tod entscheiden.

„Bereit?", fragte Caprice kühl, nachdem sie mit ihrem starken Atem das Feuer ausgeblasen hatte, und blickte von mir zu Ben und wieder zurück. Seit er erschienen war, war sie mir gegenüber spürbar reservierter geworden und ich vermutete, dass dies mit Lelas zusammenhing.

Vor wenigen Stunden noch waren wir beide Trauernde gewesen, zusammengeschweißt durch unserem Schmerz, weil die Totaa unsere Lieben getötet hatte. Nun war Ben wieder da und hatte unwissentlich unsere fragile Verbundenheit zerstört.

Ich nickte stumm als Antwort auf ihre Frage und knotete das weiße Seil, das Ben durchgeschnitten hatte, wieder zusammen. Dabei sah ich keinem von beiden in die Augen.

Es stimmte, er war wieder da, aber dafür liebte er eine andere. Und ich musste damit zurechtkommen. Mir blieb nichts anderes übrig, als mich auf die Buchsuche zu konzentrieren und meine Gefühle zu ignorieren.

„Wir müssen etwa eine Stunde lang den Berg hinauf", sagte Ben leise, als wir hintereinander denselben nebeligen Pfad betraten, über den Caprice und ich gestern zu dem Plateau gelangt waren. „Ich war mit meinem Partner von der anderen Seite des Berges gekommen, als wir plötzlich die Stimmen hörten."

„Welche Stimmen?", fragte ich und versuchte, den dicken weißen Dunst mit meinen Augen zu durchdringen, was mir genauso wenig gelang wie in der Nacht zuvor.

„Keine besonders angenehmen", erwiderte er nach kurzem Zögern.

„Das waren die Schindu", sagte Caprice voller Überzeugung. Sie ging wieder an der Spitze, danach kam ich und am Ende Ben. „Sie beschützen ihren Berg. Ich nehme nicht an, dass dein Partner noch lebt."

„Ich weiß es nicht", antwortete Ben tonlos. „Er ist ihnen in den Nebel gefolgt. In eine andere Art Nebel", fügte er hinzu. „Er hat irgendwie von innen geleuchtet und ich hatte kein gutes Gefühl dabei."

„Also hast du ihn allein ziehen lassen", sagte Caprice abschätzig.

„Genau", knurrte Ben und obwohl ich ihn nicht sehen

konnte, spürte ich seine Frustration.

„Es ist genug, Caprice", sagte ich leise, aber bestimmt. „Wenn Ben nicht gekommen wäre, wären wir jetzt beide tot."

„Richtig", spie sie aus und ihr Atemzug blies für einige Sekunden den schmalen Bergpfad frei. „Danke, Ben."

Ihre Stimme war voller Bitterkeit.

„*Danke, Ben*", erklang im nächsten Moment eine liebliche Stimme dicht hinter mir und ich spürte, wie mein Herz vor Schreck einen schmerzhaften Sprung machte. „*Danke, dass du uns diese Frauen gebracht hast.*"

Mein Herz klopfte wie wild, als ich stehen blieb und mich umschaute. Der Nebel war jetzt von einem sanften, hellen Leuchten erfüllt und wir befanden uns genau in der Mitte des Lichts. Hinter mir konnte ich die Umrisse von Ben erkennen und neben ihm sah ich rechts und links zwei schemenhafte Gestalten, die von beiden Seiten auf ihn zuschwebten. Sie wirkten, als wären sie ebenfalls Bestandteil des Nebels, und ein unsägliches Grauen ergriff von mir Besitz, als ich sah, wie die eine Gestalt ihre Hand ausstreckte und Ben damit über die Wange fuhr.

„Lasst das!", fuhr ich sie an. „Lasst ihn in Ruhe!"

„*Lasst ihn in Ruhe*", flüsterte die weiche weibliche Frauenstimme von vorhin mir nach und es klang, als käme sie von allen Seiten zugleich. „*Aber lasst ihr denn auch uns in Ruhe?*", fragte sie dann und ein kalter Luftzug wehte über mich hinweg.

„Wir haben keine feindlichen Absichten", sagte Caprice beherrscht. „Ihr könnt uns vertrauen. Lasst uns weiterziehen und wir werden euch in Ruhe lassen."

„*Vertrauen ist nicht unser Sinn*", entgegnete die Nebelstimme und ich bemerkte immer mehr Gestalten, die sich aus den dunstigen Schwaden lösten. Sie hatten keine richtigen Körper, bildeten aber trotzdem Konturen und ich sah, dass sie über den Boden schwebten wie Geister.

„Wie können wir euch dann überzeugen, uns ziehen zu lassen?", fragte Caprice.

„Wie können wir euch denn überzeugen, hierzubleiben?", fragte die Stimme melodisch zurück.

„Dies ist nicht unsere Heimat", sagte ich. „Wir sind nur auf der Durchreise."

„Aber dies könnte eure Heimat werden", erwiderte die Nebelstimme direkt in mein Ohr und ich fuhr zusammen. Aus dem Dunst formte sich die Gestalt einer schlanken Frau mit einem glatten Gesicht und wabernden Haaren. Sie starrte mich an und ich fühlte einen Luftzug, als Ben mit einem Schritt an meiner Seite war.

„Wir haben schon eine Heimat", sagte er schroff.

„So wie er auch eine hatte", gab die Nebelfrau ruhig zurück und machte eine nachlässige Bewegung mit dem Handgelenk. Sofort zog sich der leuchtende Dunst zurück und ich sah auf dem Boden die Leiche eines gekrümmten Trauerträgers.

Ben sog scharf die Luft ein und an seiner Reaktion erkannte ich, dass es sich um seinen verschollenen Partner handeln musste. Seine Haut war komplett weiß geworden und es sah so aus, als hätte sich der Berg schon darangemacht, den Körper zu absorbieren. Helles Kalkgestein bildete sich auf seinen Händen und Füßen und bald würde er wahrscheinlich nicht mehr als eine Felsformation am Rande des schneebedeckten Pfades sein.

„Ihr könnt euren Körper hinter euch lassen", sagte die Nebelgestalt und ihre Stimme klang weich und

verführerisch. *„Wir sind die Schindu und wir heißen all jene willkommen, die sich auf den Weg machen, die Mühen ihres irdischen Lebens hinter sich zu lassen. Wir laden euch ein, in unsere Gemeinschaft aufgenommen zu werden. In eine Gemeinschaft des Geistes. Wir sind"*, sie bewegte sich wabernd auf uns zu, *„die reine Essenz."*

„Danke, aber wir wollen unsere Körper noch eine Weile behalten", sagte Ben.

„Bist du sicher?", fragte die Schindu-Frau und ihre Konturen zerflossen zu Nebel. Im nächsten Moment trieb eine andere Gestalt aus dem Dunst. Sie kam mir bekannt vor und ich erkannte an den schlaksigen Armen und Beinen den Trauerträger, dessen Körper tot neben uns lag.

„Hallo Ben", sagte die männliche Gestalt. *„Ich bin jetzt einer von ihnen. Und es ist fantastisch."* Er sagte es auf eine so freudvolle Art, dass ich ihm beinahe glaubte. *„Schließ dich uns an. Du wirst sehen, der Geist ist so viel machtvoller als der Körper. All das, was mich mein Leben lang beschränkt hat, was mir Schmerz oder Trauer zugefügt hat, das ist nun vorbei. Ich habe mich gefunden, Kamerad. Ich bin nun der, der ich sein soll. Ich bin zu mir selbst geworden."* Seine Worte schwebten sanft über den Berg und ich fühlte, wie mich eine Sehnsucht erfasste, auch dieses Gefühl kennenzulernen. Eine Sehnsucht, auch zu mir selbst zu werden, ohne Ängste und ohne Schmerzen.

„Lass los, dann musst du es nicht mehr fühlen", flüsterte die Nebelfrau in Bens Ohr und ich drehte mich zu ihr um. Ein mildes Lächeln lag auf ihrem Gesicht und dann sah ich noch mehr Schindu aus dem Dunst um uns herum treten, es waren Hunderte und sie kamen von allen Seiten näher. Nackte, reine Todesangst peitschte durch meinen Körper und ich sah an Bens halbgeschlossenen

Augen, dass er gerade dabei war, den Kampf gegen die Schindu zu verlieren.

„Caprice!", schrie ich und ruckte an dem Seil, das sie noch immer in der Hand hielt. „Du musst etwas tun!"

Die Vertrauensträgerin sah mich mit leerem Blick an, als würde sie sich in Trance befinden, und ich machte die zwei Schritte zu ihr hin und gab ihr eine Ohrfeige, da mir nichts Besseres einfiel.

Caprice holte tief Luft. „Sag mal, hast du sie noch alle?", fauchte sie und ihr Atem fuhr mir heftig ins Gesicht und wirbelte den leuchtenden Nebel auseinander.

„Mehr!", schrie ich und Caprice atmete mehrmals tief ein und blies. Es fühlte sich an, als würde ein Orkan über uns hinwegfegen, und Ben erwachte mit einem Keuchen aus seiner Trance, während die Gestalten der Nebelgeister hochgewirbelt und auseinandergerissen wurden.

„Kommt!", rief ich und sprintete über den schnee-bedeckten Pfad nach oben. Caprice und Ben rannten hinter mir her und der Nebel sammelte sich noch weitere drei Mal um uns herum, doch Caprice schaffte es jedes Mal, ihn mit ihrem gewaltigen Atem auseinanderzureißen. Schließlich wurde der Dunst immer lichter und als ich vor uns auf dem Weg erste zarte Blumen und Sonnenstrahlen sah, wusste ich, dass wir es geschafft hatten.

Kapitel 21

Der schneebedeckte Pfad gehörte der Vergangenheit an und als wir in die Sonnenstrahlen traten, war es, als hätten wir eine magische Grenze überschritten. Die Luft hier oben war so viel reiner und erfüllt von dem Duft nach Blumen und Kräutern und Frische. Keuchend blieben wir inmitten der Schönheit der Natur stehen und ich genoss es, die klare Luft tief in meine Lungen zu ziehen. Mein Puls ging schnell, aber von hier aus war es nur noch ein kurzes Stück zur Spitze des Berges, die in gleißendem Sonnenlicht vor uns lag. Die Hänge wurden von blühenden grünen Wiesen bedeckt.

„Danke, Caprice", sagte ich, nachdem ich wieder etwas zu Atem gekommen war. „Ohne deine Fähigkeit hätten wir es nicht geschafft."

Sie hatte sich mit den Händen auf ihren Knien abgestützt und nickte knapp, während sie noch immer nach Luft rang. Obwohl wir den Nebel der Schindu unbeschadet hinter uns gebracht hatten, wirkte sie nicht erleichtert, im Gegenteil. Der Einsatz ihrer Fähigkeit hatte sie viel Kraft gekostet. Ihr Gesicht war von tiefen Schatten durchzogen und ihre blassgrauen Augen blickten freudlos auf die üppige Vegetation ringsum.

„Und was jetzt?", fragte Ben und sprach damit aus, was auch mir durch den Kopf ging.

„Nach einer kurzen Pause gehen wir zur Bergspitze", sagte Caprice müde. „Woanders hätte er das Buch nicht abgelegt."

Schweigend machten wir uns an den Aufstieg bis zur Bergspitze. Diesmal war die Wanderung sehr viel angenehmer und das saftig grüne Gras kitzelte unter meinen Füßen. Auf dem Weg nach oben genoss ich die fantastische Aussicht, die sich uns bot. Von hier hatte man einen Blick über weite Teile des Vertrauenslandes und in der Ferne konnte ich die Grenze zum Wutland erkennen. Es dauerte nicht allzu lange, bis wir den grünen Gipfel erreichten, der durch ein weißes Holzkreuz markiert wurde. Wir blieben stehen und Ben und Caprice ließen ihre Blicke über die Umgebung schweifen. Auch ich nutzte die Kraft meines Sinnes, um das Gras nach irgendwelchen Anzeichen des Weißen Buches abzusuchen.

„Ich würde sagen, es ist nicht hier", ließ sich Ben nach einiger Zeit vernehmen.

„Es muss hier sein", widersprach Caprice gereizt. „Er hat es mir gesagt."

„Wer hat es dir gesagt?", fragte Ben und runzelte die Stirn. Obwohl die Sonne direkt auf ihn schien, wirkte er unglaublich düster, wie er da so stand mit all seinen Narben und dem zerfetzten schwarzen Kampfanzug. Ich blickte ihn an und mir wurde zum ersten Mal bewusst, dass er kein Reisender mehr war. Aus Ben war ein Krieger geworden.

„Lelas", flüsterte Caprice. „Er hat das Buch hierhergebracht. Es muss hier sein."

„Vielleicht hat Lelas es mit einem Schutzzauber versehen", sprach ich meine Gedanken laut aus. „Vielleicht gibt es einen bestimmten Code oder einen magischen Spruch, der das Buch enthüllt."

Caprice schüttelte unwillig den Kopf. „Wenn es so wäre, dann hätte er es mir gesagt", widersprach sie und ich sah, wie ihre Zeichnung weiß zu glimmen begann. Sie vertraute darauf, dass er ihr diese Information nicht vorenthalten hätte.

„Was hat dieser Lelas mit der Sache zu tun?", fragte Ben und ich warf ihm einen warnenden Blick zu und schüttelte kurz den Kopf. Es war jetzt kein guter Zeitpunkt, ihm das alles zu erklären.

„Sein richtiger Name war Perxes", sagte die Vertrauensträgerin und ich hörte den Schmerz in ihrer Stimme. Sie berührte das weiße Holzkreuz und schloss die Augen.

„Perxes", sagte sie dann leise und Ben runzelte die Stirn, während sie weitersprach. „Ich bin gekommen, um das vermaledeite Buch zu vernichten. Hilf mir, es jetzt zu finden."

Ben zog vielsagend eine Augenbraue hoch. Ich sah, wie er den Mund öffnete, um einen Kommentar abzugeben, doch ich deutete ihm, still zu sein.

„Perxes", flüsterte Caprice mit Tränen in der Stimme. „Geliebter, hörst du mich?"

Einen Herzschlag lang passierte gar nichts, dann flimmerte die Luft und ein Hologramm von Perxes erschien neben dem weißen Holzkreuz. Er war lebensgroß und Caprice schluchzte erstickt, als sie ihn sah.

„Du kennst meinen Namen", sagte das Hologramm ruhig und ich erkannte die Stimme von Lelas wieder. „Wie kann ich dir helfen?"

Caprice streckte die Hand aus, um ihn zu berühren, zog sie im nächsten Moment aber wieder zurück. Er war nicht echt, er war nur ein Abbild – und natürlich wusste sie das.

„Ich suche das Weiße Buch der Macht", flüsterte sie. „Hilfst du mir, es zu finden?"

Das Hologramm von Perxes blickte sie gütig an.

„Möchtest du das Weiße Buch der Macht zur Heilung verwenden?", fragte es sanft.

Caprice schüttelte heftig den Kopf. „Nein", schnaubte sie.

„Wofür möchtest du das Weiße Buch dann verwenden?"

„Ich möchte es überhaupt nicht verwenden. Ich möchte es zerstören", zischte Caprice.

„Die Bücher der Macht sind sehr wertvoll", erwiderte Perxes und runzelte die Stirn. „Man könnte so viel Gutes damit tun."

„Und noch mehr Schlechtes", stieß Caprice hervor. „Es muss vernichtet werden, schon allein um deinetwillen muss es vernichtet werden."

Das Hologramm blickte sie lange an. „Du willst es also wirklich zerstören?"

„Ja!", schrie Caprice erregt. „Wie oft willst du das denn noch von mir hören?"

„Drei Mal genügt mir", antwortete Perxes. „Zieh das Holzkreuz aus dem Boden. Und dann fühle."

„Was soll ich fühlen?", hauchte Caprice und wischte sich die Tränen von den Wangen.

„Fühle", wiederholte Perxes und verschwand.

Einen Moment lang sagte keiner ein Wort. Dann packte Caprice das Kreuz mit beiden Händen und zog es mit einem heftigen Ruck aus dem Boden. Ich beobachtete sie dabei, sah die grenzenlose Traurigkeit auf ihrem Gesicht, sah die Liebe zu Perxes in ihren Augen und das immer stärker werdende weiße Leuchten auf ihrer linken Wange. Schließlich strahlte ihre Vertrauenszeichnung so hell, dass sie mich blendete, und ein sanftes Rumpeln ging durch den Berg.

Und dann riss das Loch im Boden noch weiter auf und förderte aus den Tiefen des Erdreiches ein dickes weißes Buch zutage.

Caprice starrte es an, wir alle starrten es an, und keiner rührte sich. Schließlich warf sie das weiße Holzkreuz achtlos beiseite, kniete sich nieder und streckte die Hand nach dem Buch aus. Ich sah, wie ihre Finger über dem weißen Einband schwebten, der keine Schrift aufwies, und dann fasste sie sich ein Herz und griff danach.

Ben machte einen Schritt auf sie zu und Caprice' Kopf ruckte in einer übernatürlichen Geschwindigkeit hoch, bevor sie ihn aus ihren blassgrauen Augen anfunkelte.

„Komm nicht näher", quetschte sie zwischen zusammengebissenen Zähnen hervor.

„Oder was?", fragte Ben und seine zerrissene Zeichnung entfachte sich. „Ich habe den Befehl, das Buch in die Hände der Gestalter zu übergeben."

„Und ich habe den Wunsch, dieses Buch in die Hände der ewigen Verdammnis zu übergeben", spie sie ihm entgegen.

Ben schüttelte den Kopf. „Du kannst es nicht vernichten."

„Das weiß ich erst, wenn ich es versucht habe."

Ich trat neben ihn und legte ihm kurz die Hand auf den Arm. „Ben", sagte ich. „Sie hat das Buch gefunden. Du hast kein Recht, es für dich zu beanspruchen."

Er fuhr zu mir herum. „Du bist also auch dafür, es zu vernichten?" Seine Stimme klang verächtlich. „Wie habt ihr euch das gedacht? Werft ihr es jetzt in irgendeinen Vulkan und hofft, dass die Urgestalter einfach nicht auf diese grandiose Idee gekommen sind und die Bücher deswegen lieber in die unsicheren Hände eines Hüters übergeben haben?" Bens dunkle Augen bohrten sich in meine. „Sie haben die Bücher *geschrieben*, Lee. Wenn sie nicht wussten, wie man sie vernichtet, wie wollt ihr es dann herausfinden?"

„Ich weiß es nicht", gab ich heftig zurück. „Ich weiß nicht, wie sich die Bücher vernichten lassen, okay? Aber ich wusste auch nicht, wie wir Ruwen besiegen konnten. Manchmal muss man Dinge auch einfach versuchen!"

„Ein löblicher Ansatz", sagte eine tiefe Stimme und mein Herz setzte einen Schlag aus, als ich sie erkannte. Entsetzt fuhr ich zu Caprice herum, die von grauen Nebelschwaden eingehüllt auf Zehenspitzen dastand, während ihr die Augen aus den Höhlen traten. Es sah aus, als würde sie von einer unsichtbaren Macht nach oben gerissen werden, und der Anblick war so schrecklich, dass ich mir die Hand vor den Mund schlug.

„Ich danke dir für das Weiße Buch", sagte die tiefe Stimme. Und dann fiel das Buch aus Caprice' starren Händen, direkt in die dunkelgrauen Nebelschwaden hinein, die sich immer weiter verdichteten, bis daraus eine Gestalt in einem schwarzen Kapuzenumhang trat.

Der Schwarze Meister tippte mit dem Zeigefinger sanft gegen Caprice' Stirn und sie begann zu röcheln und griff sich an die Kehle.

„Luft", sagte der Schwarze Meister ruhig, während Caprice noch immer auf den Zehenspitzen dastand und zu zittern begann. „Sie ist solch eine Selbstverständlichkeit. Und doch bricht das ganze System zusammen, wenn man sie dem Körper entzieht."

„Hört auf!", schrie ich entsetzt, als Caprice immer heftiger nach Atem rang und die Äderchen in ihren Augen platzten, während ihr Mund verzweifelt nach Luft schnappte.

„Lass sie los!", befahl auch Ben und ich spürte, dass er seine Kriegsfähigkeit gegen den Anführer der Totaa einsetzte.

„Manchmal sind es die kleinen Dinge, die ein System zum Einsturz bringen", bemerkte der Schwarze Meister mit einem Lächeln in der Stimme, als Caprice' Gesichtsfarbe sich blau-violett verfärbte. Bens Versuch, ihn zu beherrschen, schien ihn nicht im Mindesten zu beeindrucken. Im nächsten Augenblick sprang Ben auf den Schwarzen Meister zu, doch eine unsichtbare Kraft schleuderte ihn sofort wieder zu mir zurück.

„Nein!", keuchte ich erstickt und machte ebenfalls mehrere Schritte auf den Anführer der Totaa zu, doch auch ich wurde von einer unsichtbaren Energie zurückgeworfen. Ich landete im Gras und fühlte einen rasenden Schmerz in meinem Rücken.

„Manchmal kann man das, was man zum Überleben braucht, nicht einmal sehen", fuhr der Schwarze Meister seelenruhig fort, während Caprice ein letztes Mal zitterte. Dann wurde sie ganz still und ihr blaues Gesicht sackte auf ihre Brust. Sie stand noch immer auf den Zehenspitzen vor uns und ich lauschte fieberhaft auf ihren Herzschlag, doch kein einziger Ton drang zu mir. Die Vertrauensträgerin war tot.

Der Schwarze Meister strich mit seinen langen Fingern sanft über den unbeschriebenen Einband, bevor er seinen Kopf uns zuwandte. Ich war zu geschockt, um Angst zu empfinden, stattdessen meldete sich mein Sinn. Meine gelben Linien strahlten auf, als ich versuchte, unter die schwarze Kapuze zu blicken, aber es war, als würde man in einen dunklen Höhleneingang blicken. Da war nichts als undurchdringliche Finsternis.

Ben war in der Zwischenzeit wieder auf die Beine

gekommen und schob sich vor mich. Dabei konnte ich sehen, wie die Muskelstränge an seinem Hals hervortraten, als sich sein ganzer Körper anspannte.

„Gib uns das Buch", befahl er nachdrücklich und ich spürte eine Welle magischer Energie auf den Schwarzen Meister zurasen. Als dieser daraufhin für einen Augenblick ins Schwanken geriet, schöpfte ich Hoffnung.

Bens mentale Kraft nahm anscheinend zu. Vielleicht war seine Kriegsfähigkeit tatsächlich stark genug, um gegen den Schwarzen Meister zu bestehen.

Im nächsten Moment schoss eine dunkelgraue Nebelschwade auf Ben und mich zu, wickelte sich um uns und hob uns beide in die Höhe.

„Du bist mutig", sagte der Schwarze Meister zu Ben. „Das muss ich dir lassen."

Der dunkelgraue Nebel kroch in der Zwischenzeit über meinen ganzen Körper, fuhr wie Fingerspitzen über meine Haut und tastete sich sogar in Mund und Nase. Ich fühlte die Berührung zwischen meinen Brüsten, an meinem Hals und an meiner verletzten Schulter. Es war ein widerliches Gefühl, so als würde ich überall gleichzeitig begrapscht werden, und ich biss mir auf die Zähne, um keinen Laut von mir zu geben.

„Lass … sie … gehen", presste Ben hervor und kämpfte gegen die grauen Nebelschwaden an. Ich wollte ihm zurufen, es sein zu lassen, wollte ihm sagen, dass er ihn nicht herausfordern sollte, aber kein einziges Wort kam über meine Lippen. Ich war wie gelähmt.

„Normalerweise würde ich dich töten", sagte der Schwarze Meister und seine dunkle Stimme klang ganz sachlich. „Aber ich sehe etwas in dir, mein Junge."

Er ließ den toten Körper von Caprice, der noch immer auf den Zehenspitzen dastand, hinter sich und ging gemäßigten Schrittes auf Ben zu. Ich konnte meine Augen nicht von dem schwarzen Loch unter seiner dunklen Kapuze wenden und mein Herz hämmerte schmerzhaft in meiner Brust.

„Du und ich", sagte der Schwarze Meister nun und blieb knapp vor Ben stehen, „sind vom selben Blut."

Ben starrte ihn an und sein Gesicht zeigte eine Welle von Schmerz, gemischt mit etwas, das ich nicht deuten konnte.

„Es wäre Verschwendung, dich zu töten", fuhr der Schwarze Meister fort. Seine Finger strichen beiläufig über das Buch der Macht, während er das sagte. „Vor allem, da du für meine Ziele noch nützlich sein wirst."

„Nein", presste Ben hervor. „Das werde ich nicht."

„Niemand kann sich gegen seine Bestimmung stellen", sagte der Anführer der Totaa und es klang beinahe sanft. „Wir sind, was wir sind. Und wir tun, was wir tun. Und du wirst noch einiges für mich tun."

Ich konnte nicht glauben, was ich da hörte.

Der Anführer der Totaa wandte sich mir zu und ich fühlte, die unendliche Macht, die von ihm ausging. Eine Macht, die mindestens so alt war wie die Bücher selbst.

„Auch du wirst meinen Zielen dienlich sein", sagte er zu mir. „Wenn auch auf eine andere Weise. Pass gut auf ihn auf, damit er sich nicht umbringt, bevor es so weit ist." Der Schwarze Meister nickte Ben zu, bevor er begann, sich in dunklen Rauch aufzulösen. „Ich habe nämlich noch viel mit dir vor."

Kapitel 22

Ich fiel gemeinsam mit Ben und Caprice auf den Boden. Die dunkelgrauen Nebelschwaden lösten sich im selben Moment auf, in dem der Schwarze Meister verschwand, und hier lag ich nun, in der Sonne, in dem saftig grünen Gras, und mir war kälter als in der Nacht davor, als ich auf dem Schnee geschlafen hatte. Zitternd drehte ich den Kopf und blickte hinüber zu Caprice. Sie lag in einer verrenkten Haltung auf dem Boden und ihre geöffneten Augen mit den geplatzten Äderchen starrten mich blicklos an.

Eine unerwartete Trauer ergriff mich und ich biss mir auf die Lippen. Caprice und ich waren nie Freunde gewesen, aber ich war ihr unvermutet in den letzten Tagen nähergekommen. Ich hoffte, dass sie und Lelas jetzt vereint waren, und spürte eine Träne über meine Wange rollen.

Ben war neben mir auf der Wiese gelandet und ich hörte seine heftigen Atemzüge und das schnelle Schlagen seines Herzens, bevor er aufsprang und etwas Abstand zwischen uns brachte. Ich verstand, dass er jetzt einen Moment für sich brauchte, während die Worte des Schwarzen Meisters noch immer in meinem Kopf nachhallten.

Ich habe noch viel mit dir vor.

Wie war das zu verstehen? Würde Ben dem Schwarzen Meister tatsächlich von Nutzen sein? Und warum gerade Ben? Mein Kopf schwirrte vor lauter Fragen und ich war total überfordert von dem, was in den letzten Minuten passiert war.

In diesem Moment drehte sich Ben wieder zu mir um. Sein Gesicht war verschlossen, aber an seiner Haltung sah ich, dass er eine Entscheidung getroffen hatte.

„Komm", sagte er. „Wir verschwinden von hier."

Ich stellte keine Fragen, ich ließ einfach zu, dass er meine Hand nahm und mit der anderen eine violette Münze aus seinem Kampfanzug nestelte. Die Münze weckte unangenehme Erinnerungen an meine Wächterprüfung, doch das alles war schon so lange her und jetzt nicht von Bedeutung. Ich warf einen letzten Blick auf Caprice, die immer mehr im Gras zu versinken schien. Still verabschiedete ich mich von ihr, als Ben die Münze zwischen den Fingern rieb und dann vor unsere Füße warf. Schlagartig tat sich ein violettes Loch vor uns im Boden auf, das von grellen Lichtblitzen erhellt wurde.

„Bereit?", fragte Ben und ich nickte kurz, bevor sich der Druck seiner Finger verstärkte und er mit mir in den violetten Abgrund sprang.

Es fühlte sich an, wie von einer Brücke zu springen und zu fallen. Wir fielen und fielen – wir fielen so lange, dass ich irgendwann daran zu zweifeln begann, dass wir jemals wieder damit aufhören würden.

Während dieser gefühlten Ewigkeit steigerte sich unsere Geschwindigkeit beständig und meine Haare wurden wild in die Höhe gewirbelt, bevor wir beide wie zwei lebendige Blitze in den weichen, feuchten Boden eines Regenwaldes einschlugen. Der Aufprall war nicht gerade leise und auch nicht besonders angenehm, da ich nun bis zu den Knien in der Erde steckte.

„Die Art zu reisen kannte ich bislang nicht, zum

Glück", sagte ich leise an Ben gewandt, während ich mich mühsam aus dem Erdreich kämpfte.

Ein heftiger Luftzug wirbelte mir schon wieder die Haare hoch und eine amüsierte Stimme erklang: „Was heißt hier zum Glück? Das ist aber gar nicht nett von dir."

Ich kannte die Stimme und blickte zu dem Sinnträger hoch, der eben noch nicht da gewesen war und jetzt plötzlich vor mir stand. Er war so schnell gerannt, dass er den Luftzug verursacht hatte – und es war kein anderer als Damien.

„Lee?", fragte Damien überrascht und lächelte mich schief an. „Wow, mit dieser Sturmfrisur hätte ich dich ja fast nicht erkannt."

„Ihr kennt euch?", fragte Ben ohne große Begeisterung, während er sich genau wie ich damit abmühte, aus dem feuchten Waldboden herauszukommen.

Ich hätte am liebsten den Kopf geschüttelt, aber der Angstträger mit den schulterlangen schwarzen Haaren nickte leichthin und lehnte sich mit verschränkten Armen gegen einen dicken Baumstamm, von dem mehrere bunte Lianen herunterhingen. Dabei achtete er jedoch tunlichst darauf, keines der riesigen violetten Blätter des Baumes zu berühren.

„Oh ja, Lee und ich sind gemeinsam zur Wächterprüfung angetreten", erzählte Damien im Plauderton und seine lavendelfarbenen Augen funkelten. „Wir wären beinahe Kollegen geworden."

„Von dir ist also die violette Münze gewesen, die uns diesen Höllenritt beschert hat", sagte ich kühl und putzte mir die Beine ab. Dabei streifte ich beinahe eines der tropfenförmigen violetten Blätter und fühlte im nächsten Moment, wie ich unsanft zur Seite gerissen wurde. Damien war so schnell zu mir gezischt, dass mein Auge seiner Bewegung nicht hatte folgen können. Er war unglaublich schnell, er war sogar noch um ein Vielfaches schneller als Arkadius und wirkte dank seiner Kriegsfähigkeit wie unsichtbar.

„Die Blätter solltest du lieber nicht anfassen. Es sei denn, du hast Lust auf eine dreitägige Panikattacke", sagte der Angstträger leichthin und wischte mir die Reste der Erde ab.

„Danke, geht schon", sagte ich und schlug seine Hand weg, weil ich keine Lust hatte, von ihm berührt zu werden. Ich hatte nicht vergessen, wie er mir vor unserer gemeinsamen Wächterprüfung eine violette Münze zugesteckt hatte, die angeblich mein Selbstvertrauen stärken sollte, in Wahrheit aber genau das Gegenteil bewirkte. Am Ende hatte jedoch Damien als Einziger die Wächterprüfung nicht bestanden.

„Ach komm. Noch immer sauer?", fragte Damien und fuhr sich durch die schwarzen Haare. „Das ist so lange her, Lee. Komm darüber hinweg."

„Sag mir nicht, was ich zu tun habe", erwiderte ich und brachte einen Meter Abstand zwischen uns.

Damien grinste. „Oh, wow, ich hatte dich gar nicht so zickig in Erinnerung. Ich dachte immer, Lydia wäre ein Biest und du wärst anders." Er zuckte mit den Schultern. „Tja, so kann man sich täuschen." Er warf mir einen provokanten Blick zu, den ich kalt erwiderte.

„Lydia ist tot", sagte ich.

Damien zuckte mit den Schultern. „So viele sterben", antwortete er kühl.

„Wieso hast du sie mitgebracht?", fragte er dann Ben, als ob ich gar nicht da wäre. „Und wo ist Akim?"

„Akim hat sich den Schindu angeschlossen", erwiderte Ben reserviert. „Und ich habe sie deswegen mitgenommen, weil sie uns bei der Buchsuche behilflich sein kann."

„Ach so?" Damien zog beide Augenbrauen hoch. „Welche mentale Fähigkeit hat sie denn?"

Damit traf er genau meinen wunden Punkt und ich hatte keine Lust, mich seinem Spott auszusetzen. Nicht jetzt, wo wir eben Caprice und das Weiße Buch verloren hatten und ich die Begegnung mit dem Schwarzen Meister noch nicht zu deuten wusste.

„Zeig uns einfach den Weg zum Lager", schnappte Ben, bevor ich etwas erwidern konnte, und Damien grinste überheblich.

„Klar doch. Hier geht's lang."

Das „Lager" bestand aus einer halb zerfallenen Ruine, die mitten im Regenwald stand und die einst wunderschön gewesen sein musste. Hohe lavendelfarbene Säulen flankierten den Eingang und führten zu einem imposanten Tempel mit einer breiten Prachttreppe, die schon etwas schief hing. Offenbar hatten die Regenfälle einen Teil des Fundaments weggeschwemmt und ich sah auch, dass große Stücke des Marmors herausgebrochen waren.

Damien zischte vor, um unsere Ankunft anzukündigen, und war binnen zwei Sekunden wieder zurück am Fuß der Treppe, wo er meinen Aufstieg mit einem überlegenen Lächeln beobachtete.

Ich trat hinter Ben in die diesige Halle des ehemaligen Tempels und fröstelte unwillkürlich. Es war kalt hier im Angstland, aber wenigstens überschwemmte mich der violette Sinn nicht so sehr, wie es früher der Fall gewesen war.

Am Ende des Saales tigerte ein breitschultriger Beschützer auf und ab, den ich sofort erkannte: Es war Colloss.

„Du bist kein würdiges Mitglied dieser Truppe", fauchte er einen schlanken Freudeträger an, der lässig auf einem heruntergebrochenen Marmorquader lümmelte.

„Das wird auch nicht wahr, nur weil du es ständig wiederholst", konterte der dunkelhaarige Mann mit dem schmalen Gesicht unbeeindruckt. Er trug ein tief ausgeschnittenes T-Shirt, das ein auffälliges Tattoo eines großen Auges auf seiner Brust preisgab. Seine Haut war mit zahlreichen Tätowierungen bedeckt und an seinen Händen trug er silberne Fingerschoner, die wie Krallen aussahen.

Colloss ballte die Hände zu Fäusten und machte einen Schritt auf den Freudeträger zu.

„Wir brauchen Ergebnisse! Unsere Gruppe dezimiert sich von Tag zu Tag, ohne dass wir auch nur einem Buch der Macht näher gekommen sind. Coel geht die Geduld aus. *Mir* geht die Geduld aus."

„Na, was für ein Glück, dass du genauso wenig Ergebnisse bringst wie alle anderen", sagte der Freudeträger frech und lächelte. „Sonst hätte ich mir jetzt echt Sorgen um meinen Job gemacht. Wo er doch auch so gut bezahlt ist." Er hob einen Finger mit der Silberkralle an seine Wange und kratzte sich über den kurzen dunklen Bart. „Ach nein, das habe ich verwechselt. Wir setzen unser Leben ja jeden Tag *völlig umsonst* aufs Spiel."

Colloss senkte etwas den Kopf, sodass ich einen ungehinderten Blick auf seinen breiten Stiernacken bekam, und schnaubte durch die Nase. „Wenn du nicht so eine seltene Fähigkeit hättest, Tierverbundener, ich schwöre ..."

„Danke für das Kompliment", erwiderte der Freudeträger spöttisch. „Mein Name ist übrigens nicht *Tierverbundener*, sondern Pierre, aber das weißt du ja." Mit diesen Worten stand er auf und spazierte entspannt aus dem Saal. Beim Vorbeigehen zwinkerte er mir kurz zu und das orangefarbene Muster auf seiner linken Wange in Form eines aufgeschlagenen Buches begann zu glitzern.

Colloss wandte sich schnaufend um und seine kalten grauen Augen blickten mich hart an.

„Was macht sie denn hier?", fuhr er Ben an. „Wo ist Akim?"

„Akim hat seinen Körper aufgegeben und lebt nun als Nebelgeist auf dem Verfluchten Berg", antwortete Ben kalt. „Ich habe außerdem schlechte Nachrichten."

„Du bringst eine Beta in unser Lager", herrschte ihn Colloss an. „Damit ist mein Bedarf an schlechten Nachrichten für heute gedeckt!"

„Okay, dann willst du es erst morgen wissen?", fragte Ben trocken.

Colloss verengte die Augen. „Wovon zum Totaa redest du?"

„Dass das Weiße Buch der Macht in den Händen der Feinde ist", sagte ich kühl, weil ich es satthatte, dass er so tat, als wäre ich Luft.

Colloss starrte mich an und für einen Moment herrschte Stille. Dann begann seine fleckige Ekelzeichnung so intensiv zu leuchten, dass seine Augen von dem Widerschein schwarz wirkten. „Nein."

„Doch", sagte Ben.

Der Beschützer fuhr sich mit beiden Händen durch die kurzgeschorenen Haare und begann in der Halle hin und her zu stampfen. „Wie ist das passiert?"

„Wir haben das verdammte Ding auf der Spitze des Verfluchten Berges gefunden, der Schwarze Meister ist erschienen und hat es uns abgenommen", fasste Ben zusammen.

Colloss starrte ihn an. „Der Anführer der Totaa war da?"

Ben nickte.

„Und er hat euch nicht getötet?"

„Wie du siehst."

Colloss legte den breiten Kopf schief und ich sah das Misstrauen in seinen Augen. „Und das war alles?"

Bens Miene war ernst. „Das war alles."

Einige Herzschläge lang war es vollkommen ruhig in der zerfallenen Ruine.

„Ich glaube dir nicht", sagte der Beschützer schließlich. „Ich glaube dir überhaupt nicht." Dann schnippte er mit den Fingern und Damien stand innerhalb eines Wimpernschlags vor ihm.

„Bring das Wahrheitsserum. Ich möchte wissen, was wirklich passiert ist."

Ich versuchte ganz ruhig weiter zu atmen und mir meine Beklemmung nicht anmerken zu lassen, als Damien zufrieden grinste und wie der Blitz verschwand, bevor er nur Augenblicke später wieder mit einem violetten Fläschchen in der Hand auftauchte, das er geschickt über die Finger tanzen ließ.

„So weit ist es also gekommen, Colloss?", fragte Ben. „Statt das Wahrheitsserum für die Totaa aufzusparen, verwendest du es gegen deine eigenen Leute?" Seine Stimme klang hart.

„Ich verwende es nicht gegen meine eigenen Leute",

erwiderte Colloss gelangweilt und sein Blick wanderte träge zu mir. „Aber ich verwende es mit Freuden an dieser Beta hier."

Ben warf mir einen kurzen Blick von der Seite zu, den ich bewusst nicht erwiderte, um keine weitere Aufmerksamkeit zu erregen. Es reichte schon, dass Colloss Verdacht geschöpft hatte, nun durften wir nicht auch noch das Gefühl erwecken, dass wir etwas zu verbergen hatten.

„Okay", sagte ich selbstbewusst. „Wenn du der Meinung bist, mir unbedingt dieses Serum verabreichen zu müssen, weil du sonst nicht in der Lage bist, Wahrheit von Lüge zu unterscheiden, dann bringen wir es eben hinter uns."

„Du musst das nicht tun, Lee", sagte Ben.

„Doch, ich muss das tun", erwiderte ich. „Colloss braucht Gewissheit. Und die werde ich ihm geben."

Colloss' graue Augen fixierten mein Gesicht und ich hoffte einen kurzen Moment lang, dass er es sich anders überlegen würde, aber stattdessen lächelte er nur.

„Wunderbar", erwiderte er kalt. „Dann fangen wir gleich damit an."

Kapitel 23

Colloss nickte Damien mit dem Kinn zu und dieser lächelte erfreut, als er mit dem Fläschchen in der Hand zu mir schlenderte.

„Mund auf", befahl Damien und obwohl sich alles in mir dagegen wehrte, seiner Anweisung Folge zu leisten, war es besser zu kooperieren, um sie nicht noch misstrauischer zu machen.

Betont unbeeindruckt öffnete ich den Mund und ließ zu, dass er mir eine schwarze Flüssigkeit auf die Zunge träufelte.

„Und jetzt werde ich immer die Wahrheit sagen müssen?", fragte ich.

Damien nickte. „Die Wirkung setzt beinahe augenblicklich ein.

„Gut", sagte ich. „Aber vorher beantwortest du mir auch eine Frage. Warum hast du mir vor der Prüfung die Münze zugesteckt?"

Damien fuhr sich durch die schwarzen Haare, die ihm ungekämmt ins Gesicht hingen, und seufzte. „Ach Lee. Dass dir das so wichtig ist." Er machte eine kurze Pause. „Es gibt einen Schnitt", erklärte er dann. „Durchschnittlich schaffen drei von vier Wächtern die Prüfung." Er sah mich an und zuckte die Schultern. „Was soll ich sagen? Ich wollte einfach meine Chancen erhöhen." Damit lächelte er und ließ mich stehen.

„Gut", sagte Colloss und kam näher. „Bist du so weit?"

„Nein", erwiderte ich.

Er lächelte. „Ich sehe, es wirkt. Alle anderen raus

hier. Ich möchte mich jetzt in Ruhe mit unserer Beta unterhalten."

Der Beschützer starrte mich an und ich mochte den Blick ganz und gar nicht, den er mir zuwarf.

„Setz dich", forderte er mich dann auf und wies mit dem Kinn auf den heruntergebrochenen Marmorquader, auf dem der Freudeträger vorhin gesessen hatte.

„Ich stehe lieber", antwortete ich.

„Ganz wie du willst", knurrte er. „Erzähl mir, was auf dem Verfluchten Berg passiert ist."

„Ich habe Ben wiedergetroffen", sprach mein Mund das Erste aus, das ich mir dachte.

„Absichtlich?", hakte der Beschützer nach und seine fleckige schwarze Zeichnung entfachte sich. „Wolltest du ihn denn treffen?"

Ich starrte ihn an und versuchte, meine Antwort in irgendeiner Form zu beeinflussen, aber es war mir nicht möglich. „Nicht absichtlich", presste ich hervor. „Und ja, ich wollte ihn wiedersehen."

„Wieso?", fragte Colloss misstrauisch.

„Weil ich …" Mein Atem beschleunigte sich und alles in mir drängte danach, zu sagen: *ihn liebe*, aber ich schaffte es gerade noch, eine andere Wahrheit auszusprechen. „Weil ich dachte, er wäre tot."

Colloss stieß ein gelangweiltes Schnauben aus und blickte mich missmutig an.

„Erzähl mir von dem Schwarzen Meister. Wieso hat er euch nicht getötet?"

„Ich weiß es nicht", erwiderte ich bebend und versuchte, mich auf diese Wahrheit zu konzentrieren und alles andere auszublenden. Der Schwarze Meister hatte Dinge gesagt, die ich nicht verstand, aber Fakt war, ich wusste wirklich nicht, was er noch mit uns vorhatte.

„Du weißt es nicht", wiederholte Colloss gefährlich leise. „Du weißt es wirklich nicht?"

Ich schüttelte den Kopf.

„Antworte mir gefälligst mit Worten!", brüllte er mich an und ich zuckte zusammen.

„Ich weiß nicht, welche Pläne der Schwarze Meister hat!", schrie ich zurück. „Ich wünschte mir nichts mehr, als dass ich es wüsste, denn dann hätten wir vielleicht den Hauch einer Chance, diesen grauenhaften Krieg zu beenden! Aber so wie es jetzt aussieht, werden die Totaa gewinnen, sie werden sich ein Buch nach dem anderen holen, bis sie über alle acht Bücher der Macht verfügen, und unsere Welt ein für alle Mal in den Abgrund treiben!" Tränen traten mir in die Augen, während ich Colloss diese Worte entgegenschleuderte, Tränen der Erkenntnis darüber, dass jeder Satz wahr war.

Ich glaubte nicht mehr an einen guten Ausgang dieses Krieges, ich glaubte nicht mehr daran, dass alles doch noch irgendwie in Ordnung kommen würde. Tief in mir trug ich die Angst, dass der Schwarze Meister zu mächtig war. Es war ein Leichtes für ihn gewesen, Caprice zu ermorden, und es wäre ihm ebenso leichtgefallen, Ben und mich zu töten. Dass er es nicht getan hatte, bewies einmal mehr, dass er uns nicht fürchtete … *weil wir ihm absolut nichts anhaben konnten.*

Der Beschützer starrte mich an und in seinen grauen Augen sah ich eine Vielzahl von Emotionen, allen voran aber Hass.

„Jemanden wie dich kann ich nicht gebrauchen", zischte er dann. „Die Moral ist sowieso schon am Boden, da braucht es nicht noch eine Beta, die hierherkommt und lautstark verkündet, dass wir den Krieg schon verloren haben." Er presste die Worte so angestrengt hervor, dass ich das Gefühl hatte, es wäre ihm lieber gewesen, der Schwarze Meister hätte mich aus der Sinnlichen Welt entfernt.

„Verschwinde", murrte er dann. „Und wage es ja nicht, dich wieder bei mir blicken zu lassen."

***

Ich fühlte mich völlig erschöpft, als ich aus der diesigen Halle hinaus auf die breite Treppe des Tempels stolperte. Die Sonne ging gerade unter und tauchte die ganze Umgebung in ein sanftes lilafarbenes Licht. Rasch lief ich über die halb zerfallene Marmortreppe nach unten und versuchte, mit den Handrücken meine Wangen zu kühlen, die sich erhitzt und rot anfühlten. Hinter mir ertönten schnelle Schritte und ich hoffte, dass es nicht Colloss war, dem vielleicht doch noch eine Frage eingefallen war. Ich wusste nicht, wie lange das Serum noch wirken würde, aber ich hatte die schreckliche Ahnung, dass ich zu erschöpft war, um noch groß beeinflussen zu können, *welche Wahrheit* ich ihm gegenüber aussprach.

„Lee", hörte ich eine männliche Stimme meinen Namen sagen und der raue Klang jagte mir einen warmen Schauer über den Rücken. Im nächsten Moment fühlte ich seine Finger auf meinem Oberarm und ich hasste es, das mein Körper sofort reagierte und überall zu kribbeln anfing.

„Was willst du?", fauchte ich und fuhr zu ihm herum.

Er blieb einen Schritt von mir entfernt stehen und sein Anblick war so viel mehr, als ich im Moment ertragen konnte. Seine Haare fielen ihm auf genau die gleiche

Art in die Stirn, wie sie es immer getan hatten, und am liebsten wäre ich mit den Fingern hindurchgefahren.

Ich unterdrückte den Impuls, näher zu kommen, unterdrückte den Impuls, mit den Augen seinen schwarzen zerrissenen Linien bis zu seinem Hals zu folgen, und senkte den Blick auf den Boden. Ich wollte ihn nicht ansehen, wollte nicht seinen Duft einatmen, wollte mich nicht so schmerzlich nach ihm sehnen, wenn er doch mit Tara zusammen war.

„Wie ist es gelaufen?", fragte Ben und seine Stimme klang seltsam. Ich hörte den Hauch einer Sorge heraus, die wahrscheinlich den Worten des Schwarzen Meisters galt.

„Willst du wirklich hier darüber sprechen?", fragte ich beherrscht und schickte einen kurzen Blick hinauf zu der Halle, in der sich noch immer Colloss aufhielt. Ben sah mich intensiv an, bevor er nach meiner Hand griff und mit mir die Treppe hinunterlief. Am Fuße der Tempelruine wandte er sich nach links und zog mich in einen verlassenen Garten, der ursprünglich einmal wunderschön gewesen sein musste. Breite, verschlungene Wege führten zu einer halb eingestürzten Steinlaube, die von glänzenden violetten Blumen überwuchert war. Ich folgte ihm atemlos über einen schmalen Pfad, bis er im Schutz der Laube stehen blieb und einen prüfenden Blick über meine Schulter warf, um nachzusehen, ob uns jemand gefolgt war.

„Also", setzte er das Gespräch nahtlos fort. „Sag mir, was er wissen wollte."

Ich schüttelte den Kopf. „Wozu?"

Seine dunklen Augen verengten sich und mein Herz begann automatisch, schneller zu schlagen. „Ich will es wissen", sagte er.

Bens bloße Anwesenheit reichte, um mich nervös zu machen und meine Wachsamkeit zu schwächen. Wie er da stand in seinem schwarzen Anzug, unter dem sich jeder Muskel seines Körpers abzeichnete ...

Ben griff nach meinem Arm. „Hast du ihm erzählt, was der Anführer zu mir gesagt hat?"

Dabei fixierte er mich und ich schluckte, während ich in seinen dunklen Augen etwas erkannte - etwas, das ich nicht deuten konnte. Es war, als würde Ben versuchen, etwas vor mir zu verbergen, und ich spürte, dass sich mein Wachsamkeitslicht entzündete.

Langsam schüttelte ich den Kopf. „Nein. Er hat nicht explizit danach gefragt."

Ben schloss kurz die Augen und atmete tief durch. „Gut." Dann rieb er sich über seinen Dreitagebart. „Wirkt das Serum denn noch?"

Ich schaute ihn an und biss mir auf die Lippen.

„Lee, ich habe dich gefragt, ob das Wahrheitsserum noch immer wirkt."

„Ja, das tut es", entfuhr es mir, bevor ich es verhindern konnte. Der Ausdruck, der daraufhin über sein Gesicht huschte, gefiel mir gar nicht. Ich machte einen Schritt zurück, doch er griff nach meiner Hand und hielt mich fest.

„Nur eine Frage", murmelte er mit rauer Stimme.

„Wieso?", hauchte ich atemlos.

„Weil ich es wissen muss." Sein Gesicht war plötzlich ganz ernst und er hielt mich noch immer fest.

„Nein, Ben ..."

„Was hast du empfunden, als du dachtest, ich wäre tot?", unterbrach er mich und der Satz traf mich völlig unvorbereitet. Mein Puls schoss in die Höhe und die Erinnerungen an die Sitzung der Gestalter und meinen anschließenden Weg ins Alpha-Camp kamen wieder hoch.

„Ich dachte, ich müsste sterben", brach es aus mir heraus. Ich wollte die Worte verhindern, aber sie waren nicht aufzuhalten, sie kamen aus meinem Mund, voller Klarheit und Ehrlichkeit.

Er starrte mich an.

„Ich konnte nicht mehr atmen, Ben", fuhr ich fort. „Meine ganze Lebensenergie war dahin und ich verstand es nicht. Ich konnte mir ein Leben ohne dich nicht vorstellen, ich war plötzlich leer, ohne jeglichen Mut, ohne Hoffnung und Kraft. Von einem Moment auf den anderen veränderte sich alles." Ich biss mir auf die Lippen. „Mein Leben war schlagartig sinnlos, es war *sinnlos ohne dich*." Die letzten Worte flüsterte ich nur noch.

Ben schluckte. *„Dein Leben war sinnlos ohne mich?"*, wiederholte er leise und ich hörte ein leichtes Zittern in seiner Stimme, so als könnte er selbst nicht glauben, was er da sagte.

„Ohne dich verliert alles seinen Wert", machte ich weiter und spürte, dass die Wirkung des Serums verblasste, aber es drängte aus mir heraus. Die Wahrheit, die ich so lange Zeit verschlossen gehalten hatte, musste nun endlich gesagt werden. Mir war klar, dass er mit Tara zusammen war, dass er sie liebte, aber es war mir egal.

Ich würde diese Gefühle nicht mehr länger verbergen.

„Ich ... ich liebe dich doch, Ben", hauchte ich und senkte meinen Blick zu Boden.

„Du liebst mich?", wiederholte er beinahe tonlos und machte einen Schritt auf mich zu. Im nächsten Moment hob er mit seiner Hand mein Kinn sanft an, sodass ich ihm in die Augen schauen musste.

„Du liebst mich?", fragte er ein zweites Mal und in

seiner Stimme lag eine Unsicherheit, die ich von ihm nicht kannte.

„Von ganzem Herzen", erwiderte ich leise. „Und auch wenn du in Tara verliebt bist und ich keine Chance habe, dass du dich ohne das magische Band wieder in mich verliebst, muss ich es dir endlich sagen, auch wenn es keinen Sinn hat."

Ben starrte mich an und seine dunklen Augen brannten sich in meine. Dann schüttelte er leicht den Kopf. „Ich kann mich nicht in dich verlieben, Lee", sagte er und ich fühlte, wie seine Worte schmerzhaft an mir zogen.

„Ich weiß", erwiderte ich schwach und wandte den Blick ab, weil irgendetwas in mir doch darauf gehofft hatte, dass seine Reaktion anders ausfallen würde. Selbst wenn ich tief in mir gewusst hatte, dass er sich schon lange für Tara entschieden hatte.

Ben schnaubte, aber es war kein abfälliges Schnauben.

„Wie soll ich mich denn ich dich verlieben, wenn ich nie aufgehört habe, dich zu lieben?", fragte er leise und fuhr mir sanft über die Wange.

Ich starrte ihn an und mein Herz pochte wie wild, während seine Worte langsam in mein Bewusstsein sickerten.

„Ist das wahr?", flüsterte ich und spürte Bens Hand auf meinem Rücken, mit der er mich behutsam an sich zog.

„Jedes Wort", gab er leise zurück und ich hob den Kopf, um ihn anzusehen. Meine Augen suchten die seinen und als ich hineinblickte, war da all das, wonach ich mich innerlich so gesehnt hatte. Langsam hob er die Hand und strich mir eine Haarsträhne von der Wange. Seine Finger fuhren zärtlich die Linien meiner Gesichtszeichnung nach und ich fühlte, wie mein Sinn in den Hintergrund trat, während ich nur von Glück und Liebe erfüllt war.

Bens Berührung war unglaublich warm und verursachte ein Kribbeln, das meinen ganzen Körper durchflutete. Seine Hand wanderte tiefer zu meinem Hals und mir stockte der Atem, als ich ihn anschaute und mir nichts sehnlicher wünschte, als dass er mich endlich küsste.

Und dann spürte ich seine sanfte Berührung in meinem Nacken und im nächsten Moment waren seine Lippen auf meinen, was sich so viel besser anfühlte als in meiner Erinnerung. Mit einem leisen Seufzen schlang ich die Arme um seinen Hals und fühlte, wie ich von ihm hochgehoben und gegen seinen muskulösen Körper gedrückt wurde.

„Ich hab dich so vermisst", flüsterte ich ganz nah an seinem Mund und dann ließ ich mich einfach fallen, hinein in diesen intensiven Kuss, der Zeit und Raum und alles, was jemals zwischen uns stand, verschwinden ließ. Es gab nur noch uns zwei und unsere übermächtige Liebe, es gab nur noch diesen wundervollen, elektrisierenden Kuss, der so überwältigend war, dass er uns innerlich zum Leuchten brachte.

„Du hast mich also vermisst", raunte Ben, nachdem wir uns irgendwann wieder voneinander lösten und er mich auf dem Boden absetzte.

Ich hob eine Augenbraue. „Bilde dir bloß nicht zu viel darauf ein."

Er grinste und wirkte plötzlich viel gelöster und ganz anders als vorher. Er erinnerte mich wieder an den Ben, der er gewesen war, bevor Casimir uns die Liebe entrissen hatte.

„Ich bilde mir sogar eine Menge darauf ein", erwiderte er lächelnd und legte seine Hände auf meine Taille.

„Wahrscheinlich hast du deine Kriegsfähigkeit

eingesetzt und mich manipuliert - damit ich dich küsse", neckte ich ihn. Er sah mich eindringlich an und ein Schmunzeln schlich sich in sein Gesicht. „Nicht, dass ich nicht schon daran gedacht habe", sagte er. „Aber du weißt, die Kriegsfähigkeit wird nur in schwierigen Situationen, wenn sie wirklich gebraucht wird - also meistens im Kampf - aktiv. Wobei die Liebe zu dir einem Kampf sehr ähnlich ist."

„Ach ja?", fragte ich.

„Ja", wiederholte er gedehnt. „Es ist nicht leicht, dich zu lieben, Lee." Er hielt einen Moment inne. „Und doch ist es das Leichteste auf der Welt."

Seine Worte waren wunderschön und ich verstand nicht, warum wir so lange gebraucht hatten, um wieder zueinanderzufinden. Automatisch brachte ich etwas Abstand zwischen uns. „Aber wenn du mich auch geliebt hast, warum bist du dann damals weggegangen? Warum bist du zu Tara gezogen?", fragte ich ihn mit klopfendem Herzen.

Er seufzte und fuhr sich durch die Haare. „Wo hätte ich denn sonst hingehen sollen?", fragte er dann. „Das magische Band, das Casimir gekappt hat, die Liebe, die er uns entzogen hat, das hat mich total aus der Bahn geworfen." Er sah mich ernst an. „Und dann, als die Gefühle zu dir wieder erwacht sind, als ich begriffen habe, dass ich, egal was man mit mir macht, *nur dich lieben kann*, habe ich auch begriffen, dass du dich ohne dieses magische Band niemals in mich verliebt hättest."

„Und deswegen bist du zu Tara gegangen?", fragte ich und merkte, wie meine Stimme lauter wurde. „Du hast gedacht, dass ich dich nicht lieben könnte, hast mir keine Chance gegeben und dann einfach mit ihr etwas angefangen?"

Ben stutzte einen Moment, bevor er grinste. „Du bist eifersüchtig."

„Ja, das bin ich", gab ich wütend zu. „Und ich bin es aus gutem Grund."

„Nein", sagte er und schüttelte den Kopf. „Es gibt keinen Grund, Lee. Ich habe doch immer nur an dich gedacht."

Ich glaubte, nicht richtig zu hören. „Du hast immer an mich gedacht, als du sie geküsst hast?! Großartig", knurrte ich.

Ben machte einen Schritt auf mich zu. „Ich habe sie nie geküsst, Lee. Tara und ich sind nur Freunde, nicht mehr."

„Nur Freunde." Ich schnaubte. „Sie hat mir erzählt, dass du tot bist, Ben. Sie hat mir erzählt, dass sie dich mit ihren eigenen Händen begraben hat. Wieso hätte sie das tun sollen, wenn ihr nur -"

„Ich weiß es nicht, Lee", unterbrach er mich streng. „Aber ich kann den Spieß auch umdrehen. Warum hast du nichts zu mir gesagt? Warum hast du mich zu Tara gehen lassen? Warum hast du nichts gesagt, als ich dir und Caprice das Leben gerettet habe?"

Ich atmete tief ein. „Aus dem gleichen Grund wie du, Ben, aus dem gleichen Grund."

Ben lächelte und strich mir sanft über die Wange. „Du warst eine ganz schöne Idiotin. Wie kannst du glauben, dass ich dich nicht lieben könnte?"

„Der Idiot warst wohl eher du", konterte ich und ließ zu, dass er mich erneut an sich zog.

„Vielleicht waren wir beide Idioten", murmelte er und ich seufzte glücklich, als er mich ein zweites Mal küsste.

„Sag mal", seine Lippen strichen noch immer über meine Haut, „wirkt das Serum eigentlich noch?"

„Keine Ahnung. Vielleicht ein kleines bisschen", purzelten die Wörter aus meinem Mund. „Wieso?", fragte ich dann skeptisch.

Er grinste. „Damals. In der Schwarzweißen Stadt, in unserem Turmhaus. Die Schlingpflanzen, die mich ständig gekratzt haben und zu dir immer nett waren ... Hast du irgendetwas mit denen gemacht?"

Ich sah ihn ungläubig an. „*Das* willst du wissen?"

Er hauchte mir einen Kuss auf den Hals. „Lenk jetzt nicht ab."

„Ich habe sie mit Lichtperlen gefüttert", gestand ich im nächsten Moment.

Bens Lächeln vertiefte sich. „Wusste ich es doch. Deswegen mochten sie dich mehr."

„Ich glaube, sie hätten mich auch so netter gefunden."

Er sah mich intensiv an. „Das werden wir ja sehen."

„Du meinst ..." Ich hielt den Atem an. „Heißt das, du willst wieder mit mir zusammenziehen?"

Ben zog eine Augenbraue hoch. „Was hast du denn gedacht? Ich hoffe nur, dass dieser verdammte Krieg bald zu Ende ist und wir in die Schwarzweiße Stadt zurück können."

„Seid vorsichtig mit dem, was ihr euch wünscht", sagte in diesem Moment eine Stimme hinter uns. „Es könnte nämlich sein, dass euer Wunsch in Erfüllung geht."

Ich drehte mich um und erblickte den schlanken Freudeträger namens Pierre, der durch den verwunschenen Garten auf uns zugeschlendert kam.

„Wir haben neue Infos vom Geheimdienst", erklärte er uns dann. „Die Totaa haben jetzt auch noch das Grüne Buch in ihre Hände gebracht, die scheinen irgendwie besser organisiert zu sein als wir." Er zuckte mit den Schultern. „Ist jetzt auch nicht so wahnsinnig überraschend … Jedenfalls scheinen sie nicht nur das Grüne Buch entwendet, sondern auch noch so einen grünen Magiebegabten mit hellblonden Haaren und Traumvisionen gefangen genommen zu haben und in der Schwarzweißen Stadt festzuhalten. Ich hab gerade seinen Namen vergessen …"

„Simeon", sagten Ben und ich wie aus einem Mund.

Pierre grinste. „Genau, Simeon. Und den sollen wir jetzt zurückholen."

Kapitel 24

„Das ist kein richtiger Plan", knurrte Ben, während wir gemeinsam mit Pierre bäuchlings in einem flachen Krater lagen, den eine Hautfresserbombe in die Erde gerissen hatte. Von hier aus konnten wir das riesige Schlachtfeld überblicken, das vor den Toren der Schwarzweißen Stadt lag. Ursprünglich waren hier mal wogende grüne Wiesen und blühende Gärten gewesen. Ich konnte mich an den Hain erinnern, in dem streng bewachte Währungsblätterbäume wuchsen, und an den erfrischenden Bach, der durch das Land geflossen war.

Jetzt bot sich uns ein Bild der Zerstörung.

Die schwarz-weiße Erde war aufgerissen und schimmerte dunkelrot vom getrockneten Blut der Sinnträger. Überall standen Leichen herum, denn die Totaa hatten es sich zur Gewohnheit gemacht, die getöteten Menschverbundenen wie Vogelscheuchen an Stöcken aufzuspießen und mit ihrem grausigen Anblick ein Mahnmal zu setzen. Nur Tierverbundene erhielten noch einen halbwegs respektvollen Umgang in Form einer Feuerbestattung. Das magische Feuer, das die Totaa hierfür entzündet hatten und das in einer riesigen Schwarzmetallschüssel brannte, befand sich gut sichtbar außerhalb der Stadtmauern. Laut den Berichten unseres Geheimdienstes war es seit siebenundzwanzig Tagen nicht ausgegangen, denn Brennstoff in Form immer neuer Leichen gab es genug.

„Was gefällt dir nicht an dem Plan?", fragte Pierre, der einen weißen Kapuzenumhang der Totaa trug und einen unglaublichen Optimismus ausstrahlte. „Wenn wir versuchen, uns reinzuschleichen, werden wir von den magischen Drohnen entdeckt, jede Wette. Die haben einen besonderen Sensor für Schleich-Aktionen."

„Wenn wir offen hineinspazieren und sie bemerken, dass du kein richtiger Totaa bist, töten sie uns sofort", hielt Ben dagegen.

„Sei doch nicht so pessimistisch." Pierre schüttelte den Kopf. „Erstens brauchst du nur jemanden anzusehen, um ihn mit deiner Kriegsfähigkeit zu manipulieren. Zweitens haben wir zwei magische Münzen von Damien für den Notfall bekommen. Und drittens können die gar nicht bemerken, dass ich kein echter Totaa bin, weil ich mich auf diese Rolle sehr gewissenhaft vorbereitet habe."

Ben schnaubte abfällig und ich tastete mit meinen Fingern zu ihm hinüber und drückte seine Hand. Ich wusste, er sorgte sich nicht so sehr um sich selbst – seine Angst hatte mit mir zu tun. Und auch ich fühlte ähnlich. Endlich hatten Ben und ich wieder zueinandergefunden und nun mussten wir unsere Leben schon wieder aufs Spiel setzen.

Aber wir beide wussten, wofür wir es taten.

Simeon.

Simeon befand sich in den Fängen der Totaa, gemeinsam mit dem Grünen Buch der Macht. Und von hier aus konnten wir sogar das Gebäude sehen, in dem er gefangen gehalten wurde. Es war ein riesiger weißer Kubus, der sich in der Mitte der Schwarzweißen Stadt über hundert Meter hoch in den Himmel erhob und dessen Anblick mir die gewaltige Macht unserer Feinde verdeutlichte. Während wir immer weniger wurden, wurden sie immer mehr. Und das war noch nicht alles. Möglicherweise folterten sie Simeon genau jetzt in dieser

Sekunde, um ihn dazu zu bringen, das Grüne Buch mit seiner Hilfe zu aktivieren. Das musste der Grund für seine Entführung sein und wir wussten, dass wir schnell zu handeln hatten.

„Ich sehe es so wie Pierre", sagte ich. „Wir ziehen das jetzt durch. Für Simeon. Schließlich sind wir seine einzige Hoffnung."

Ben seufzte und nickte. Er wusste, dass ich recht hatte und uns wahrscheinlich nicht mehr viel Zeit blieb. Wenn Simeon das Grüne Buch der Macht einsetzen würde … ich wollte gar nicht daran denken, was dann passieren würde. Für einen Moment wünschte ich, dass wir Unterstützung bekommen würden, aber wir hatten gesehen, was mit der *Nachtschatten*-Truppe passiert war. Sie hatten keine Chance gehabt und die Alphas wurden überall in der Sinnlichen Welt benötigt. Colloss und Damien waren aufgebrochen, um einer Spur nach dem Violetten Buch zu folgen, zwei weitere aus der Gruppe waren in den Katakomben des Schreckens verschollen, und so waren wir jetzt nur zu dritt, zu dritt mit einem recht verzweifelten Plan.

Ich nickte Ben zu.

„Für Simeon", sagte er. „Aber wenn ich jetzt für den Idioten draufgehe, dann bring ich ihn um."

Wir warteten noch so lange ab, bis eine Gruppe Totaa mit einem vollbeladenen Leichenkarren aus der Stadt kam, um die neuen Toten entweder im großen Feuer zu verbrennen oder die Menschverbundenen am Schlachtfeld aufzuspießen, als Pierre uns die Attrappe einer magischen Fessel um die Handgelenke legte. Die echten Fesseln verhinderten, dass die Menschverbundenen ihre mentalen Kriegsfähigkeiten nutzen konnten, doch diese hier sollten die Totaa nur in Sicherheit wiegen. Es war einer von wenigen kleinen Trümpfen bei unserem recht aussichtslosen Plan. So wie die magische Münze, die Damien mir gegeben hatte. Ich konnte mich damit kurzfristig als eine Tierverbundene tarnen, indem meine richtige Zeichnung für einen Augenblick verblasste.

Im nächsten Moment wurde ich aus meinen Gedanke gerissen, als Pierre Ben und mir einen festen Stoß gab, mit dem er uns von der Kante des flachen Kraters schubste.

„Hey, du da!", rief der Freudeträger dann und winkte einem dicken Totaa zu, der sich gerade mit seinem Menschverbundenen abquälte, dessen rechter Arm einfach nicht auf der Stange hängenbleiben wollte. Der Arm war schon so zerfetzt, dass er ständig wieder runterfiel, und auf eine grauenvolle Art sah es deswegen so aus, als würde uns der tote Menschverbundene herzlich zuwinken.

„Scheiße, Lee, was haben wir uns nur dabei gedacht", zischte Ben zwischen zusammengebissenen Zähnen und warf einen ungläubigen Blick auf Pierre, der es tatsächlich geschafft hatte, dass sich die Freudezeichnung auf seiner linken Wange entfachte.

„Was willst du?", fragte der angesprochene Totaa genervt und ärgerte sich offenkundig so über den widerspenstigen Menschverbundenen, dass er mit einem Wutschrei schließlich ein rot leuchtendes Messer aus seinem Gürtel zog und dessen Arm abhackte.

„Selbst im Tod sind sie zu nichts nutze!", fauchte er und seine Zeichnung, die wie ein Feuerspeer aussah, leuchtete in tiefstem Rot. Dann spuckte er auf die aufgespießte Leiche, die jetzt nur noch einen Arm hatte.

„Ich ... äh ..." Pierre warf uns einen kurzen Blick zu und zögerte. „Ich hab hier zwei in einem Krater entdeckt, die sich verstecken wollten", rief er dann und hielt trotz des Wutausbruchs des Totaa an seinem Plan fest. „Ich bin erst seit gestern dabei und wollte wissen, was ich mit ihnen machen soll."

„Gib sie her, wir stellen sie zu den anderen", knurrte der voluminöse Wutträger und winkte auffordernd mit der Hand.

„Och nöö!", rief Pierre und schaffte es, eine Riesenportion Enttäuschung in seine Stimme zu legen. „Ich hab mich schon so gefreut, sie durch die Stadt zu treiben. Außerdem sind hier eh schon so viele Menschverbundene, da ist ja kaum noch Platz für meine zwei." Er blickte auf uns und gab Ben mit dem Fuß einen Tritt, sodass er vornüberfiel. Mit den magischen Handfesseln, die wir trugen, konnte Ben sich nicht mit den Händen abstützten und landete mit dem Gesicht voll in der Erde.

„Okay", murrte der Wutträger. „Dann mach doch, was du willst. Treib sie durch die Straßen, lass dir aus ihrer Haut einen hübschen Mantel schneidern oder bring sie ins Chemielabor. Wir haben genug von dem Menschenmist, auf zwei mehr oder weniger kommt es da auch nicht an."

„Super!", rief Pierre und seine Freudezeichnung, die wie ein aufgeschlagenes Buch aussah, begann wieder zu leuchten. „Also dann, vielleicht sieht man sich später nochmal!", grinste er den dicken Totaa an und dann gab er auch mir noch einen Tritt, der mich von der Kante des flachen Kraters hinunter auf das Schlachtfeld vor der Schwarzweißen Stadt purzeln ließ, und stapfte fröhlich pfeifend hinter uns her.

Ich landete mit dem Gesicht genau neben dem abgehackten Arm des toten Menschverbundenen. Es war widerlich. Ich hasste die Totaa dafür, was sie den Sinnträgern antaten.

„Hoch mit euch", lachte Pierre und zerrte uns nacheinander wieder in die Höhe. „Hier wird nicht getrödelt, denn wir machen jetzt einen hübschen Ausflug in die Stadt."

„Bitte sag, dass du noch immer auf unserer Seite bist", flüsterte ich, als wir die Hälfte des Schlachtfelds schon überquert hatten und Pierre noch immer pfeifend hinter uns herlief, als wäre das ein entspannter Sonntagsspaziergang. Er spielte seine Rolle gut, fast schon zu gut.

„Hey, das muss echt das letzte Mal sein, dass wir aus unseren Rollen fallen", wisperte Pierre zurück, während die Sonne über den Dächern der Stadt langsam unterging. „Ihr müsst mir schon ein wenig vertrauen."

„Wir kennen dich nicht besonders gut", sagte Ben.

Pierre kicherte. „Stimmt. Aber guck mal auf mein Handgelenk."

Ben drehte sich kurz um und Pierre hob den Arm, sodass wir die hell schimmernde Spirale auf seinem Handgelenk erkennen konnten – das Symbol für die Berufung als Künstler in der Sinnlichen Welt.

„Ich wollte schon immer Schauspieler werden", flüsterte Pierre und gab Ben eine schallende Ohrfeige. „Sieh gefälligst nach vorn, du elender Menschendreck!", brüllte er dann und ich hörte Ben mit den Zähnen knirschen, während sich eine hässliche rote Strieme auf seiner Wange bildete, wo Pierre ihn mit einer seiner silbernen Tierklauen erwischt hatte.

Pierre beugte sich zu uns vor. „Meint ihr, ich hab Chancen, als Schauspieler berühmt zu werden, wenn dieser beschissene Krieg vorbei ist?"

Ich hatte versucht, mich darauf einzustellen, wie es sein würde, die Schwarzweiße Stadt wieder zu betreten. Ich hatte versucht, mich auf die Bilder vorzubereiten, die mich dort erwarteten.

Doch nichts hätte mich auf den Anblick vorbereiten können, der sich uns bot, als Ben und ich durch das halb zerstörte Stadttor schritten.

Die Schwarzweiße Stadt war nicht mehr.

Was von außen schon schlimm ausgesehen hatte, entpuppte sich von innen als der reinste Horror. Alles Schöne, alles Individuelle war von den Totaa vernichtet worden. Ich sah völlig zerbombte Straßenschluchten, rauchende und ausgebrannte Häuserzeilen, dem Erdboden gleichgemachte Villen, und über allem immer den bedrohlichen Schatten des riesigen weißen Kubus im Zentrum.

Von einem Stadtbild war nichts mehr zu erkennen, nur vereinzelt waren noch ein paar nützliche Handwerksläden stehen geblieben, aber nur jene, die völlig weiß waren - so weiß wie die Umhänge der Totaa.

Ungläubig hob ich meinen Blick in den Himmel. Über unseren Köpfen flogen Hunderte von Nachrichtenwürfeln herum, aber ich sah, dass es keine normalen Nachrichtenwürfel waren, sondern dass sie für den Krieg entsprechend modifiziert worden waren. Sie waren nicht mehr unterwegs, um den Trägern die neuesten Informationen zu übermitteln. Nein: Sie filmten. Sie dokumentierten und überwachten.

„Kopf nach unten", befahl Pierre und gab mir mit der flachen Hand einen Stoß in den Rücken. Ich stolperte ein paar Schritte vorwärts und senkte gehorsam den Kopf, während einer der Nachrichtenwürfel über unseren Köpfen gelb zu leuchten begann.

Ein bulliger Totaa mit einem breiten gelben Gürtel wurde auf den leuchtenden Oktaeder aufmerksam, löste sich aus seiner Gruppe und kam zu uns herübermarschiert.

„Der Würfel kennt dich nicht. Wer bist du?", fragte er Pierre ohne Umschweife und ich spürte, wie mein Mund ganz trocken wurde und sich mein Magen zusammenkrampfte.

„Hallo. Ich bin Pierre", stellte er sich vor und ich wusste nicht, ob es eine gute oder eine schlechte Idee war, vor dem bulligen Totaa mit dem Sinn der Wachsamkeit seinen richtigen Namen zu nennen.

„Okay, Pierre, dann identifiziere dich mal", sagte der Totaa und hängte seine Daumen in die Schlaufen seines breiten gelben Gürtels ein, während er uns aufmerksam betrachtete. Ich senkte den Kopf und blieb ganz still stehen.

„Selbstverständlich. Ich habe mich gestern angemeldet und mir wurde die Nummer 35878 zugeteilt", erklärte Pierre freundlich.

„Das ist aber seltsam", erwiderte der Totaa und seine gelbe Zeichnung begann zu glimmen. „Die Nummerierungscodes sind eigentlich veraltet. Du müsstest eine Buchstaben- und Zahlenkombination bekommen haben."

„Ach so? Nun, dieser Fehler muss dann bei der weißen Trägerin in der Anmeldestelle liegen", antwortete Pierre selbstbewusst. „Sie machte auf mich gleich so einen zwielichtigen Eindruck. Außerdem war sie so langsam, dass ich sie im ersten Moment für eine Menschverbundene gehalten habe." Pierre rollte mit den Augen und der andere Totaa stutzte, bevor er zu grinsen begann.

„Ich weiß genau, was du meinst", kicherte er. „Trotzdem hast du keine gültige Identifizierung. Ergo darfst du dich strenggenommen nicht mal in der Weißen Stadt aufhalten."

„Ach nö, kann ich das mit der neuen Identifizierung nicht auch morgen nachholen?", fragte Pierre. „Heute ist mein erster Tag nach dem ganzen bürokratischen Mist und ich würde die zwei wirklich zu gern in den Kubus bringen. Ich habe gehört, die machen da total coole Experimente mit ihnen."

Der bullige Totaa sah Pierre an und mit einem Mal war jede Heiterkeit aus seinem Gesicht verschwunden. „Vorschrift ist Vorschrift", erwiderte er. „Du kannst dich jetzt mal anmelden gehen und ich nehme die zwei mit in den Kubus. Keine Sorge, ich werde mich gut um sie kümmern. Und wenn du Glück hast", er lächelte hintergründig, „sind sie morgen sogar noch am Leben, damit du noch ein bisschen Spaß mit ihnen haben kannst."

„Hey, kannst du nicht einmal eine Ausnahme machen?", versuchte es Pierre noch einmal.

„Jetzt hör auf zu protestieren, das reicht jetzt", fuhr ihm der andere über den Mund. „Geh dich jetzt anmelden oder ich werfe dich gleich mit ihnen in den Gefängnistrakt."

Ich spürte deutlich Pierres Zögern, aber schließlich erkannte er, dass er auf verlorenem Posten stand, und willigte unglücklich ein. Ben und ich tauschen einen kurzen Blick, weil das hier gerade in die völlig falsche Richtung lief, aber im Moment konnten wir nicht viel dagegen tun.

Vor der Mission hatten wir vereinbart, dass Ben seine Kriegsfähigkeit nur im äußersten Notfall anwenden sollte, und wir wussten nicht, was uns noch alles erwartete.

„So, und ihr beide marschiert weiter. Ein bisschen schneller, wenn's geht", knurrte der bullige Totaa an uns gewandt und zog eine Feuerpeitsche aus seinem weißen Kapuzenumhang. Ich wollte nicht wissen, wie sich das Ding auf meiner Haut anfühlte, und beschleunigte meine Schritte. Im selben Moment verschwand die Sonne hinter den verbliebenen Dächern der Stadt und die Nacht legte sich wie ein schwarzer Mantel über die Straßen.

Es war unnatürlich, wie schnell die Dunkelheit über das Land kroch, und meine gelben Linien erhitzten sich, während überall um uns herum die Totaa stehen blieben und hinauf zum Himmel blickten. Ein wildes Johlen drang aus ihren Kehlen und der gemeinsame Schlachtruf machte mir bewusst, wie viele es von ihnen inzwischen gab.

„Seht, der Schwarze Meister beehrt uns!", rief unser Aufpasser euphorisch und ließ die Feuerpeitsche knallen, damit wir ebenfalls den Blick gen Himmel wandten.

Und dann sahen wir es. Über unseren Köpfen erschien das leuchtend weiße Symbol der Totaa auf dem nachtschwarzen Firmament. Eine weiße Katze, die zu einem Adler wurde, der sich in einen Panther verwandelte und wieder zur Katze mutierte. Gleichzeitig erhob sich ein lautes Brausen und dann dröhnte eine dunkle Stimme über die Straßen.

„*Gemeinschaft der Totaa*", rollten die Worte des Anführers wie Donner über uns hinweg. „*Unsere Armee wächst. Am heutigen Tag haben 357 Menschverbundene den Tod gefunden, weitere 112 Tierverbundene haben sich uns angeschlossen. Der Weg in eine reine Sinnliche Welt wird immer klarer und leuchtet vor uns wie ein heller Pfad!*

Dank eures unermüdlichen Einsatzes erzittert die Macht der Acht vor unserer geballten Kraft. Sie haben die letzten ihrer Anhänger um sich geschart und sich feige verkrochen, um ihre Wunden zu lecken. Doch die Mutlosigkeit ist ihr Begleiter und es ist nur eine Frage der Zeit, bis sie unsere Übermacht anerkennen und kapitulieren. Es ist nur eine Frage der Zeit, bis die Gräueltaten der Menschen und ihrer Verbundenen gesühnt sind! Die andere Welt versinkt im Terror, und das ist gut so! Und auch unser Krieg neigt sich seinem Ende entgegen, wir werden bald in einer besseren Welt leben, treue Gefährten!" Er machte eine kurze Pause. *„Genießt die Nacht, eure Treue wird bald belohnt werden und die Reichtümer der Sinnlichen Welt werden uns gehören! Der Tod der Menschverbundenen sei mit euch. "*

Das laute Brausen setzte wieder ein und vermischte sich mit dem frenetischen Jubel der Totaa, bei dem es mir kalt den Rücken hinunterlief.

Stimmte es? Stimmte es, dass wir wirklich so knapp vor einer Niederlage standen? Der Gedanke, dass wir den Krieg tatsächlich verlieren könnten, drang wie ein vergifteter Pfeil in meine Gedanken und ich starrte entsetzt auf das weiße Zeichen am nachtschwarzen Himmel. Es leuchtete genau über dem schmutzig weißen Kubus, von dem unser Geheimdienst bereits berichtet hatte und der wie ein riesiges, hässliches Wesen wirkte.

Kapitel 25

Je näher wir dem schrecklichen weißen Konstrukt kamen, das die Totaa mitten in die zerbombte Stadt gepflanzt hatten, desto furchtbarer fand ich es.

Unzählige weiße Teleskoparme ragten aus der oberen Mitte des kastenähnlichen Kubus und schwenkten wie Ungetüme über die Umgebung. Dazu hatten die Totaa kräftige weiße Suchscheinwerfer installiert, die den quadratischen Bau und seinen näheren Umkreis erbarmungslos ausleuchteten. Ich hob entsetzt den Kopf, als ich die vielen Dutzend Käfige sah, die in teils schwindelerregender Höhe an den Teleskoparmen hingen und in denen Menschverbundene auf ihren Tod warteten. Genau in dem Moment, als wir auf dem Vorplatz ankamen, wurde eine Sirene eingeschaltet und plötzlich begannen sich die krakenähnlichen Arme mit den schaukelnden Käfigen wie bei einem Karussell zu drehen, bis die Sirene wieder leiser wurde und ein Teleskoparm völlig unvermittelt einen Käfig fallenließ. Ich hörte den spitzen Schrei der Sinnträgerin darin und auch den dumpfen Laut, mit dem ihr Leib auf dem Boden zerschellte. Und das Gelächter, das von den umstehenden Totaa erklang, die sich an dem Tod der Menschverbundenen weideten.

Ben versuchte, mich mit seinem Körper vor dem schrecklichen Anblick zu schützen, doch mein Sinn zwang mich, die Tote anzusehen und zum ersten Mal kamen mir ernsthafte Zweifel an unserem Vorhaben.

Davon hatte der Geheimdienst nichts erwähnt. Ja, es

hieß, dass die Totaa grausam und mordlustig waren, aber das, was sich hier abspielte, überstieg meine Vorstellungen bei weitem.

„Hey Joe", sagte unser Bewacher zu einem fetten Totaa mit einem dünnen Oberlippenbärtchen, der in einem Plastikkubus neben dem Eingang saß. „Ich bring hier Frischfleisch."

„Ansehnlich, alle beide", antwortete Joe und grinste dreckig. „Wo sollen die hin?"

„Keine Ahnung, ich hab sie einem Frischling abgeluchst, der hatte noch keine gültige Identifikation", erwiderte unser Aufpasser und kratzte sich am Bauch oberhalb seines gelben Gürtels. „Denkst du, die sind was für die Lustkammern?"

„Ich würd sie nehmen", erwiderte Joe und zog mich mit seinen Blicken aus. „Aber ich hab gehört, die Künstler haben nach neuem Material gefragt."

„Hey ihr, habt ihr Tätowierungen?", fragte unser Aufpasser und knallte mit seiner Feuerpeitsche.

Ben sah mich an und ich konnte in seinen dunklen Augen den Hass erkennen. Stumm flehte ich ihn an, jetzt keine Dummheit zu machen, und schüttelte den Kopf.

„Also keine Tätowierungen", seufzte Joe. „Aber die Kleine hat ein hübsches Gesichtsmuster. Seines ist Schrott, aber vielleicht kann einer von den expressionistischen Idioten da drin etwas damit anfangen."

„Wir können *sie* ja zu den Künstlern schicken und *ihn* zu den Wissenschaftlern", überlegte unser Aufpasser laut. „Für die Lustkammer ist er wahrscheinlich sowieso zu zerschunden und Frauen haben die ohnehin genug."

„Gut, mir ist es gleich", sagte Joe. „Was soll es mich auch groß kümmern, ich muss sowieso den ganzen Tag in diesem verfluchten Plastikding hocken und komme nie zum Stich." Seine hellblaue Trauerzeichnung in Form einer fetten Kröte leuchtete hell auf.

„Mann, Joe, jetzt reiß dich zusammen", schnaubte unser Aufpasser und schüttelte den Kopf. „Ist deine Kriegsfähigkeit jetzt eigentlich schon da?"

„Nö", sagte Joe und schürzte die Lippen. „Und ich hab auch keine Lust drauf, mich in eine potenziell tödliche Situation bringen zu lassen, nur damit ich dann schneller rennen kann."

„Vielleicht kannst du dann schneller fressen", erwiderte unser Aufpasser. „Das wär doch was. Dafür lohnt es sich doch beinahe, von einem Berg geschmissen zu werden, oder?" Er begann schallend zu lachen.

„Sehr witzig", knurrte Joe. „Also, als was soll ich die zwei jetzt eintragen?"

„Ja, mach halt Kunst und Wissenschaft", sagte unser Aufpasser gelangweilt und ich spürte, wie mich die plötzliche Gewissheit überkam, dass wir in diesem hässlichen weißen Würfel sterben würden. Mein Herz begann zu rasen und mir wurde so schlecht, dass ich kurz taumelte. Ben war mit einem Schritt an meiner Seite und ich sog verzweifelt seinen Duft ein.

Es war so unglaublich dumm gewesen, hierherzukommen. Der Plan sah vor, gemeinsam mit Pierre das Gefängnis zu betreten - aber statt Simeon zu retten, würden Ben und ich vermutlich sterben. Seine Kriegsfähigkeit war die einzige Waffe, die wir hatten, doch auch sie war nicht stark genug, um gegen ein ganzes Gefängnis voller Feinde anzukommen. Verzweifelt blickte ich in Bens Augen und versuchte, mich von der Angst nicht völlig mitreißen zu lassen. Er nickte mir kaum merklich zu und ich klammerte mich an diese kleine Geste, klammerte mich daran mit allem, was ich hatte.

In dem Moment ging das große, schwere Eingangstor auf und zwei Totaa schoben einen weißen Wagen mit Leichenteilen nach draußen. Die Leichen sahen schrecklich aus, einigen war die Haut bis auf die Knochen abgeknabbert worden, andere steckten voller Diamantsplitter und wieder andere waren richtiggehend zerflossen, wie Schokolade, die man zu lange in der Sonne stehen gelassen hatte.

„Hi, wie geht's", sagte Joe und winkte den vorbeikommenden Totaa. Einer von ihnen sah noch furchtbar jung aus und hatte eine riesige Brille auf der Nase.

„Großartig, die neuen Bomben sind der HAMMER!", rief er. „Seht nur, was die mit dem Typen da angestellt haben!" Er hob eines der zerstörten Gliedmaße vom Wagen in die Höhe und ich musste den Blick abwenden, während mir Tränen in die Augen traten.

„Okay, rein mit euch", sagte unser Aufpasser, als der Leichenwagen vorbei war, und stieß uns grob nach vorne durch das breite Eingangstor. „Eure kurze Zukunft erwartet euch."

***

Das Erste, was mir beim Betreten des weißen Kubus auffiel, war der Geruch. Das Innere des Totaa-Gefängnisses roch nach Folter und Tod. Vor uns erstreckte sich ein schmaler Gang, der sich nach wenigen Schritten gabelte und zu einem Netzwerk an schmutzig weißen Korridoren verästelte. Auf dem Boden befanden sich breite Abflussrinnen, in denen ein träger Strom aus Blut und Innereien an uns vorüberfloss. Daher kam also der schreckliche Gestank.

„Hier rechts abbiegen", befahl unser Aufpasser und ließ seine Feuerpeitsche nachdrücklich knallen. Wortlos folgten Ben und ich der Anweisung, während mir mein Herz bis zum Hals schlug. Meine Wachsamkeitszeichnung brannte auf meiner Wange, ebenso wie Bens zerrissene schwarze Linien. Auf beiden Seiten des schmutzig weißen Korridors befanden sich nahtlos aneinandergereihte quaderförmige Gefängniszellen mit scharfkantigen weißen Gitterstäben. Die Menschverbundenen, die darin hockten, waren bis auf die Knochen abgemagert und starrten uns aus großen, leeren Augen an.

„Los, weiter. Das ist keine Sightseeing-Tour", knurrte unser Aufpasser und versetzte mir einen Stoß in den Rücken, der mich nach vorne taumeln ließ. Mit einem Knurren fuhr Ben herum und rammte dem Totaa seine Schulter in den Oberköper.

„Nicht!", rief ich an Ben gewandt, um ihn davon abzuhalten, seine Kriegsfähigkeit einzusetzen. Wir mussten unsere Tarnung unbedingt so lange wie möglich aufrechterhalten, wenn wir eine Chance haben wollten, Simeon zu retten. Sobald der Totaa mitbekam, dass die Fesseln an unseren Handgelenken nur Attrappen waren, würde er vermutlich einen Alarm auslösen. Und ich konnte mir nicht vorstellen, dass es uns dann noch gelingen würde, Simeon zu befreien.

„Mach das noch *einmal* und du gehörst zu jenen, die wir nicht einfach sterben lassen", fauchte der Totaa und versetzte Ben einen Hieb mit seiner Feuerpeitsche. Das zischende Knistern vermischte sich mit Bens Schmerzenslaut und ich hätte den Totaa am liebsten seine eigene Peitsche spüren lassen. Verzweifelt schaute ich Ben an, sah den Schmerz in seinen Augen und wünschte, dass es irgendwas gäbe, was ich tun konnte.

Aber da war nichts.

„Hier lang", knurrte der Totaa und nickte mit dem Kinn in Richtung eines Ganges, aus dem grauenvolle Schreie drangen.

„Das hier ist der Block des Leidens", zischte unser Begleiter und ich merkte an jeder Silbe, wie sehr er es genoss, die Worte auszusprechen. „Hier sind unsere Heiler am Werk. Wobei man sie eigentlich eher *Krankmacher* nennen sollte. Seht nur genau hin, wenn ihr vorüberkommt", fügte er hinzu und ließ die Peitsche knallen.

Ben und ich beschleunigten unsere Schritte und ich erkannte mit Grauen, dass im Blutstrom der Abflussrinne hier auch einzelne schwarz verfärbe Finger trieben, die ihren Besitzern offenbar abgefallen waren.

Der Anblick war Übelkeit erregend, aber schlimmer noch waren der Geruch und die Schreie. In den Zellen rechts und links des Korridors lagen mehrere Menschverbundene am Boden, an denen offenbar die schlimmsten Krankheiten getestet wurden.

Ich sah eine Trägerin mit einem nässenden blaugrauen Hautausschlag, die apathisch an die Wand starrte. In der Zelle daneben befand sich ein Mann, der einen dunkelgrünen Schleim erbrach, in dem sich dünne weiße Würmer schlängelten, die sofort wieder zurück in seine Nase und seinen Mund krochen.

Ben berührte meine Schulter sanft mit der seinen und ich wusste, dass es sein Versuch war, mich zu trösten – und gleichzeitig eine Aufforderung, mir das nicht anzusehen. Doch es kam mir feige vor, nicht hinzusehen.

Die Menschverbundenen erlebten hier die grausamsten Qualen, denen sogar die Tode auf dem Schlachtfeld noch vorzuziehen waren.

„Seht nur hin", sagte der Totaa zufrieden. „Es gibt so vieles, was wir noch über die Sinnliche Welt lernen können. Und es gibt so viele Leiden, die wir über euch bringen werden, bis auch der Letzte von euch verfluchten Tierquälern sein Licht ausgepustet hat. Die einen auf die schnelle, die anderen auf die weniger schnelle Art und Weise."

Wir bewegten uns nun auf einen gläsernen Kubus zu, in dem blendende Helligkeit herrschte. Im Gegensatz zu dem dreckverschmierten Korridor war in diesem Plexiglaskasten alles chemisch weiß und sah nach einer absolut sterilen Umgebung aus.

Die Totaa, die darin arbeiteten, trugen keine weißen Kapuzenumhänge, sondern Ganzkörperanzüge mit integrierten Atemschutzmasken, die ihr gesamtes Gesicht bedeckten.

Auf acht nebeneinanderstehenden Liegen waren ebenso viele Menschverbundene festgeschnallt worden, die schlimme Entstellungen aufwiesen. Es sah aus, als wären sie absichtlich mit den unterschiedlichsten Krankheiten infiziert worden, und ich bemerkte, wie einer der Totaa eine Spritze aufzog und den Inhalt dem jungen Mann ganz links direkt in seinen Gehörgang injizierte.

Augenblicklich begann der junge Sinnträger zu brüllen und sein ganzer Körper verfärbte sich dunkelgelb, während seine Extremitäten grotesk anschwollen.

„Ihr seid verabscheuungswürdig", stieß Ben hervor.

„Mag sein", sagte der Totaa, während er uns in den Rücken stieß, damit wir einer Gruppe entgegenkommender Kapuzenträger auswichen. „Doch wenigstens trifft es die Richtigen. Denn das, was die Menschen in der anderen Welt tun, ist nicht weniger verabscheuungswürdig. Das, was sie jenen antun, mit denen wir verbunden sind …" Er machte eine kurze Pause. „All diese Methoden haben wir von ihnen gelernt. Was glaubst du, woher wir uns die Inspiration geholt haben? Wir waren in ihren Tierversuchslaboren, wir studierten ihre Kriegspraktiken. Nichts von dem, was du hier siehst, haben *wir* uns ausgedacht. Es ist nichts anderes als ein Spiegel, den wir euch vorhalten. Glaub mir: Die Sinnliche und die andere Welt werden eine bessere sein, wenn alle Menschen und alle Menschverbundenen erst ausgerottet sind. Und du hast unseren Anführer doch gehört – schon bald wird es so weit sein."

Ich warf ihm einen kurzen Blick über die Schulter zu. „Mit dem, was ihr hier tut, seid ihr dann aber kein Stück besser als sie."

Der Totaa lächelte nachsichtig. „Ich habe nicht erwartet, dass eine beschränkte Menschverbundene das versteht", sagte er. „Allerdings brauchst du dir nicht mehr lange deinen hübschen Kopf darüber zu zerbrechen, denn wir sind gleich im Künstlerviertel, wo du ihn verlieren wirst."

Ich merkte an Bens Körpersprache, dass es ihn drängte, seine mentale Fähigkeit einzusetzen, doch da sich aktuell sieben Totaa in dem schmalen Korridor vor und hinter uns befanden, war es einfach zu gefährlich, da Ben sie nicht alle gleichzeitig im Blick behalten konnte.

Unser Aufpasser dirigierte uns in einen abzweigenden Gang und ich sah einen fettleibigen Totaa in einen durchsichtigen quadratischen Kubus steigen, an dessen Seitenwand ein leuchtendes Bedienpanel angebracht war. Der Totaa betätigte einige Knöpfe, die er jedoch mit seinem Körper verdeckte, bevor ihn der durchsichtige Kubus auf eine höhere Ebene brachte.

„Blick nach vorne", schnauzte unser Begleiter mich

an. „Da oben ist nichts für dich. Da sind nur unsere *ausgewählten* Gäste." Er ließ seine Peitsche knallen und schubste uns bei der nächsten Abzweigung in den linken Gang.

„Hey, Alfredo!", rief unser Aufpasser dort einem Träger mit wüstem Haarschopf und einer skurril anmutenden grünen Zeichnung entgegen. „Sieh mal, was ich für dich habe."

Er deutete mit der knisternden Feuerpeitsche auf mich. „Was hältst du von ihr?"

Alfredo stand vor einer Gefängniszelle, in der eine nackte Sinnträgerin mit einer auffälligen Tätowierung saß. Das Tattoo sah aus wie eine Blumenranke, die sich über ihren ganzen Rücken erstreckte, und sie zitterte wie Espenlaub.

„Oh, eine Gelbe", sagte Alfredo in meine Richtung und schlich näher. „Ja, eine Gelbe könnte ich gut gebrauchen." Seine Finger fuhren vor und betasteten meine Gesichtsmusterung. „So zarte und filigrane Linien. Leider habe ich gerade ein Kunstwerk fertiggestellt, da hätte deine Zeichnung wunderbar dazugepasst."

Er drehte sich um und deutete auf einen großen, quadratischen Kubus, der genauso hell ausgeleuchtet war wie jener der Krankmacher. Allerdings herrschte in diesem keine sterile Reinheit, sondern ein albtraumhaftes Chaos. Auf einem großen, blutverschmierten Tisch lagen eine Vielzahl chirurgischer Instrumente sowie die Reste unterschiedlicher Hautlappen. Mit Schaudern erkannte ich daneben einen grotesken Lampenschirm, der aus der Haut mehrerer Sinnträger zusammengeschustert worden war.

„Ich mache aber auch kleine Dinge", sagte Alfredo und sog hörbar die Luft ein. „Handtaschen,

Währungsblätterbörsen, Schuhe …" Er strich mir nochmal über die Zeichnung. „Ich kann mir vorstellen, dass es einige modebewusste Tierverbundene gibt, die Wert auf so hübsche Wachsamkeitsschuhe legen würden." Seine Finger schlossen sich um mein Handgelenk und ich versuchte, ein Zittern zu unterdrücken. „Komm mit."

„Lass sie sofort los", knurrte Ben mit eisiger Kälte und starrte den Tierverbundenen an, der mich auf der Stelle losließ und zurücktaumelte. Dabei traten seine Augen aus den Höhlen.

„Mentalkräf… ", brach es aus ihm heraus, bevor seine Worte in einem Gurgeln untergingen und er verzweifelt nach Luft schnappte. Ich zögerte keine Sekunde, ließ meine gefälschten Handfesseln mit einem Knopfdruck aufschnappen und stürzte mich im nächsten Moment auf unseren Aufpasser, der mit einer extrem schnellen Bewegung auswich.

„Ein Mentaler!", brüllte er. Ben fuhr herum und versuchte, unseren Aufpasser unter Kontrolle zu bekommen, aber in dem Moment, wo er den Sichtkontakt mit Alfredo verlor, zischte dieser wieselschnell davon.

Ich wusste, dass ich ihn zu Fuß niemals einholen würde, und presste die Finger auf meine brennende Zeichnung, um mithilfe meiner Sandfähigkeit das Glas des nächsten Kubus zu beherrschen – aber offensichtlich war es magisch verändert worden, denn es gelang mir nicht.

Ben fluchte unterdrückt und ich sah die Anspannung in jedem seiner Muskeln. „Zieh dich aus", befahl er unserem Aufpasser, der mit abgehackten Bewegungen gehorchte. Nervös blickte ich mich um. Wir waren derzeit noch allein in dem schmutzig weißen Korridor, aber das würde nicht mehr lange so bleiben. Wie aufs Stichwort ertönte in diesem Moment ein durchdringender Alarm und mein Puls peitschte in die Höhe.

Genau davor hatte ich Angst gehabt. Grelles weißes Licht flutete die Gänge und Ben fluchte unterdrückt, während er mir den viel zu großen Kapuzenumhang unseres Begleiters überwarf und mir dessen Feuerpeitsche in die Hand drückte. „Verschwinde von hier", raunte er mir zu. „Ich komme nach, sobald ich kann."

Ich nickte, obwohl ich mir nichts sehnlicher wünschte, als bei Ben zu bleiben. Doch unter den gegebenen Umständen standen unsere Chancen besser, wenn wir uns aufteilten. So schnell ich konnte, raffte ich den langen weißen Kapuzenumhang und lief den Korridor zurück, den wir gekommen waren. Hinter mir hörte ich Ben dem Totaa befehlen, eine der freien Gefängniszellen zu betreten, und warf einen kurzen Blick über die Schulter. Der Totaa trat mit marionettenhaften Bewegungen in die Zelle, die sich automatisch mit den scharfkantigen weißen Gitterstäben hinter ihm verschloss. Als Nächstes sah ich, wie der Tierverbundene kräftig Anlauf nahm und mit dem Kopf so fest gegen die Wand lief, dass er ohnmächtig zusammenbrach.

„Da sind sie!", brüllte im nächsten Moment Alfredo mit überschnappender Stimme, dem eine ganze Gruppe Tierverbundener gefolgt war, die sich Ben jetzt rasch näherten.

„Lauf!", schrie Ben mir zu, der sich genau zwischen den feindlichen Totaa und mir befand. Dann stellte er sich breitbeinig in die Mitte des Tunnels und presste beide Hände gegen seine Schläfen, bevor er ihnen mit einem Schrei seine mentale Kriegsfähigkeit entgegenschleuderte. Ich sah aus dem Augenwinkel, wie die Totaa allesamt in der Bewegung erstarrten, während Bens Muskeln vor

Anstrengung zu zittern begannen.

Es zerriss mir das Herz, ihn jetzt zurückzulassen, aber ich wusste, dass wir keine andere Wahl hatten, und rannte, so schnell ich konnte.

Während ich lief, biss ich kräftig auf die magische Münze, die Damien mir gegeben hatte, und ein bitterer Geschmack breitete sich in meinem Mund aus. Kurz darauf durchzuckte ein brennender Schmerz meine linke Wange und ich spürte, wie sich eine gefälschte Tierverbundenen-Zeichnung in meine Haut brannte, während meine Wachsamkeitslinien auf der rechten Seite ganz kalt wurden. Laut Damien würde die Täuschungsmagie nicht ewig anhalten und ich hoffte einfach, dass sie für meine Zwecke reichen würde.

Ich raste an den grauenhaft entstellten Menschverbundenen vorbei, zurück zu dem durchsichtigen Kubus, mit dem der fettleibige Totaa in die höhere Ebene geschwebt war. Dabei versuchte ich, nicht an Bens Überlebenschancen zu denken, sondern mich einzig und allein auf mein Ziel zu konzentrieren, Simeon zu retten.

Endlich erreichte ich den Glaskasten und stürzte hinein. Dabei stolperte ich über den Saum der weißen Kutte, die mir viel zu groß war und überall um meinen Körper herumschlackerte. Wie durch ein Wunder war ich auf meinem Weg hierher keinen feindlichen Totaa begegnet und nun drückte ich mit zitternden Fingern wahllos auf irgendwelche Knöpfe des Bedienpanels und hoffte, dass sich die durchsichtige Box dadurch in Bewegung setzen würde.

Doch sie bewegte sich kein bisschen. Die Glaswände reflektierten den violetten Schein der gefälschten Angstzeichnung auf meiner linken Wange und tatsächlich empfand ich Damiens Sinn als passend. Das Gefühl verstärkte sich noch, als ich eine tiefe, männliche Stimme Befehle brüllen hörte. Im nächsten Moment sah ich eine Gruppe von acht Totaa gemeinsam mit einem großgewachsenen Wutträger an mir vorbei durch die Gänge rennen. Bei ihrem Anblick setzte mein Herzschlag aus. Denn ich kannte den Anführer der Truppe.

Es war Jesper.

Kapitel 26

Noch bevor ich reagieren konnte, quetschte sich ein breitschultriger Totaa mit buschigen Augenbrauen zu mir in die Kabine und drückte in schneller Reihenfolge drei leuchtende Schaltflächen, woraufhin sich der Kubus in Bewegung setzte.

„Und wohin willst du?", fragte er mich, als wir durch mehrere Stockwerke nach oben zischten.

„Ich soll mich bei Thorax melden", erfand ich einfach irgendeinen Namen, während mir das Herz bis zum Hals schlug. Doch es war nicht nur die Angst, entlarvt zu werden, sondern es lag auch daran, dass ich Jesper gesehen hatte.

Er war einer von ihnen geworden.

Und obwohl ich ihm schon lange nicht mehr vertraute, wehrte sich alles in mir gegen die Vorstellung, dass er ein Totaa war. Außerdem verstand ich nicht, wie das hatte passieren können. Jesper war ein Menschverbundener, wie konnte er eine Gruppe von Totaa anführen?

„Thorax? Ich kenne keinen Thorax", sagte der Totaa und runzelte misstrauisch die Stirn. „Wo ist dieser Thorax stationiert?"

„Auf der Ebene mit den wertvollen Gefangenen – glaube ich", erwiderte ich scheu und senkte den Kopf, wie es zu einer Angstträgerin passte. Mein magisches Gesichtsmuster strahlte noch immer in grellem Violett und ich hoffte, dass dem Totaa das durchgängige Leuchten nicht irgendwann seltsam vorkam.

„Aha", sagte er langsam und sah mich mit zusammengekniffenen Augen an. Dann beugte er sich etwas nach unten, um mir direkt ins Gesicht zu sehen.

Mein ganzer Körper spannte sich an und ich umklammerte die Feuerpeitsche unseres Aufpassers fester, während ich mich darauf gefasst machte, dass er jeden Moment den Alarm auslöste.

Stattdessen begann sein weißes Gesichtsmuster in Form einiger dicker Punkte zu glimmen.

„Dein erster Tag, was?", fragte er dann und ich senkte den Kopf noch weiter, bevor ich zögernd nickte. Angesichts der furchtbaren Lage, in der Ben und ich uns befanden, fiel es mir nicht schwer, mich schüchtern zu geben.

„Na ja, wie gesagt kenne ich keinen Thorax", fuhr er fort und richtete sich wieder auf. Dabei bemerkte ich die dunklen Blutränder unter seinen Fingernägeln. „Wir sind so viele, da kann man schon mal den Überblick verlieren."

Ich nickte rasch.

Die durchsichtige Box hielt in einem Stockwerk und die Schiebetür glitt selbstständig zur Seite.

„Hier musst du raus", sagte der Totaa bestimmt. „Nimm diesen Gang bis zur Mitte und frag nach Alaaf. Er kennt jeden hier im Kubus. Und dann wünsche ich dir viel Spaß dabei, ein paar Menschverbundene zu quälen."

„Danke", presste ich hervor und machte, dass ich von dem Vertrauensträger wegkam.

Nervös huschte ich durch die schmutzig weißen Gänge. Der Alarm auf der unteren Ebene hatte vor einigen Sekunden aufgehört und ich hatte schwer damit zu kämpfen, mich auf meine vor mir liegende Aufgabe zu konzentrieren, während mein Herz vor Sorge um Ben beinahe zersprang.

Warum war der Alarm verstummt? Hieß das, dass sie ihn gefangen genommen hatten? Oder bedeutete es … nein, diesen Gedanken konnte ich nicht zu Ende denken.

Das Einzige, was mich aufrecht hielt, war die Tatsache, dass wir hier waren, um Simeon zu retten. Vorsichtig schlich ich weiter. Die Luft auf dieser Ebene roch nur unwesentlich besser als da, wo ich herkam, und die wenigen Totaa, denen ich begegnete, schenkten mir glücklicherweise kaum Beachtung, obwohl mir meine Kutte viel zu groß war.

Natürlich hatte ich den mittleren Gang bewusst gemieden, um diesem Alaaf nicht zu begegnen, der angeblich jeden Totaa im Kubus kannte. Nun lief ich gerade an einer Reihe leerer Gefängniszellen vorbei, als ich aus dem Augenwinkel eine liegende Gestalt wahrnahm. Automatisch blieb ich vor der letzten Zelle stehen und blickte hinein.

Die Gestalt lag mit dem Rücken zu mir auf dem Boden und rührte sich nicht. Sie trug einen dunkelblauen Kriegsanzug und etwas an ihr ließ mein Herz schneller schlagen. Ich ging so nahe wie möglich an die scharfkantigen weißen Gitterstäbe heran, ohne sie zu berühren, und kniff die Augen zusammen. War sie es wirklich?

„Gestalterin?", flüsterte ich und hoffte, dass die Trauerträgerin überhaupt noch lebte. „Gestalterin Agatha?"

Ein leichtes Beben durchfuhr ihren abgemagerten Körper und ich sah, wie sie den Kopf in meine Richtung drehte.

Ihre von grauen Strähnen durchzogenen Haare hingen

ihr wirr ins Gesicht und ihre Augen huschten unstet hin und her.

„Wer ...", setzte sie an und befeuchtete die aufgeplatzten Lippen mit ihrer Zunge. „Wer bist du?"

„Ich bin Lee", antwortete ich leise und warf einen schnellen Blick über die Schulter. „Wie lange seid Ihr schon hier?"

Die Gestalterin schüttelte den Kopf. „Ich weiß nicht genau ... seit sie ... seit sie mich gezwungen haben ..." Sie verstummte. Ihre Worte berührten etwas in mir und ich wurde hellhörig.

„Wozu gezwungen?", hakte ich nach.

Die Gestalterin blickte mich an und Tränen traten ihr in die Augen. „Seit sie mich gezwungen haben, das Blaue Buch zu benutzen. Nur die Gestalterin kann es aktivieren", hauchte sie dann so leise, dass ich sie fast nicht verstanden hätte.

„Ihr wart das?", entfuhr es mir, bevor ich mir auf die Lippen biss. Die Gestalterin der Trauer senkte den Kopf und ihre strähnigen Haare fielen ihr wie ein Schleier ins Gesicht.

„Ja", flüsterte sie. „Ich habe versucht, mich zu weigern. Aber sie haben jene bedroht, die mir nahestanden. Und dann ..." Ihre Stimme brach weg. „Dann haben sie trotz ihres Versprechens alle getötet." Eine Träne rann ihr über die Wange und ihr edles Muster entfachte sich in tiefstem Blau. „So viele sind meinetwegen gestorben. Ich dachte, ich könnte sie retten, ich dachte es wirklich. Aber ich habe mich geirrt." Sie verstummte erneut.

„Ich brauche Eure Hilfe, Gestalterin", sagte ich, denn wir hatten nicht viel Zeit. „Wisst Ihr, wo die anderen Gefangenen auf dieser Ebene festgehalten werden?"

Sie schüttelte müde den Kopf. „Ich habe immer

nur diese Zelle gesehen. Und ich habe die Schreie gehört. Sie führen ganz schreckliche Experimente mit den Sinnträgern durch. Sie testen ihre Waffen an den Menschverbundenen, um zu sehen, wie groß der Grad der Zerstörung ist, den sie damit erreichen. Und dank meiner Aktivierung des Blauen Buches haben sie ganz fürchterliche Kriegsfähigkeiten entwickelt. So viele sind in diesem Krieg schon umgekommen … so viele." Sie schlang ihre dünnen Arme um ihren Körper und begann, sich selbst zu wiegen. „Die Trauer zerfrisst mich. Sie frisst mich von innen auf. Mein eigener Sinn verzehrt mich bei lebendigem Leib."

„Die Totaa waren nicht die Einzigen, die vom Einsatz des Blauen Buches profitiert haben", sagte ich schnell, weil Agatha immer lauter wurde. „Uns hat das Buch ebenfalls Fähigkeiten gegeben – sowohl den Tierverbundenen, die auf unserer Seite kämpfen, als auch den Menschverbundenen."

Agatha hörte zu wippen auf und starrte mich aus tränenverschleierten Augen an. „Welche Fähigkeit hast du?", flüsterte sie.

Die Frage traf mich nicht unvorbereitet, trotzdem war es nicht angenehm, schon wieder damit konfrontiert zu werden, dass ich eine Beta war.

„Ich habe keine besondere Fähigkeit entwickelt."

Sie runzelte die Stirn. „Das glaube ich nicht."

Ich verbiss mir ein frustriertes Stöhnen und blickte mich rasch um. „Wir müssen uns beeilen", sagte ich rasch. „Wisst Ihr, ob es einen Weg gibt, wie man den Kubus ungesehen verlassen kann?"

Sie schüttelte den Kopf. „Der ganze Bau ist gegen jegliche Form von Teleportationsmagie geschützt. Man kann ihn auf magischem Weg überhaupt nicht verlassen.

Nur durch den Eingang." Sie strich sich mit zitternden Fingern ein paar graue Strähnen aus der Stirn und steckte ihre dünne Hand dann durch die weißen Gitterstäbe hindurch. Als sie mit dem Handrücken das scharfkantige Metall berührte, ertönte ein leises Zischen und Agatha keuchte auf. „Beug dich zu mir", wies sie mich an.

Ich wusste nicht, was ich von der Aufforderung halten sollte, war aber so perplex, dass ich gehorchte. Agatha legte ihre eiskalten Finger auf meine Stirn und ich schauderte.

„Irgendetwas blockiert dich", flüsterte sie und ihr Atem blies mir unangenehm ins Gesicht. „Ich kenne die Macht des Blauen Buches. Sie macht vor niemandem halt.

„Gestalterin", setzte ich an. „Dafür haben wir jetzt keine Zeit."

„Öffne dich dem blauen Sinn", überging sie meinen Einwand. „Tu es. Jetzt."

Ich schloss die Augen und spürte eine Welle der Trauer über mich hinwegschwappen. Es reichte, nur für einen Moment an das Gefühl zu denken, das mich bei der Nachricht von Bens angeblichem Tod überkommen hatte – und an das Gefühl, das ich jetzt verspürte, wenn ich mir vorstellte, dass ich ihn vielleicht nie wiedersehen würde.

„Gut", flüsterte sie. „Ich kann es sehen. Genau hier, du bist blockiert." Ein brennender Schmerz fuhr mir in die Schulter, exakt in die Stelle, wo der Totaa mich im *Wald des Verderbens* gebissen hatte, und ich fühlte, wie mir die Tränen über die Wangen liefen.

„Hey, du da! Was machst du da?", ertönte eine tiefe Stimme und ich zuckte erschrocken von der Gestalterin zurück.

„Was sollte das denn?", fauchte der näher kommende

Totaa die Gestalterin an. „Was hast du mit ihr gemacht?"

Agatha zog so schnell die Hand zurück in die Zelle, dass sie ein zweites Mal die weißen Gitterstäbe berührte, die erneut zischten und ihr einen Schmerzenslaut entlockten.

„Ich habe dich etwas gefragt!", schrie der Totaa und seine fleckige rote Zeichnung entfachte sich erbost.

„Es geht mir gut", presste ich hervor, um seine Aufmerksamkeit von Agatha wegzulenken. „Es war meine Schuld, ich war unvorsichtig."

In meinem Gesicht fühlte ich noch immer das Brennen von Damiens falscher Angstzeichnung und hoffte, dass es reichte, um den Totaa von meinem Versagen zu überzeugen. Gleichzeitig pochte meine Schulter, in die ich nach der Welle des blauen Lichts gebissen worden war, so stark wie am ersten Tag. Der Totaa schnaubte und seine hellbraunen Augen verengten sich. „Wer bist du eigentlich?", fragte er dann barsch.

„Ich wurde für Reinigungsarbeiten eingeteilt", sagte ich rasch und hoffte, dass die Totaa überhaupt jemals die Zellen reinigten, was bei dem Geruch, der im Kubus vorherrschte, relativ unwahrscheinlich war. Allerdings war mir das Risiko zu hoch, die Lüge mit dem erfundenen Thorax zu wiederholen – am Ende stand ich noch Alaaf gegenüber, der jeden Totaa hier auf der Ebene persönlich kannte.

„Na dann tu das, wofür du hergekommen bist, und lass dich nicht auf Gespräche mit den Gefangenen ein!", herrschte mich der Totaa an und ich nickte rasch, bevor ich mich umwandte und hastig davonstolperte. Es fühlte sich nicht richtig an, Agatha im Stich zu lassen, aber ich durfte nicht enttarnt werden, wenn ich Simeon finden wollte. Ich lief durch die Gänge, den Kopf geduckt, und versuchte, keine Aufmerksamkeit auf mich zu ziehen. Die Gänge verzweigten sich immer wieder zu neuen Durchgängen und irgendwann wusste ich nicht mehr, wo ich mich befand. Doch ich hatte Glück.

Vierhundertsiebenundvierzig Herzschläge später starrte ich auf einen großen, hell erleuchteten Glaskasten, der genau im Zentrum der Ebene lag, und schluckte.

Ich hatte Simeon gefunden. Aber er sah überhaupt nicht mehr so aus, wie ich ihn kannte.

Kapitel 27

Sie hatten Simeon auf einem Stuhl festgeschnallt, der von lebendigen weißen Lianengewächsen überwuchert wurde. Die blassen Ranken wickelten sich wie dicke Schlangen um seinen schmächtigen Körper und ich spürte eine Mischung aus Zorn, Angst und Schmerz in mir, als ich ihn so sah.

Simeons hellgrüne Augen waren weit aufgerissen, doch das, was er sah, schien nichts mit seiner Umgebung zu tun zu haben. Ohne zu blinzeln starrte er ins Nichts und sein ganzes Gesicht zeigte dabei einen Ausdruck absoluten Entsetzens. Was immer Simeon zu sehen bekam, es musste schrecklich sein.

Rasch blickte ich mich in den Gängen um. Ein einsamer Totaa lungerte gähnend vor dem durchsichtigen Kubus herum und ich brauchte nicht lange, um zu überlegen. Mit schnellen Schritten ging ich auf ihn zu und lächelte freundlich, als ich näher kam. Er runzelte die Stirn und blickte missmutig zurück.

„Was willst du?", fragte er und kratzte sich im Schritt.

„Gar nichts", erwiderte ich und riss erstaunt die Augen auf, während ich einen Punkt hinter ihm fixierte. Wie erwartet schnellte der Totaa im Reflex herum und ich nutzte den Moment, um seinen Kopf mit all meiner Kraft gegen die Wand zu donnern. Der Schlag war fest genug, um den Totaa für einen Moment außer Gefecht zu setzen. Rasch suchte ich den bewusstlosen Körper des Tierverbundenen nach einer Art Schlüsselkarte ab und wurde in einer Brusttasche in Form einer handtellergroßen weißen Scheibe fündig. Kaum näherte ich mich damit dem gläsernen Kubus, glitt eine Schiebetür mit einem leisen Zischen zur Seite und ich konnte eintreten.

In dem Glaskasten fühlte ich mich wie auf dem Präsentierteller und sollte jemand vorbeikommen und den bewusstlosen Totaa entdecken, wäre es um mich geschehen.

„Simeon", flüsterte ich und rüttelte an seiner Schulter. „Simeon, wach auf!"

Die weißen Pflanzenlianen schienen sich bei dem Klang meiner Stimme noch enger um seinen Körper zu schlingen und ich warf einen hektischen Blick über die Schulter. Von draußen hörte ich deutlich das Getrappel näher kommender Schritte – wahrscheinlich würde es jeden Moment so weit sein und die Totaa würden um die Ecke biegen. Sie würden den Alarm auslösen und den Kubus umstellen - und ich könnte nichts tun, da ich keine Fähigkeiten hatte, die in diesem schrecklichen Gefängnis funktionierten.

„Simeon!", flüsterte ich erneut und rüttelte fester an ihm. Eine der Pflanzenlianen schlängelte sich noch entschlossener um seinen Oberkörper und ich sah, wie sie ihre Spitze immer weiter nach oben streckte, bis sich ein flüssiges weißes Sekret auf ihrem Ende bildete, das sie in seine Augen zu träufeln versuchte.

„Nein!", entfuhr es mir und ich schnappte nach der Liane, um sie mit einer heftigen Bewegung von Simeon wegzuzerren. Im selben Moment hörte ich Jespers tiefe Stimme aus dem Totaa-Gefängnis hinter mir. Und sie klang, als würde sie näher kommen.

Verzweifelt verdoppelte ich meine Anstrengungen, die Pflanzenlianen von Simeon herunterzureißen, doch sobald es mir gelang, eine Ranke von seinen Gliedmaßen zu entfernen, rutschten drei weitere schon wieder nach.

Noch während ich hektisch versuchte, es doch noch irgendwie in der Zeit zu schaffen, hörte ich schon viele Schritte, gefolgt von Jespers tiefer Stimme. Und diesmal sprach er eindeutig mit mir.

„Sieh an, wen haben wir denn da?" Sein überheblicher Tonfall ließ mein Herz für einen Schlag aussetzen und ich hatte das Gefühl, als hätte mir jemand einen Eimer Eiswasser über den Kopf gekippt. Im nächsten Moment ertönte das zischende Geräusch der automatischen Schiebetür und ich drehte mich um.

Jesper stieß Ben durch die offene Tür in den Glaskasten zu Simeon und mir und trat dann selbst durch die Öffnung. Er wurde von einem ganzen Trupp Totaa begleitet, dem er bedeutete, im Korridor zu warten.

Dann maß er mich mit einem kalten Blick.

Mein Herz krampfte sich zusammen, als ich in Jespers Gesicht sah. Von seiner ehemals roten Wutzeichnung in Form dreier Blitze war fast nichts mehr übrig. Stattdessen zeigten sich auf seiner linken Wange die verschlungenen orangefarbenen Linien einer Acht – jener Zeichnung, die auch Fredomir, der Urgestalter der Freude, getragen hatte. Und genauso wie Fredomir lächelte auch Jesper jetzt boshaft, als er mich vor Simeon stehen sah.

„Ah, Lee, wie schön, dich wiederzusehen", sagte er ruhig, aber es war keine Wiedersehensfreude in seiner Stimme zu hören.

Ich warf einen Blick auf Ben, der schrecklich aussah. Sein Gesicht war geschwollen und er hatte zwei Bisswunden, eine auf der Brust und eine in der Schulter. Meine Augen suchten die seinen, aber ich schaffte es nicht, einen Kontakt zu ihm herzustellen, da er die ganze Zeit über nur Jesper ansah.

„Jesper", erwiderte ich steif und straffte die Schultern. Wenn wir heute hier schon sterben würden, dann wenigstens mit Würde.

„Zieht euch zurück, ich werde mit den beiden allein fertig", sagte Jesper mit einem seltsamen Zucken im Gesicht zu den Totaa, die draußen vor dem Glaskasten warteten. Dann verschränkte er die Arme hinter dem Rücken und wanderte an Ben vorbei zu Simeon, der noch immer von den Pflanzenlianen auf dem Stuhl fixiert wurde. Die Totaa auf dem Korridor begannen lautstark zu protestieren und mir fiel nur ein einziger Kapuzenträger auf, der still blieb. Mein Herz machte einen Satz, als ich in ihm Pierre erkannte. Er hatte es also auch irgendwie geschafft, in das Gefängnis zu gelangen, und sein Anblick gab mir Hoffnung.

Ich warf erneut einen kurzen Blick auf Ben, um ihm meine Entdeckung wortlos mitzuteilen, aber er sah mich gar nicht. Sein Mund war fest zusammengepresst und Schweißtropfen sammelten sich auf seiner Stirn, während er Jesper intensiv anstarrte.

Der riesenhafte Beschützer, dessen Züge zu einer ausdruckslosen Maske erstarrt waren, wandte sich gerade ruckartig an die Totaa vor dem Glaskasten.

„Ich … habe … gesagt", Jesper machte eine Pause und sein Brustkorb hob und senkte sich schnell, „… ihr sollt … mich … allein … lassen", presste er schließlich hervor. Dann machte er einen seltsam steifen Schritt zur Schiebetür und riss wie eine Marionette den Arm hoch, um sie von innen zu verriegeln. Und in dem Moment, als ich die hölzernen Bewegungen sah, mit denen Jesper uns bei Simeon einschloss, begriff ich es.

Mein Blick wanderte zu Ben und seine angespannte Körperhaltung gepaart mit der tiefen Konzentration auf seinem Gesicht bestätigte mir meine Vermutung.

Ben war gar nicht Jespers Gefangener, es war umgekehrt. Ben hatte die Kontrolle über Jesper übernommen, es vor seiner Anhängerschaft aber so aussehen lassen, als wäre es andersrum. Offenbar handelte es sich bei den Handfesseln um unsere Attrappe – und noch während diese Gedanken durch mein Hirn ratterten, schrie Jesper laut auf und Ben stürzte auf die Knie.

„ICH BIN ZU STARK FÜR DICH!", brüllte Jesper außer sich vor Zorn. „Du bist schwach, Reisender, du warst schon immer schwach, und auch deine Kriegsfähigkeit ist schwächer als meine! Du kannst mich mit deiner mentalen Kraft nicht bezwingen, denn meine ist hundertmal stärker als deine!" Jesper legte den Kopf in den Nacken und röhrte wie ein Wahnsinniger. Es war ein Schrei tiefsten Triumphes und ich sah, wie Ben von einer unsichtbaren Kraft getroffen und durch das ganze Zimmer geschleudert wurde. Dann schwenkte Jespers Blick zu mir und mir lief es eiskalt den Rücken hinunter. Im nächsten Moment stürzte er sich auf mich und packte mich mit beiden Händen an den Oberarmen. Seine Finger bohrten sich schmerzhaft in meine Schulterwunde und ließen mich laut aufstöhnen.

„Lass sie los!", schrie Ben von der anderen Seite des Raumes und versuchte, zu mir zu kommen. Doch es war, als würde er gegen ein unsichtbares Schild anlaufen. Jesper sah ihn an und lachte. Es war ein lautes und bösartiges Lachen.

„Sicher nicht", stieß er hervor. „Endlich gehört sie mir." Er hielt mich vor seinem Oberkörper fest und drückte meinen Rücken an seine Brust. Dabei spürte ich seinen schnaubenden Atem in meinem Nacken, der mir die Haare aufwirbelte.

„Wieso tust du das, Jesper?", flüsterte ich. „Du bist einer von uns. Du bist ein Menschverbundener. Wie kannst du dich den Totaa anschließen?"

Ich konnte ihn nicht sehen, da er hinter mir stand, aber ich konnte Ben sehen, der noch immer gegen das unsichtbare Schild ankämpfte und sich offenbar verzweifelt darum bemühte, die Kontrolle zurückzuerlangen.

„Weil ich es kann", flüsterte Jesper mir zu. „Ich war schon immer zu Größerem bestimmt." Er krallte seine Finger noch tiefer in mein Fleisch. „Ich bin schon lange kein richtiger Menschverbundener mehr", fügte er hinzu. „Das Orangefarbene Buch hat mich verändert. Ich fühle die Macht des Urgestalters in mir und es ist eine gute Macht. Eine animalische Macht. Und schon bald werde ich gemeinsam mit meinen Artgenossen die gesäuberte Sinnliche Welt regieren, wenn Abschaum wie ihr nicht mehr existiert."

„Du bist verrückt", hauchte ich und in diesem Moment ließ mich Jesper los. Ich fuhr herum und sah, wie er sich selbst die Finger um die Kehle legte. Mit hämmerndem Herzen beobachtete ich, wie er immer fester zudrückte, und nahm gleichzeitig wahr, wie sich die Totaa draußen hektisch zu formieren begannen. Jesper traten die Augen aus den Höhlen, doch im nächsten Moment schüttelte er Bens Beeinflussung ab und versetzte mir einen Prankenhieb, der mich direkt in Bens Arme schleuderte. Entsetzt beobachtete ich, wie Jesper beide Hände gegen die Schläfen presste und Mordlust in seinen Augen funkelte.

Dann begann er zu brüllen. Es war ein tiefes, animalisches Brüllen und ich fühlte, wie ich von einer harten, unsichtbaren Kante getroffen und durch den

Raum geschleudert wurde. Auch Ben wurde brutal zurückgeworfen.

Als Jesper zu schreien aufhörte, knallte ich mit dem Hinterkopf und meiner Schulter gegen das Plexiglas und spürte die Dunkelheit von rechts und links in mein Sichtfeld schwappen. Nur mit enormer Willensanstrengung gelang es mir, nicht ohnmächtig zu werden. Draußen vor dem Glaskasten herrschte inzwischen Chaos. Einige Totaa versuchten, den Kubus zu stürmen, während andere sie davon abhielten. Jesper stand einfach nur apathisch mitten im Raum und mein Blick fuhr hinüber zu Ben, der keuchend auf dem Boden kniete und sowohl Jesper als auch die Totaa hinter ihm im Sichtfeld zu behalten versuchte. Rasch krabbelte ich zu ihm.

„Ich habe eine Zeitlang versucht, sie alle gleichzeitig in Schach zu halten", presste Ben hervor und ich sah, wie aus seiner Nase und den Ohren Blut sickerte. „Aber ich kann sie nicht ständig alle im Blick behalten. Außerdem sind es … einfach zu viele."

Ein paar Totaa hatten sich jetzt bis zur Tür vorgekämpft und begannen, mit schweren Trümmerkeulen gegen das Glas zu hämmern. Die Schläge waren so laut, dass es mir in den Ohren wehtat, und ich fühlte die Vibration bis in die Fingerspitzen. Ein leises Krachen erklang und im Glaskubus bildeten sich die ersten Risse.

Bens ganzer Körper begann zu zittern, während er die Totaa davon abzuhalten versuchte, das Glasgefängnis zu stürmen – und ich sah, wie jetzt auch noch seine Augen zu bluten anfingen.

„Ben!", rief ich voller Angst. „Du musst damit aufhören!"

Die Risse im Glas wurden währenddessen immer

dicker und ich wusste, dass es nicht mehr lange dauern würde, bis die Totaa zu uns durchgebrochen waren.

Er schüttelte den Kopf. „Nein, ich muss das jetzt zu Ende bringen." Mit diesen Worten richtete er den Blick weg von Jesper und nach draußen – woraufhin unter den Totaa vor dem Glaskasten ein schreckliches Gemetzel ausbrach. Laut schreiend richteten sie ihre Trümmerkeulen gegeneinander und schlachteten sich gegenseitig ab. Ich sah Gliedmaßen durch die Luft segeln und schlug mir die Hand vor den Mund, während ich hoffte, dass Pierre es geschafft hatte, sich rechtzeitig in Sicherheit zu bringen.

Nur aus dem Augenwinkel nahm ich wahr, wie Jespers Körper sich aus seiner Erstarrung löste, bevor er ein Messer aus seiner Uniform zog und damit auf Ben zuraste.

Es fühlte sich an wie ein Déjà-vu. Ich sah wieder den Verrückten aus dem Ekelgefängnis, sah wieder, wie sein Messer widerstandslos in Bens Brustkorb eindrang, und fühlte wieder den gleichen Schmerz. Eine unglaubliche Angst raste durch mich hindurch. Ich sah Ben schon tot am Boden liegen und im nächsten Moment war es, als würde eine Nussschale in meinem Inneren zerbrechen.

Es kam aus meinen tiefsten Tiefen und es setzte einen Fluss an Energie frei, von dem ich nicht gewusst hatte, dass ich ihn in mir trug. Die Kraft rauschte wie flüssige Hitze durch meine Adern und plötzlich fühlte ich mich unglaublich stark. Ich fühlte mich wild, frei und unbesiegbar. Ich hörte auf zu denken, all mein Streben bestand nur noch darin, zu *beschützen*. Die ursprüngliche Energie schoss durch mich hindurch und ich legte sie einzig und allein in den Wunsch, Jesper davon abzuhalten, Ben zu töten. Ich musste dem Wutträger irgendetwas entgegensetzen, musste ihn irgendwie stoppen und zu Boden ringen. In diesem Augenblick fühlte ich die haarfeinen Bewegungen des Steins über unseren Köpfen. Und ich konnte die Bewegung nicht nur spüren, ich konnte sie *beeinflussen*. Jespers Messer blitzte auf und im nächsten Moment ertönte ein gewaltiges Krachen, als ich die Decke dazu brachte, sich aus ihrer Verankerung zu lösen. Jesper durfte Ben nicht erreichen, er durfte einfach nicht, und ich legte meine ganze Energie in diesen Wunsch, während ich spürte, wie sich die Materie meinem Geist beugte, wie die Kraft meines Willens auf den Stein überging und er mir gehorchte, bis dicke Felsbrocken aus der Decke brachen, die einzig und allein auf den ehemaligen Beschützer niederregneten.

Danach hing eine Wolke aus Schutt und Staub über unseren Köpfen und es war unnatürlich still – was auch daran lag, dass sich die Totaa außerhalb unseres Glaskastens gegenseitig abgeschlachtet hatten. Ich musste husten und dann sah ich Ben, der mich mit großen Augen anschaute.

Ehrfurcht lag in seinem Blick und langsam wurde mir bewusst, dass ich es gewesen war, die die Decke zum Einsturz gebracht hatte. Allerdings hatte ich lediglich Jesper unter den Gesteinsmassen begraben - Simeon, Ben und mir war durch die herunterkommenden Felsen kein Kratzer zugefügt worden.

„Wir müssen Simeon befreien", sagte Ben in dem Moment und ich nickte. „Ich hab es vorhin schon versucht", flüsterte ich und musste nochmals husten. Der Einsatz meiner Fähigkeit hatte mich viel Kraft gekostet.

„Versuch es nochmal", sagte Ben. „Du hast schließlich so lange darauf gewartet. Nutze die Kraft deines Geistes."

Ich sah ihn an und merkte, dass seine Worte etwas mit mir machten. Endlich hatte sich meine Kriegsfähigkeit gezeigt und die Erleichterung darüber riss mich mit sich und erfüllte mich mit einer wilden, ungestümen Freude. Ich stemmte mich in die Höhe und richtete meine Aufmerksamkeit auf Simeon. Dann ließ ich die Energie wieder fließen, ich holte sie aus meinem tiefsten Inneren und spürte, wie sie mich erfüllte. Flüssige Hitze rauschte durch meine Adern, es war heiß und wild und plötzlich verstand ich den Ursprung dieser Kraft. Sie kam aus einer Quelle, die nicht dafür geschaffen war zu töten, es war eine Quelle, die das Ziel hatte zu beschützen. Die Kriegsfähigkeiten waren dazu gemacht, um Kriege zu beenden, und ich fühlte, wie alles in mir bei dieser Erkenntnis vibrierte. Ich dachte an den Schwarzen Meister und ich schwor mir, dass er nicht gewinnen würde – und dann zerfetzte ich in Gedanken die weißen Lianen, die sich straff um Simeon gewickelt hatten. Einen Herzschlag später wurden die Pflanzenarme auch in Wirklichkeit brutal auseinandergerissen und mich durchfuhr ein Gefühl reiner, wilder Freude.

„Nicht schlecht", raunte Ben anerkennend, während Simeon langsam die Augen aufschlug.

„Lee … Ben?", flüsterte er mit belegter Stimme. „Du lebst? Träume ich?"

„Simeon!", rief ich glücklich, aber total erschöpft. „Wie geht es dir?"

„So, als hätte ich entschieden zu viel Schwarzwurzelschnaps gesoffen", murmelte der Magiebegabte und richtete sich auf seinem Stuhl auf, wo die Totaa ihn gefangen gehalten hatten. Dabei starrte er noch immer Ben an, als wäre er ein Geist.

„Wir müssen die Gestalterin der Trauer befreien",

sagte ich und Ben half Simeon dabei aufzustehen.

„Und wir müssen das Grüne Buch der Macht mitnehmen!", rief Pierre von draußen, der gerade durch einen Berg von Totaa-Leichen watete.

„Wer ist denn der Kerl?", flüsterte Simeon, der sich in dem Moment stöhnend an den Kopf griff.

„Das ist Pierre, ein Verbündeter. Was ist mit dir?", fragte ich besorgt.

„Die haben mir so einen halluzinogenen Pflanzensaft in die Augen geträufelt, damit ich ihnen helfe, das Grüne Buch der Macht einzusetzen", antwortete Simeon gequält. „Viel hätte nicht mehr gefehlt, aber ich bin standhaft geblieben. Oh Mann, es fühlt sich an, als hätte ich nächtelang durchgesoffen."

„Und weißt du, wo das Grüne Buch jetzt ist?", fragte ich drängend.

Er nickte langsam. „Zum Glück waren die Totaa nicht besonders einfallsreich und haben es einfach nur unter meinen Stuhl gelegt, damit ich seine Anziehungskraft auch die ganze Zeit spüre."

Nachdem Simeon das Buch an sich genommen hatte, hasteten wir zu viert durch die Gänge. Nach dem Gemetzel vor dem Glaskubus schienen die anderen Totaa alle das Weite gesucht zu haben, denn uns begegnete auf dieser Ebene kein einziger mehr. Gemeinsam liefen wir zur Zelle der blauen Gestalterin, wo ich mithilfe der weißen Scheibe der Totaa – die wie eine Schlüsselkarte funktionierte – ihr Gefängnis aufschloss.

„Und jetzt?", fragte Ben, nachdem er der Gestalterin aus ihrer Zelle geholfen hatte und sie stützte. „Jesper hat vorhin schon die Anweisung gegeben, den Kubus komplett dichtzumachen. Keiner kommt rein, keiner kommt raus."

„Darauf würde ich nicht wetten", sagte Pierre. „Macht mal etwas Platz."

Und dann drehte er sich.

Kapitel 28

Pierre drehte sich in einer unglaublichen Geschwindigkeit, wie ein Kreisel, und wir wichen zurück, als sich der Tierverbundene durch den Boden nach unten grub. Von Ebene zu Ebene grub sich Pierre wie ein Bohrer immer tiefer nach unten und kaum hatte er ein Loch gegraben, sprangen wir ihm nach. Zum Glück waren die einzelnen Ebenen nicht besonders hoch und als wir die unterste Etage erreicht hatten und er sich tief in das Erdreich darunter bohrte, brauchte ich meinen ganzen Mut, um nachzuspringen.

„Und jetzt?", fragte ich, als wir zusammen in der dreckigen, feuchten Erde standen. Die Gestalterin musste von Ben und mir gestützt werden, während Simeon wieder halbwegs fit wirkte. Nur sein Kopf tat ihm anscheinend noch weh, denn er presste sich mit schmerzverzerrtem Gesicht den Handballen gegen die Schläfe.

„Jetzt wirkt die Teleportationsblockade des Kubus nicht mehr", schnaufte Pierre und zog grinsend eine lilafarbene Münze aus seiner Kutte. Er warf sie auf den Boden und grelle violette Lichtblitze zuckten mir entgegen, als sich einer von Damiens Reisetunneln öffnete.

Ich starrte hinein.

Noch nie in meinem ganzen Leben hatte ich mich mehr über ein Loch im Boden gefreut. Von oben hörten wir die Totaa Befehle brüllen, doch das war nun egal. Wir hatten einen Ausweg gefunden. Erleichtert atmete ich einmal tief durch und griff nach Bens Hand – und dann sprangen wir.

Ben hielt mich die ganze Zeit über fest, während wir fielen, und das Gefühl, ihn bei mir zu wissen, entschädigte mich für all die Strapazen und Ängste, die ich in den letzten Stunden erfahren hatte.

Wir waren am Leben.

Ben, Simeon, Agatha, Pierre und ich waren noch am Leben.

Kurz musste ich an Jesper denken und ein Hauch von Bedauern gepaart mit Sorge erfasste mich.

Bedauern darüber, wie er sich verändert hatte, und Sorge darüber, dass er den Einsturz womöglich überlebt haben könnte. Es fiel mir nicht leicht, das vor mir selbst zuzugeben, aber es wäre mir lieber gewesen zu wissen, dass er tot war. Eine zu große Gefahr ging von ihm aus, nicht nur weil er als ehemaliges Mitglied der Bruderschaft über Wissen verfügte, das für die Totaa von unschätzbarem Wert war, sondern auch deshalb, weil Fredomir, der Urgestalter der Freude, in seiner Brust wohnte.

Und Fredomir war garantiert nicht zu unterschätzen.

Der Luftzug im Tunnel wurde wärmer und ich blinzelte. Endlich erschien ein Licht am unteren Ende des Falltunnels und ich machte mich für den Aufprall bereit. Bens Griff um meine Hand verstärkte sich und im nächsten Augenblick stürzten wir mit Schwung in eine gelatineähnliche Masse. Diesmal sank ich bei der Landung nicht nur bis zu den Knien, sondern gleich bis zum Oberkörper ein, wobei es Ben und Simeon nicht besser erging. Pierre hatte Pech und landete gemeinsam mit Agatha ein paar Herzschläge später, als sich die Gelatine, die sich wie ein dickflüssiger See auf einer grünen Wiese ausbreitete, an einigen Stellen bereits in eiskaltes Zitronensorbet verwandelt hatte. Pierre trug es wie ein Mann, aber Agathas spitze Schreie waren weithin zu hören.

„Ich bin … zu Hause!", rief Simeon und streckte beide Hände in die Luft, der warmen Sonne entgegen. „Danke, danke, danke, Schicksal, dass du mich zurück in meine grüne Heimat gebracht hast!"

Simeon wandte sich uns zu und in seinen Augen sah ich plötzlich Tränen glitzern. „Und danke euch, dass ihr mich da rausgeholt habt." Dann wanderte sein Blick zu Ben. „Mann, ich kann es immer noch nicht glauben, dass du am Leben bist." Er schniefte und zog Ben in eine feste Umarmung.

„Ja ja, schon gut", murrte Ben, ließ es aber zu, dass der Magiebegabte sich durch die Gelatinemasse an ihn drückte. „Das reicht jetzt, Simeon", sagte er irgendwann.

Ich blickte die beiden Männer an, die ich am meisten liebte, und merkte, wie ich selbst ein wenig emotional wurde.

Wir hatten überlebt.

Wir hatten diesen Wahnsinn tatsächlich überlebt und das Grüne Buch der Macht zurückerobert. Außerdem hatte ich endlich den Zugriff auf meine mentale Fähigkeit erhalten. Alles würde gut werden, davon war ich in diesem Moment überzeugt.

Einem Impuls folgend, wandte ich mich Agatha zu.

„Gestalterin?"

Sie stützte sich auf Pierres Schultern ab und sah mich erschöpft an.

„Ich wollte mich für Eure Hilfe bedanken", sagte ich aufrichtig und blickte sie an. „Ich weiß nicht, was Ihr genau mit mir gemacht habt, aber ohne Euch wäre diese

Mission anders ausgegangen."

Agatha lächelte wehmütig und nickte mir zu, während wir uns alle aus dem Gelatine-See kämpften. „Ich habe nicht viel gemacht, ich habe nur gefühlt", erklärte sie dann. „Ich habe lediglich den Energiefluss in dir wiederhergestellt, der durch den giftigen Biss des Totaa blockiert worden war. Das ist die vielleicht stärkste Kraft des blauen Sinns: Trauer löst Blockaden und hat die Macht, Energie wieder fließen zu lassen, auch wenn es manchmal dauert. Und natürlich ist es nicht angenehm, aber es zahlt sich aus." Sie senkte ihre Stimme. „Aber sei vorsichtig mit deiner Kraft. Sie ist stark, kann dir aber auch viel abverlangen. Unter Umständen zu viel."

***

„Damien sagte, ihr habt das Grüne Buch?", empfing uns Gestalter Coel ungeduldig, als wir ein paar Stunden später den geheimen Unterschlupf erreichten, von dem der Schwarze Meister während seiner Motivationsrede gesprochen hatte.

„Das haben sie zumindest behauptet", meinte Damien, von dem ich wieder nur einen Luftzug spürte, bevor er plötzlich neben dem Gestalter des Erstaunens stand. Damien hatte uns nach unserem Einsatz seiner magischen Münze im Erstaunensland aufgegabelt und den Weg zum geheimen Rückzugsort unserer Truppen gezeigt, wo die Macht der Acht ihre stärksten Anhänger um sich geschart hatten.

Nun kletterte ich gerade durch die letzten Meter des langen Dornentunnels und trat gemeinsam mit den anderen auf eine saftig grüne Wiese einer idyllischen Landschaft. Das neue Kriegslager wirkte wesentlich einladender als Arkadius' schwarzes Basislager – und es roch auch besser. Vor uns breitete sich eine bunte Zeltstadt auf üppig grünen Wiesen aus. In der Mitte zwischen den Zelten stand ein glänzender grüner Palast, in dem ich die Quartiere der Gestalter vermutete. Begrenzt wurde das vor uns liegende Tal von einer dichten Dornenhecke, die nicht nur das ganze Areal umschloss, sondern sich auch über unsere Köpfe spannte, sodass man das Gefühl hatte, in einem riesigen Dornenkäfig zu stehen. Dennoch war es so hell wie an einem sonnigen Tag, was an den unzähligen Lichtsteinen liegen musste, die in regelmäßigen Abständen zwischen den Dornen eingeflochten waren.

Ben, Simeon, Pierre und Agatha hatten den Tunnel nun ebenfalls hinter sich gelassen und ich sah zwei Naturverbundene näher treten und sanft über die Hecke streichen, die sich hinter uns zu einem undurchdringlichen Wall schloss.

„Agatha. Ich bin positiv überrascht, Euch zu sehen", sagte Coel förmlich und neigte kurz den Kopf. Er trug einen hochgeschlossenen grünen Anzug, der seine schlanke Gestalt betonte.

„Ich bin auch positiv überrascht, hier zu sein", erwiderte die Gestalterin der Trauer mit gepresster Stimme. Der Weg hierher war anstrengend gewesen und Damien hatte uns konstant zur Eile angetrieben, weil er ohne uns selbstverständlich deutlich schneller gewesen wäre.

„In wenigen Minuten findet eine Sitzung der Macht der Acht statt", sagte Coel an Agatha gewandt. „Ich schlage vor, Ihr stärkt Euch noch, bevor Ihr uns im grünen Palast trefft. Auf Euren Bericht sind wir schon sehr gespannt."

Agatha presste die Lippen aufeinander und nickte kurz.

„Ich begleite Euch zu Euren Gemächern", bot Pierre an und wandte sich Damien zu. „Zeigst du uns den Weg?" Der Angstträger nickte und gemeinsam stützten sie die Gestalterin auf ihrem Weg hinunter zum grünen Palast.

„Also. Habt ihr das Grüne Buch?", fragte Coel ohne Umschweife, nachdem sich Pierre, Damien und Agatha entfernt hatten.

Simeon nickte mit ernsten Augen und griff in eine Tasche seiner zerfetzten grünen Magierrobe, wo er nach kurzem Kramen einen rechteckigen Gegenstand hervorzog. Das Buch der Macht war in ein weißes Stück Stoff eingeschlagen und ich sah, dass es Simeon einige Überwindung kostete, es Coel auszuhändigen. Der Gestalter nahm es ehrfürchtig an sich und der Blick, mit dem er auf das Bündel starrte, gefiel mir gar nicht.

„Was hat die Macht der Acht mit dem Buch vor?", fragte ich und hoffte, dass sie nicht planten, es ebenfalls in diesem Krieg einzusetzen. Unsere aktuelle Lage sah zwar nicht besonders gut aus, aber die unberechenbare Macht der Bücher war nicht zu unterschätzen.

„Es geht dich nichts an, aber das ist eines der Dinge, die wir bei der nächsten Gestaltersitzung besprechen werden", entgegnete Coel kühl und machte sich auf den Weg hinunter zum grünen Palast, der mitten in der Zeltstadt lag. Wir schlossen uns ihm an.

„Was ist in der Zwischenzeit passiert, während ich im weißen Kubus der Totaa gefangen war?", fragte Simeon und ein Luftzug wirbelte seine zerstrubbelten weißblonden Haare in die Höhe.

„Nun, während du dich foltern hast lassen, habe ich

mit Colloss noch ein Buch gefunden", erwiderte Damien mit unverkennbarem Stolz in der Stimme, der plötzlich wieder neben uns aufgetaucht war.

„Ihr habt noch ein Buch gefunden? Welches?", fragte ich und spürte, wie sich meine Wachsamkeitslinien erwärmten.

„Das Violette Buch der Macht", antwortete Damien stolz. „Es hatte sich doch tatsächlich im Angstland versteckt. Offenbar fühlte es sich da heimisch."

„Das heißt, wir verfügen aktuell über zwei Bücher der Macht?", fragte ich Coel hoffnungsvoll.

Der Gestalter des Erstaunens nickte. „So ist es. Die Lage ist zwar gespannt, aber sie ist nicht verzweifelt. Mit zwei Büchern können wir den Totaa etwas entgegensetzen. Deshalb haben unsere Naturverbundenen auch Tag und Nacht gearbeitet, um diesen sicheren Rückzugsort zu schaffen und unsere Kräfte zu bündeln. Die Totaa haben von Anfang an auf diese Taktik gesetzt, während wir uns in acht Gebieten aufgeteilt haben. Wir waren zu zerstreut, haben nie von einem Ort aus agiert."

„Die Totaa wissen von diesem Ort", sagte ich und dachte wieder an die Kundgebung des Schwarzen Meisters.

Coel sog hörbar die Luft ein. „Davon mussten wir ausgehen, er hat seine Spione überall. Aber die Schutzbarrieren sind zu gewaltig, unsere talentiertesten Magiebegabten haben sie erschaffen."

Simeon lächelte schief. „Ich habe doch gar nicht mitgearbeitet."

„Wie geht es jetzt weiter?", fragte Ben, ohne auf Simeons Kommentar einzugehen. Dann griff er nach meiner Hand drückte sanft meine Finger. Ich genoss es, seine Berührung zu spüren, und drückte sanft zurück.

„Wir werden bei der Gestaltersitzung das Für und Wider eines Einsatzes der Bücher besprechen", erwiderte Coel. Er blickte Simeon an. „Halte dich bereit, Erstaunensträger, du wirst nach drinnen gerufen werden, sobald wir zu einer Entscheidung gelangt sind."

„Ihr zieht ernsthaft in Erwägung, die Bücher einzusetzen?", fragte ich entsetzt. „Und Ihr wollt Simeon dazu benutzen, das Grüne Buch zu aktivieren?"

Coel warf mir einen unfreundlichen Blick von der Seite zu. „Exakt, Wächterin, diese Variante liegt im Bereich des Möglichen. Schließlich müssen wir gewappnet sein, wenn die Totaa es schaffen, noch ein Buch einzusetzen."

„Ihr wollt Pest mit Cholera bekämpfen", mischte sich Ben ein und seine zerrissenen Linien glommen auf. „Großartig."

Simeon sah von einem zum anderen und fuhr sich durch die verstrubbelten hellblonden Haare. Er sah überfordert aus.

„Aber vielleicht ist es ja die einzige Möglichkeit, diesen Krieg zu beenden", gab er zu bedenken. Immerhin würde ich das Buch ja nun für die richtige Seite einsetzen.

„Simeon", sagte ich leise. „Wir wissen doch gar nicht, was das Grüne Buch bewirkt."

„Aber ich weiß, dass diese Entscheidung nicht von euch getroffen wird", meinte Coel kalt und die Härte in seiner Stimme jagte mir einen Schauer über den Rücken.

Wir hatten nun die Ausläufer der Zeltstadt erreicht und schritten auf den grünen Palast in ihrer Mitte zu, der sich in etwa fünfhundert Metern Entfernung zwischen den bunten Planen erhob. Coel wandte sich im Gehen an Ben und mich. „Genau wie der Magiebegabte werdet auch ihr euch für eine Befragung durch die Macht der Acht bereithalten."

Ben hob eine Augenbraue. „Welche Befragung?"

„Mir wurde berichtet, ihr hattet Kontakt mit dem Verräter Jesper", sagte Coel. „Ich möchte wissen, was ihr über ihn in Erfahrung gebracht habt." Coel drückte das weiße Bündel mit dem Grünen Buch der Macht eng an seine Brust, so als würde er es nie wieder loslassen. „Außerdem war noch niemand so nah im Zentrum ihrer Macht – und hat überlebt. Wir erwarten uns wertvolle Erkenntnisse durch eure Mission."

Ben sah nicht wirklich erfreut aus, aber er nickte genau wie ich, während Coel sich mit einer fließenden Bewegung zu dem grünen Palast mit dem Säulengang umwandte.

„Dann wäre alles geklärt. Haltet euch bereit", sagte er noch einmal über die Schulter, bevor er mit langen Schritten im Inneren des Palastes verschwand. Ich sah dem großgewachsenen Gestalter nach und konnte das schlechte Gefühl, das ich dabei empfand, nicht wirklich abschütteln.

„Alles okay?" Ben machte einen Schritt auf mich zu und ich spürte, wie mich seine muskulösen Arme umfingen. Sofort fühlte ich mich besser.

Ich nickte, bevor ich meine Stirn gegen seine Brust sinken ließ und es einfach nur genoss, von ihm gehalten zu werden. Simeon und Ben ging es gut. Das war so viel mehr, als ich noch vor ein paar Stunden zu hoffen gewagt hatte.

„Ach, ich wusste doch, dass ihr zwei wieder zusammenkommt", seufzte Simeon neben uns.

„Sag bloß, du hast es in deinen Träumen gesehen", ätzte Ben und ich musste grinsen, als Simeon für einen Moment der Mund offen stehen blieb.

„Ja!", rief er dann. „Ja, ich habe es tatsächlich in meinen

Träumen gesehen! Ich habe gesehen, wie ihr euch küsst, und dann habe ich gesehen, wie ihr …"

„Stopp, Simeon", sagte ich schnell. „So genau will ich gar nicht wissen, was du alles gesehen hast."

Er gluckste. „Ich bin ein Traumvisionär. Ich sehe so einiges."

„Jetzt aber definitiv nicht", sagte Ben und warf Simeon einen unmissverständlichen Blick zu.

„Was soll das heißen? Wollt ihr jetzt etwa allein sein", fragte Simeon ungläubig. „Ich war in einem Totaa-Gefängnis an einen Stuhl gefesselt und musste irgendwelche pflanzlichen Halluzinationstropfen über mich ergehen lassen – und jetzt bin ich endlich wieder frei und ihr wollt keine Zeit mit mir verbringen?"

„Exakt", kommentierte Ben.

„Ben", sagte ich leise. „Das ist nicht besonders nett."

Er sah mich amüsiert an. „Ich war noch nie nett." Dann beugte er sich zu mir herunter. „Ich glaube allerdings, dass du mich gar nicht nett haben willst. Ich denke", sein Mund senkte sich ganz nah zu meinem Ohr, sodass nur noch ich ihn hören konnte, „ich gefalle dir schon so, wie ich bin." Ich hörte das dunkle Lächeln aus seiner Stimme und fühlte, wie alles in mir zu kribbeln begann, während er mich so nah zu sich heranzog, bis nichts mehr zwischen uns passte.

„Schon gut", schnaufte Simeon. „Ich geh ja schon. Ich werde mich hier einfach ein bisschen im Lager umsehen, solange ihr allein sein müsst." Mit diesen Worten verschwand er kopfschüttelnd zwischen den nahe gelegenen Zelten.

Ich blickte zu Ben auf, sah die Liebe in seinen Augen, derer ich mir so lange nicht sicher gewesen war, und fühlte ein unglaubliches Glücksgefühl in mir. Und statt noch irgendetwas zu sagen, zog ich einfach seinen Kopf zu mir herunter und küsste ihn.

Es war wie Feuerwerk, das sich entzündete, als ich seine Lippen auf meinen spürte, gemeinsam mit dem herrlichen Kratzen seines Dreitagebartes und der Gewissheit, dass er der Richtige für mich war.

Ben, der es schaffte, dass sich mein Sinn völlig ausschaltete und ich mich nur noch leicht und schwerelos fühlte. Dessen Berührung mich schier um den Verstand brachte und dessen Duft dafür sorgte, dass ich meine Nase am liebsten Tag und Nacht in seinem Hals vergraben hätte. Der mich zum Lachen brachte mit seinem trockenen Humor und dessen Mut mich immer wieder beeindruckte. Ben, für den ich ohne zu zögern beide Welten durchquert hätte.

Ich liebte ihn. Und als wir uns schließlich voneinander lösten, konnte ich nichts anderes tun, als ihn einfach nur anzusehen.

„Ben?", hauchte eine rauchige Frauenstimme und im nächsten Moment trat ein schwarzer Schatten zwischen den Zelten hervor und ich sah, dass dieser Schatten Tara war. „Hast du sie eben etwa geküsst?!", schrie sie und versetzte Ben einen Stoß vor die Brust.

Er taumelte einen Schritt zurück und seine zerrissenen schwarzen Linien begannen zu glitzern. „Was soll das, Tara?"

„Das Gleiche könnte ich dich fragen", fauchte sie ihn an und ihre schwarze Zeichnung, die sich sinnlich um ihr Auge wand, leuchtete in tiefstem Schwarz.

Er schüttelte den Kopf. „Ich weiß nicht, was du meinst."

Ihr üppiger Busen unter dem knallengen schwarzen Anzug hob und senkte sich heftig. „Blödsinn!", schrie sie.

„Du weißt genau, was ich meine. Du … und sie, du bist zu *mir* gekommen!"

„Als Freund, Tara", erwiderte Ben. „Das habe ich dir bereits im Alpha-Camp erklärt."

„Als Freund?", höhnte sie und warf ihre blonden Wellen zurück. „Du hast mit meinen Gefühlen gespielt, Ben. Ich dachte, dass wir mehr sind. Ich wollte immer mehr." Sie holte tief Luft und ihr Gesichtsausdruck wurde weicher. Dann machte sie einen Schritt auf Ben zu und strich verführerisch über seinen Arm. „Lass es zu, Ben, lass es endlich zu." Ihre Stimme klang sanft. „Du willst doch auch mehr. Ich bin die bessere Wahl, nicht diese Wächtertussi."

Ben zog sofort den Arm zurück, als hätte er sich verbrannt. „Sprich nicht so über Lee", sagte er hart.

Tara lachte und sah mich abfällig an. Ihre schwarze Zeichnung begann stark zu glimmen. „Wie soll ich nicht über sie sprechen? Was willst du nur von ihr?"

„Alles", sagte Ben mit einer Deutlichkeit, die mein Herz schneller schlagen ließ. „Ich will Lee - nicht dich, Tara."

Taras Augen verengten sich zu Schlitzen. „Wie kannst du sie nur wollen?", fauchte sie und wandte sich mir zu. Ich spürte, wie sich mein ganzer Körper anspannte, als sie sich nur einen Schritt entfernt vor mir aufbaute.

„Sie ist deiner nicht würdig", zischte sie angriffslustig und ihre katzenhaft geschminkten Augen starrten mich an.

„Du könntest jetzt einfach mit dem Rest *deiner Würde* gehen", sagte ich und dachte an all die Situationen, in denen mir Tara vorgemacht hatte, mit Ben zusammen zu sein. Das alles hatte sie bloß erfunden, genauso wie sie mir weismachen wollte, dass er tot war. Ich spürte, wie die Wut in mir hochkroch.

„Mit dem Rest meiner Würde?", zischte sie und ihre Kiefermuskeln spannten sich an. „Pass auf, was du sagst, sonst werde ich …"

„Sonst wirst du was?", fragte ich spöttisch. „Wirst du mir wieder vormachen, dass ihr zusammen seid? Oder wirst du mir von seinem Tod berichten?" Ich funkelte sie an. „Wie konntest du nur derart herzlos sein?"

Tara lachte verächtlich. „Du hättest dich sehen sollen. Es war mir die reinste Freude, dich leiden zu sehen. *Aber warum habt ihr ihn nicht mitgenommen? Vielleicht hätten wir noch etwas tun können!*", äffte sie mich nach.

Automatisch ballte sich meine Hand zu einer Faust und ich hätte ihr am liebsten einen kräftigen rechten Haken verpasst.

„Du bist bemitleidenswert", sagte ich stattdessen so gelassen wie möglich. „Aber weißt du was?" Ich erwiderte ihren finsteren Blick. „Es ist egal. Es ist egal, was du sagst, was du denkst und was du fühlst. Wichtig ist nur das hier." Und mit diesen Worten ging ich auf Ben zu, stellte mich auf Zehenspitzen und küsste ihn so leidenschaftlich, dass alles um uns herum verschwand und ich Taras Fauchen bald selbst nicht mehr hörte.

„Oh Mann, die sah aber gar nicht gut aus", murmelte Simeon, der von seiner Lagerbesichtigung zurückgekehrt war, nachdem Tara das Weite gesucht hatte. Er warf Ben einen Blick zu. „Was hast du bloß an dir, dass alle Frauen so auf dich stehen?"

„Simeon", sagte ich und schüttelte den Kopf. „Lass das."

„Schon gut, er wird mir sein Geheimnis ja sowieso nicht verraten", murmelte Simeon und schlenderte zu einer kleinen Holzbank, die neben einem der Zelte mit Blickrichtung auf den grünen Palast stand.

„Sieh mal, Ben, anscheinend wird einer von uns geholt." Er deutete auf den funkelnden grünen Palast und ich sah die hagere Gestalt von Casimir in einer schwarzen Templerkutte am Eingang auftauchen. Er gab Ben einen mürrischen Wink mit der Hand.

„Großartig", meinte Ben und streifte kurz meine Schläfe mit den Lippen, bevor er sich auf den Weg zur Gestaltersitzung machte. „Das ist genau das, was ich nach einem Kampf im Totaa-Gefängnis brauche. Eine Gestaltersitzung", murrte er, bevor er ging.

„Setz dich zu mir", schlug Simeon vor und klopfte einladend auf die Bank neben sich. Ich ließ mich auf das warme Holz fallen und fühlte beinahe augenblicklich die Müdigkeit in meinen Gliedern. Ein Nachrichtenwürfel flog zwischen den Zelten umher, doch ich hatte keine Lust, ihn einzufangen. Generell fehlte mir die Lust, jetzt irgendwelche schlechten Nachrichten zu hören.

„Wie ist das jetzt mit dem Grünen Buch?", fragte ich Simeon, während wir einträchtig nebeneinandersaßen und mich das Gras unter meinen Fußsohlen kitzelte. „Hast du vor, es einzusetzen, wenn die Gestalter das beschließen sollten?"

„Ich weiß es nicht", antwortete Simeon und strich über die Stelle seiner grünen Kutte, wo er das Grüne Buch der Macht transportiert hatte.

„Vielleicht kommen sie zu gar keinem Ergebnis und ich muss es nicht sofort entscheiden", sagte er dann. Ich nickte und hoffte, dass Simeon gar nicht erst vor diese Entscheidung gestellt werden würde.

„Aber selbst wenn die Gestalter es von dir verlangen, musst du es nicht tun", versuchte ich, ihn zu überzeugen.

„Vergiss nicht, was mit Jaron und Jesper passiert ist. Beide hatten näheren Kontakt mit einem Buch und über beide ist der *Fluch der Bücher* gekommen. Wir wissen nicht, was das Grüne Buch mit dir machen würde, Simeon."

„Ach, ich glaube nicht, dass es etwas Schlimmes wäre", wiegelte Simeon ab. „Schließlich habe ich das Grüne Buch wieder zusammengesetzt. Du erinnerst dich, wie lange ich an dem Rätsel mit den Schatullen gesessen habe, bis es mir endlich gelungen ist loszulassen." Er wandte sich mir zu und seine zerrissene grüne Magierrobe zischte ganz leise. „Vielleicht müssen wir das jetzt auch tun, Lee. Die Angst loslassen."

Ein Schatten fiel auf uns und ich blickte hoch. Vor uns stand Alfonsus, der Erfinder der Nachrichtenwürfel mit den aristokratischen Gesichtszügen und der würfelförmigen violetten Zeichnung auf der linken Wange.

„Verzeiht, dass ich euch belauscht habe", sagte der Angstträger freundlich, „aber ein Gespräch, bei dem es darum geht, *die Angst loszulassen,* konnte ich einfach nicht überhören."

„Alfonsus!" Ich sprang auf die Beine und umarmte den Sinnträger spontan. „Es tut gut, dich zu sehen."

„Das finde ich auch", erwiderte er auf seine vornehme Art und sein grauer Umhang bauschte sich im Wind. „Und es tut gut zu sehen, dass sich unsere Gestalter endlich zur Einigkeit bekennen. Die Berichte, die meine Würfel aus der Schwarzweißen Stadt und von anderswo bringen, zeigen deutlich, dass das der einzige Weg ist, um den Totaa beizukommen."

Ich nickte und war froh, sein vertrautes Gesicht zu sehen. „Das sehe ich ebenso. Wie lange bist du schon hier?"

„Oh, erst seit heute Morgen. Die Gestalter haben mich darum gebeten, dem Geheimdienst mehrere meiner Nachrichtenwürfel zur Verfügung zu stellen. Mit der entsprechenden Modifizierung könnten sie zu Aufklärungszwecken verwendet werden."

„Das habe ich auch in der Schwarzweißen Stadt gesehen", erwiderte ich. „Die Totaa haben sich die Würfel auch zunutze gemacht."

Alfonsus zog die Augenbrauen zusammen und nickte düster. „So ist es leider. Aber ich versuche, eine Möglichkeit zu finden, wie wir diesen Nachteil zu einem Vorteil verändern können. Vielleicht gelingt es mir ja, falsche Informationen in die Würfel der Totaa einzuspeisen. Schließlich sind es immer noch *meine* Oktaeder, auch wenn sie von ihnen umprogrammiert wurden."

„Das ist eine coole Idee", sagte Simeon.

Der Angstträger lächelte. „Wir werden sehen, ob sie sich in die Tat umsetzen lassen. Aber nun entschuldigt mich bitte. Ich habe noch eine Verabredung in irgendeinem dieser grünen Zelte hier." Er blickte sich suchend in der Zeltstadt um, von denen fast drei Viertel grün waren.

„Ein netter Kerl", sagte Simeon, nachdem sich Alfonsus verabschiedet hatte. „Und gar nicht so furchtbar ängstlich wie die anderen Angstträger."

„Jedenfalls viel netter als Damien", pflichtete ich ihm bei.

„Sag bloß, du findest mich ängstlich", erklang Edomirs Stimme hinter uns und ich drehte mich lächelnd um.

„Hey, du bist auch hier?!"

Edomir strahlte über das ganze Gesicht. „Ja, das bin ich. Denn ich habe meine Kriegsfähigkeit aktivieren können und muss als Alpha jetzt nicht mehr in diesem furchtbaren Kloster des Konsens arbeiten, sondern darf aufs Schlachtfeld." Er hielt kurz inne und lächelte uns an. „Es tut so gut, euch zu sehen! Noch dazu an einem Ort wie diesem, wo man nicht bei jedem Schritt Angst haben muss, in einer Blutlache auszurutschen und sich an einer herumliegenden Waffe das Ohr aufzuschlitzen", fügte er mit einem nervösen Lächeln hinzu.

„Ehrlich? Davor hast du Angst? Dass du dir das Ohr aufschlitzt?" Simeon schüttelte den Kopf. „Also mir sind im Gefängnis der Totaa ganz andere Sachen passiert, kann ich dir sagen."

Edomirs verschlungene violette Zeichnung leuchtete auf und er duckte sich unwillkürlich. „D-du warst im Totaa-Gefängnis?"

Simeon nickte stolz und Edomir schluckte. „Dann bin ich froh, dass du noch lebst", sagte er schließlich und legte ihm eine Hand auf die Schulter. „Und natürlich bin ich auch froh, dass es Ben und dir gutgeht", wandte sich Edomir an mich. „Habt ihr vielleicht auch etwas von Caprice gehört?"

Mein Herz wurde schwer, als ich an die Vertrauensträgerin dachte.

„Sie wurde getötet", antwortete ich leise. „Sie hatte gerade das Weiße Buch der Macht geborgen, als der Anführer der Totaa erschien." Ich rang nach Atem. „Und er hat sie ... er hat sie einfach ermordet."

Edomir hob die Hand vor den Mund. „Diese Buchsuche ist so gefährlich", wisperte er. „Irgendwie ist unser ganzes Leben in der Sinnlichen Welt furchtbar gefährlich, findet ihr nicht auch?"

In diesem Moment ertönte aus dem Inneren des grünen Palastes ein ohrenbetäubender Knall und dann flogen Millionen von Glassplittern durch die Luft.

Edomir, Simeon und ich wurden von der Druckwelle der Explosion nach hinten geschleudert und ich knallte mit dem Kopf gegen eine der Zeltstangen.

„Oh nein", stammelte Simeon und sprang neben mir auf die Beine. „Das war der grüne Palast. Das ganze Erdgeschoss raucht … Ben war da drin!"

Ich lag noch immer auf dem Rücken im Gras und sah, wie Simeon mit fliegender Robe davonrannte, während sich Edomir stöhnend neben mir wand. Ich wollte ebenfalls aufspringen und zum grünen Palast laufen, aber meine Beine gehorchten mir nicht. Ich hörte meinen eigenen Herzschlag laut und schnell in meinem Ohr pochen, während sich mein Gesichtsfeld immer weiter verengte. Die Dunkelheit schob sich von beiden Seiten zusammen, bis es sich anfühlte, als würde ich durch einen Tunnel blicken.

Ich wusste, was das bedeutete: Ich war gerade dabei, das Bewusstsein zu verlieren. Die Schreie um mich herum wurden immer dumpfer, als würden sie durch Watte zu mir dringen, und ich riss verzweifelt die Augen auf, um jetzt nicht ohnmächtig zu werden.

Ben brauchte mich.

Mit all meiner Willenskraft schaffte ich es, auf die Beine zu kommen, und stützte mich an der Zeltstange ab, gegen die ich vorhin geknallt war. Vor mir liefen schreiende Sinnträger zwischen den Zelten umher, doch ich richtete meinen Blick einzig und allein auf den grünen Palast. Alle Glasfronten im Erdgeschoss waren zersplittert und aus dem Inneren rauchte es. Langsam taumelte ich auf den Eingang zu, vor dem sich bereits eine Traube an Sinnträgern angesammelt hatte. Ich drängte mich an ihnen vorbei und schwankte in die kühle Eingangshalle, von der mehrere Türen abzweigten.

Eine davon war aus ihren Angeln gerissen worden und ich hastete dorthin. Vor dem Eingang sah ich Casimir stehen; der dürre Ekelträger wirkte völlig geschockt und sein faltiges Gesicht zeigte einen Ausdruck absoluten Entsetzens.

Mir wurde eiskalt.

Ich hatte Casimir noch nie so gesehen.

Hektisch drängte ich mich an ihm vorbei und taumelte in den Raum hinein. Es war ein großer Saal mit einem riesigen runden Tisch, dessen Marmorplatte aus Edelgrünstein in der Mitte gebrochen war. Dann ließ ich meinen Blick über die Szenerie schweifen und schrie erstickt auf.

Fünf Gestalter lagen tot am Boden. Ihre verrenkten Körperhaltungen und abgerissenen Gliedmaße ließen keinen Zweifel daran und ihre aufgerissenen Augen starrten blind ins Leere. Coel und Joost konnte ich auf die Schnelle unter den Bergen an Glassplittern nicht entdecken – dafür aber Quirin, der röchelnd am Boden lag und auf Ben starrte, der völlig unverletzt inmitten des Chaos stand.

Mein Herz machte einen Satz, als ich ihn sah, und ich war so froh, dass er lebte, dass mir die Tränen in die Augen traten. Ein Stück von Ben entfernt kauerte Simeon auf dem Boden und ich sah, dass der Magiebegabte das Grüne Buch der Macht an sich gedrückt hielt, während seine Augenlider wie wild flatterten.

Meine gelben Linien erhitzten sich so stark, dass ich das Gefühl hatte, meine rechte Gesichtshälfte stünde in Flammen.

Was war hier geschehen?

„Verhaftet den Mörder!", rief in dem Moment eine Stimme und ich wandte mich um. Damien war im Raum erschienen, gefolgt von einem Dutzend muskulöser Beschützer, die er anscheinend aus dem Lager geholt hatte.

„Er!", schrie Damien mit violett flackernder Gesichtszeichnung und deutete auf Ben. „Er hat die Gestalter ermordet!"

Ich konnte nicht glauben, was ich da hörte.

Quirin regte sich stöhnend und ich lief zu ihm und fiel neben dem Minister der Wachsamkeit auf die Knie.

„Wer hat euch das angetan?", hauchte ich. „Wer war es wirklich?"

Quirins Atemzüge wurden immer schwächer, aber seine Augen zeigten, dass er mich verstand. Mit letzter Kraft hob er die Hand und deutete auf Ben, bevor sein Kopf leblos zur Seite fiel.

Ich konnte das nicht glauben.

Ich wollte das nicht glauben. Mein Blick saugte sich an Ben fest und ich sah solch eine bodenlose Verzweiflung in seinem Gesicht, dass es mir das Herz brach.

„Verhaftet ihn!", schrie Damien erneut und ich sah, wie die Beschützer ihn von allen Seiten umkreisten. Ich sah die Panik in Bens dunklen Augen und dann sprang ich auf und lief zu ihm. Meine Hand fand seine und ich drückte seine Finger, während ich mich neben ihn stellte und den Beschützern nacheinander ins Gesicht blickte. Ben hatte die Gestalter nicht ermordet, das wusste ich aus tiefstem Herzen – aber ich wusste nicht, was jetzt auf uns zukam.

DIE GESTALTER SIND TOT.
DIE MACHT DER ACHT WURDE VERNICHTET. ALS WIR
DACHTEN, DER KRIEG BRINGE DÜSTERE ZEITEN MIT SICH, DA
WUSSTEN WIR NICHTS VON DIESER ENDLOSEN DUNKELHEIT.

EIN HEIMTÜCKISCHER ANSCHLAG HAT UNSEREN ACHT
GESTALTERN DAS LEBEN GENOMMEN, HAT DIE SINNLICHE
WELT NOCH WEITER ERSCHÜTTERT. WIR TRAUERN UM:

PANICA, GESTALTERIN DER ANGST
PHILOMENA, GESTALTERIN DER FREUDE
ARKADIUS, GESTALTER DES EKELS
AGATHA, GESTALTERIN DER TRAUER
ILIAS, PROVISORISCHER GESTALTER DER WUT
COEL, GESTALTER DES ERSTAUNENS
QUIRIN, GESTALTER DER WACHSAMKEIT
JOOST, GESTALTER DES VERTRAUENS

IHR MÖRDER IST BEREITS IN GEWAHRSAM UND WIRD
DEMNÄCHST HINGERICHTET. FÜR DIESES VERBRECHEN IST DER
TOD NOCH EINE ZU MILDE STRAFE, DESWEGEN WIRD ES EINE
DRAMATISCHE HINRICHTUNG GEBEN UND SIE WIRD VOR DEN
AUGEN ALLER STATTFINDEN.

FRIEDE DEN GESTALTERN, WO AUCH IMMER SIE NUN SEIN
MÖGEN.

Öffentliche Kundgebung nach dem unsagbaren Anschlag
am 8. Tag des 8. Sonnenlaufs

Lieber Leser und liebe Leserin,

endlich haben Lee und Ben wieder zueinander gefunden, doch die nächste Herausforderung steht schon vor der Tür ... und wir können versprechen, dass es noch spannend wird!

Auf vielfachen Leserwunsch gibt es Band 7 jetzt auch aus der Sicht von Ben und wir hoffen, dass ihr seinen Blick auf die Sinnliche Welt ebenso sehr mögt, wie wir. Danach geht es wie gewohnt mit Band 8 aus der Sicht von Lee weiter.

Wenn Dir unsere Reihe gefällt, würden wir uns freuen, wenn Du uns weiterempfiehlst - und wünschen Dir bis zu unserem Wiederlesen eine gefühlvolle Zeit!

Deine Rose Snow

Personenverzeichnis

Menschverbundene:

Lee, Wachsamkeit (gelb), Wächterin
Ben, Ekel (schwarz), Reisender
Jesper, Wut (rot), Beschützer
Simeon, Erstaunen (grün), Magiebegabter
Damien, Angst (violett), ohne Berufung
† Marcus, Trauer (blau), Wächter
Mel, Wachsamkeit (gelb), Wächter
Skobi, Angst (violett), Reisender
Leonora, Vertrauen (weiß), Naturverbundene
Tara, Ekel (schwarz), Reisende
Colloss, Ekel (schwarz), Beschützer
Kriemhild, Vertrauen (weiß), Templerin

Tierverbundene:

Thaya, Trauer (blau), Naturverbundene
Jaron, Freude (orange), Künstler
Edomir, Angst (violett), Templer
Caprice, Vertrauen (weiß), Heilerin
Casimir, Ekel (schwarz), Templer
Morris, Vertrauen (weiß), Wächter
Alfonsus, Angst (violett), Reisender
† Ruwen, Erstaunen (grün), Magiebegabter
Nasela und Casela, Wachsamkeit (gelb), Künstler
Lydia, Wut (rot), Wächterin
Luzius, Vertrauen (weiß), Templer
Lelas, Angst (violett)
Pierre, Freude (orange), Künstler

Die Macht der Acht:

Panica, Angst (violett), Tierverbundene
Philomena, Freude (orange), Menschverbundene
Arkadius, Ekel (schwarz), Tierverbundener
Agatha, Trauer (blau), Menschverbundene
Ilias, Wut (rot), Tierverbundener
Coel, Erstaunen (grün), Menschverbundener
Quirin, Wachsamkeit (gelb), Tierverbundener
Joost, Vertrauen (weiß), Menschverbundener

Über die Autorinnen

Hinter dem Pseudonym Rose Snow stecken wir, Carmen und Ulli. Zusammen sind wir 73 Jahre alt, haben 2 Männer, 6 Kinder und einen Hund. Wir können ewig reden, lieben Pizza und Schokolade und lachen unheimlich gerne, vor allem über uns selbst.

Seit dem Sommer 2014 schreiben wir als Rose Snow Romantasy, darunter die vierteilige Bestsellerreihe „17 – Die Bücher der Erinnerung". Im Herbst 2016 ist mit „Für dich soll's tausend Tode regnen" unter Anna Pfeffer unser erster Jugendroman bei cbj erschienen. Seitdem veröffentlichen wir regelmäßig neue Jugendbücher und Romantasy-Reihen.

Kühn nachgerechnet sind wir schon seit unfassbaren 22 Jahren befreundet. Wir kennen uns aus unserer Schulzeit und schreiben trotz der Distanz Wien – Hamburg miteinander. Bedeutet: Unzählige Stunden via Skype, schallendes Gelächter und das Teilen tiefster Geheimnisse, auch wenn sie noch so peinlich sind.

Wenn ihr informiert werden möchtet, sobald ein neues Buch von uns erscheint, dann meldet euch gerne bei unserem Newsletter an:
www.rosesnow.de/newsletter

Und wenn ihr einfach mal quatschen oder Hallo sagen wollt, besucht uns doch auf unserer Autorenseite, auf Instagram oder auf Facebook. Wir freuen uns immer sehr über das Feedback und den direkten Austausch mit unseren Lesern.
www.rosesnow.de
www.instagram.com/rosesnow_annapfeffer
www.facebook.com/rose.snow.was.sich.liebt
www.facebook.com/groups/RoseSnow

Übrigens: Eine extra Portion Romantik gibt es auch jeden Dienstag und Freitag bei unserem kostenlosen Blogroman von Eric & Esther, den menschlichen Ichs von Ben & Lee aus den Acht Sinnen: www.rosesnow.de/blogroman

Weitere Romantasy-Reihen von uns:
17 - Die Bücher der Erinnerung
Was würdest du tun, wenn du plötzlich in fremde Erinnerungen sehen könntest?
17 - Das erste Buch der Erinnerung
17 - Das zweite Buch der Erinnerung
17 - Das dritte Buch der Erinnerung
17 - Das vierte Buch der Erinnerung

Die 11 Gezeichneten - Die Bücher der Sterne
Ohne Dunkelheit könntest du keine Sterne sehen ...
Die 11 Gezeichneten - Das erste Buch der Sterne
Die 11 Gezeichneten - Das zweite Buch der Sterne
Die 11 Gezeichneten - Das dritte Buch der Sterne

3 Lilien - Die Bücher des Blutadels
Ihn zu küssen hatte sich so richtig angefühlt, obwohl es so falsch gewesen war ...
3 Lilien - Das erste Buch des Blutadels
3 Lilien - Das zweite Buch des Blutadels
3 Lilien - Das dritte Buch des Blutadels

PS: Wir werden immer wieder darauf angesprochen, dass wir in unseren Büchern Anspielungen auf andere Reihen machen und die Welten auf diese Weise miteinander vernetzen. In „17" finden sich beispielsweise Verbindungen zu unserer Acht Sinne-Saga und den „11 Gezeichneten", die auch mit den „3 Lilien" und unserem Blogroman „Groupie wider Willen" verknüpft sind. Dennoch kann jede Reihe unabhängig voneinander gelesen werden! Viel Spaß beim Knobeln! :)

„17 - Die Bücher der Erinnerung"

Seit Jo denken kann, zieht sie mit ihrem Vater von Ort zu Ort, fast, als wären sie auf der Flucht. Als er ihr eröffnet, dass sie nun ausgerechnet im nasskalten Hamburg sesshaft werden sollen, hält sich ihre Begeisterung in Grenzen.

Bis sie in ihrer neuen Schule zwei gut aussehenden Jungs begegnet, die unterschiedlicher nicht sein könnten: Adrian, der Jo bewusst auf Distanz hält, und Louis, der sich offensichtlich für sie interessiert. Die zwei Jungs verbindet eine geheimnisvolle Rivalität, die Jo nicht zu deuten weiß - aber noch weniger versteht sie, was gerade mit ihr selbst los ist. Was für Bilder tauchen plötzlich in ihrem Kopf auf? Hat sie Halluzinationen? Oder sind das tatsächlich fremde Erinnerungen, in die sie kurz vor ihrem 17. Geburtstag auf einmal blicken kann?

„Die 11 Gezeichneten - Die Bücher der Sterne"

Seit jeher lieb Stella die Sterne – ohne zu ahnen, wie tief ihre Verbindung zu ihnen tatsächlich ist. Das erkennt sie erst, als sie mit ihrem Zwillingsbruder Cas an eine geheimnisvolle Universität gelangt, auf die schon ihre Eltern gegangen sind. Kurz nach der Ankunft begegnet Stella dort dem selbstbewussten Cedric, der nicht nur der heißeste Typ der Uni ist, sondern Stella auch viel zu schnell viel zu nahe kommt ...

„3 Lilien - Die Bücher des Blutadels"

Seit Monaten wartet die 17-jährige Lorelai darauf, dass die alte Gabe des Blutadels bei ihr erwacht – wobei sie nicht mal ihrer besten Freundin von ihrer magischen Abstammung erzählen darf. Denn die Gesetze des Blutadels sehen vor, das geheime Wissen unter keinen Umständen mit Außenstehenden zu teilen. Doch das erweist sich als äußerst schwierig, als Lorelai den verwegenen Vitus kennenlernt. Zwischen ihnen knistert es gewaltig - und während Lorelai noch mit ihren Gefühlen kämpft, haben die Probleme gerade erst angefangen ...